人生或许不够完美顺利，但希望你可以去做一个勇敢强大的人，构建出你心中的宇宙和天地。不因为生活的不顺利而改变，不因为他人的看法和评价而改变。就去成为你自己，成为最好的你自己。

有爱的青春陪伴者

# 朝夕看见月亮

孟栀晚 / 著

江苏凤凰文艺出版社

图书在版编目（CIP）数据

潮汐看见月亮 / 孟栀晚著. -- 南京 : 江苏凤凰文艺出版社, 2025. 6. -- ISBN 978-7-5594-9541-9
Ⅰ. I247.5
中国国家版本馆CIP数据核字第2025EX8457号

## 潮汐看见月亮
孟栀晚 著

| | |
|---|---|
| 责任编辑 | 王昕宁 |
| 特约编辑 | 周丽萍 |
| 责任印制 | 杨 丹 |
| 出版发行 | 江苏凤凰文艺出版社 |
| | 南京市中央路165号，邮编：210009 |
| 网　　址 | http://www.jswenyi.com |
| 印　　刷 | 天津睿和印艺科技有限公司 |
| 开　　本 | 880mm×1230mm 1/32 |
| 印　　张 | 9 |
| 字　　数 | 295千字 |
| 版　　次 | 2025年6月第1版 |
| 印　　次 | 2025年6月第1次印刷 |
| 书　　号 | ISBN 978-7-5594-9541-9 |
| 定　　价 | 45.80元 |

江苏凤凰文艺版图书凡印刷、装订错误，可向出版社调换，联系电话025-83280257

# 目录

## 【楔子 – 夏天】/001
我的人生总在寒冬,可他却是夏天,是我一生中只看过一次的夏天。
——江萌的日记

## 【第一章 – 命运】/006
妈妈说,人情是最还不起的东西。

## 【第二章 – 许澄光】/011
原来人总是会被光芒所吸引的,她也不例外。

## 【第三章 – 龙井绿茶】/015
也祝你假期愉快,光光哥哥。

## 【第四章 – 愿望】/021
每个人的心里都藏着一个独特的小花园,不需要用言语表达出来。
我相信,你心里的小花园,一定有人看得见。

## 【第五章 – 新生】/027
虽然我不知道你的愿望是什么,但,祝你梦想成真。

## 【第六章 – 超市】/035
原来那个让她有机会和他重逢相见的密码,是"实验中学"。

## 【第七章 – 孤勇】/045
"在隆冬,我终于知道,我身上有一个不可战胜的夏天。"
——加缪《夏天集》

# 目录

【第八章 – 重逢】/051

某个不可言说的人——"X"。

【第九章 – 抄作业】/059

原来,你真的不记得我了。

【第十章 – 生病】/069

我怎么会讨厌你呢?许澄光。

【第十一章 – 发言】/080

她好像,的确已经很幸福了。

【第十二章 – 跑操】/087

他说,萌萌加油。

【第十三章 – 对不起】/104

如果一定要给"喜欢"下一个定义的话,她觉得,她对许澄光的喜欢才是她解释的第一种喜欢。

【第十四章 – 当下】/115

谢谢你,许澄光。谢谢你让我能够有机会感受到,当下每一刻的你。

# 目 录

**【第十五章 – 闻毓】/121**

我觉得,或许我们都应该再勇敢一点。

**【第十六章 – 流星】/134**

无论未来我们能不能继续在一起——我都还是很想对你说,
许澄光,谢谢你。

**【第十七章 – 游乐园】/147**

我们的十七岁,很好很好。

**【第十八章 – 意外】/159**

她不会再往前走了,即便她再喜欢他。

**【第十九章 – 车站】/178**

仲夏夜的海边,那个对着流星大声许愿,
说要和她一起长大的十七岁少年,早已在时光的河流里消失不见。

**【第二十章 – 想念】/192**

她自作主张,为她的少年写了一次月亮。

# 目录

**【第二十一章 – 告白】/202**

我也很想你,光光。

**【第二十二章 – 回响】/217**

我遇见你,就像潮汐看见了月亮。

**【第二十三章 – 结局】/226**

十八岁漫长潮湿的雨季终会过去。青涩时光中暗恋的回音与惊喜,藏在触手可及的明天里。

**【许澄光番外 – 女孩】/234**

**【夏亮宇番外 – 成全】/250**

**【闻毓番外 – 我应该去爱你】/259**

**【实验中学联动番外 – 一期一会】/267**

**【作者后记 – 我们下个故事见】/278**

## 【楔子 – 夏天】

我的人生总在寒冬,可他却是夏天,是我一生中只看过一次的夏天。——江萌的日记

"写下这个剧本的灵感,来自我的一个好朋友分享给我的她曾经的暗恋故事。

"这个剧本里也包含了一些我自己的真实经历和感受。"

L市电视台演播厅里,青春暗恋主题电影《清清》的编剧专访现场,江萌正在面对摄像机回答主持人提出的关于剧本创作灵感的问题。

"自己的真实经历和感受……所以萌萌也曾经有过暗恋一个人的经历吗?"主持人问。

"嗯。"江萌点头。

"可以跟我们分享一下吗?比如……对方是一个什么样的人?"主持人紧接着问,突然灵机一动,"这样吧,我们临时给萌萌出一道题。

"如果要用一个词语来形容你的暗恋,或者来形容你暗恋的那个人,你觉得,哪个词语最合适?"

江萌不假思索,开口说:"夏天。"

"夏天?可以跟我们说一说原因吗?"

"我以前暗恋他的时候,曾经在日记中写过一句话——我的人生总在寒冬,可他却是夏天,是我一生中只看过一次的夏天。

"在我很小的时候,因为一场意外,我患上了应激障碍导致的失语症,不能开口说话了。从那时候起,周围很多人的眼光和评价让我变得非常自卑。也同样因为那场意外,我失去了一个完整的家庭,让我觉得自己是没办法拥有爱的。

"不过一个很偶然的机会,我遇见了他。

"他和别人很不一样。"江萌笑了,思考着该用怎样的词语来形容他,

"他……很特别。

"是他在我面前呈现出一个全新而美好的世界，并且引领着我走向这个世界，让我的人生拥有了焕然一新的光彩。

"所以我觉得，这场暗恋对于我来说意义非凡。

"我遇见他，就像寒冬遇见了夏天。"

"哇！"主持人忍不住感慨，"听得我好感动。"

"所以你和他……现在有在一起吗？"

江萌停顿片刻，摇了摇头。

"没关系。"主持人宽慰道，"即使结果不尽如人意，这段经历带给一个人的成长和改变，也是非常有意义的。

"而且其实通过萌萌你的描述，我能够很真切地感受到，你本身也是一个十分勇敢强大的女孩。"

江萌："谢谢。"

"在采访的最后，让我们一起期待电影《清清》可以早日上映，也祝福世界上所有的暗恋都能有一个好结果。

"今天的采访就到这里，谢谢大家。"

在主持人的结束语中，江萌从座位上起身，和工作人员打了招呼，随后走出电视台大楼。

时隔一年半再来到 L 市，江萌看到了街道上一些新修的建筑和新开的商铺。

城市在变化，只有那几片海一直没有变。

以及，刚步入这座城市就能闻到的海风气息——

哪怕身处地铁，那股咸湿清凉的气息依旧能够源源不断地涌入鼻息，仿佛播放着电影怀旧曲的老唱片，吟唱着过往悠长的记忆，将脑海中那些陈旧模糊的画面一幕幕重新带到眼前，使它们在熟悉的旋律中渐渐恢复清晰。

海赋予了每一座沿海城市独特的生命力。

于是与海有关的一切，在回忆里都有了呼吸。

江萌刚下地铁，便直奔景区海岸。

夜里的海和白天的海相比,有一种别样的气质和风情。

白天的海汹涌辽阔,白色的海浪撞击着礁石,水花飞溅,在阳光的暴晒下彰显出无尽的活力。夜里的海幽静深邃,跨海大桥上迷离的彩色灯光亮起,仿佛一条铺展在黑色绒布上的宝石珠串,华丽而神秘。

许是因为夜里的海过于幽深寂静,景区为了吸引游客,特意将夜晚的海滩装点得五光十色,热闹非凡。音乐喷泉和灯光秀夺人眼球,慕名而来的游客络绎不绝,海岸上一片人声鼎沸。

然而,江萌心里一直觉得,景区制造的喷泉和灯光秀再迷人耀眼,远不及她记忆中的那一幕海上夜景来得绚烂热烈。

那天是他的生日,他的朋友们在海上放了烟花为他庆生。

他在掌声雷动的祝福声中偏过头悄悄问她,你以前的生日都是怎么过的?

她一时不知该如何回答。

她和表姐的生日只差一天,记忆中,她的生日就这样被并入了表姐一向高调的生日派对里。

渐渐地,开始没有人记得她真正的生日。

出席生日派对的人都是表姐的朋友,她没有朋友,所以也没有人来为她庆生。

每一年的生日派对,她将自己无声地隐没在喧嚷的人群中,本能地击掌打着节拍,听他们合唱《生日快乐歌》为表姐庆生。

"许愿,吃蛋糕。"她收回思绪,回答得很简单。

"还有吗?"他问。

她摇头。

"带你去一个地方!"庆生结束后,他突然一脸神秘地抱着一袋什么东西,拉着她跑到了远处一片无人的海岸上。然后,她看到了一场属于她自己的绚丽而盛大的烟花。

他放给她的。

那晚,他为了感谢朋友们给他过生日,给每个人都许下了一个愿望,却唯独在那场烟花下,给她一个人许下了十七个愿望。

那天她送给他的生日礼物,是一本文集——他最喜欢的《夏天集》。

其实她还准备了一个礼物，是她从初一开始为他写的日记。
她没敢送给他那本日记。

后来他们分别，一年多的时间没有再见过面。

高三一整年，在教室里与做题和考试相伴的朝夕一点点模糊了四季的边界，时光如白驹过隙，夏天好像还没来临就已经过完。

他离开后，她再也没有看过一次夏天。

或许是因为那晚的她太过于贪心，在心里默默珍藏了他为她许下的每一个心愿。

所以最后，当流星划过夜空时，她对着流星许下的心愿，却没能够实现。

她对流星说，如果可以的话，她希望他们可以永远陪伴在彼此身边。

骤然响起的手机提示音打断了她的思绪。她打开手机微信，发现同系的学姐给她发来的消息：学妹，咱们学校心理咨询室公众号的最新一期，老师说想加入一个励志名言推荐的栏目，让你录一段语音。

学姐问：你可以给我发一段音频吗？

她回复：好的，学姐。我录好后发给你。

她打开手机录音软件，目光不由自主地被跨海大桥上突然变换了色彩的灯光所吸引。浩瀚星空宛如画卷，一弯浅月在夜幕中洒下婆娑的光晕，海面倒映着轻纱般的月影，波光粼粼，泛起了潮汐。

海浪涌动的背景音中，她按下录音键，对着手机说出了一句自己最喜欢的名言——

"我身上有一个不可战胜的夏天。"

她第一次看到这句名言，是在她十五岁那年。这句名言出现在学校下发的《中学生优秀作文选》中，来自一个人的推荐。

*"我身上有一个不可战胜的夏天。"*

*选自：加缪《夏天集》*

推荐人：Y市第一中学 九年级七班 许澄光

那一年，是她和许澄光正式相识的第一年。

## 【第一章 – 命运】

妈妈说，人情是最还不起的东西。

"等到了你大姨家，要讲礼貌，勤快一点儿。和你小雅表姐好好相处，多让着她点儿。"

江萌点点头，用手语问："妈妈，你什么时候回来？"

妈妈顿了顿，帮她把书包背在身上："还没定下来……你在你大姨家等着就行。等我回来了，就去大姨家接你。"

"好。"她用力点头。

妈妈静静地凝视着她，突然避开眼睛，伸手抹了把脸。

"小汐。"妈妈哽咽着开口，喊了声她的小名。

江萌怔怔的，不知道妈妈为什么哭，只是发现妈妈一哭，她也想哭了。

"妈妈对不起你。"妈妈眼中含泪，捧着她的脸说。

"江萌"这个名字，是她的姥姥在她十三岁那年重新给她取的。她十三岁之前的名字，叫作"江汐"。

"潮汐"的"汐"。

她的爸爸妈妈都姓江，十年前，两人在海边一见钟情，没过多久，爸爸便向妈妈求了婚。她出生时，爸爸给她取名为"江汐"，以此来纪念他和妈妈之间的爱情。

在没有足够了解对方的前提下，烈火烹油般的爱情，仓促又短暂，仿若昙花一现，很快就产生了裂痕。

爸爸的公司因为资金周转问题陷入破产危机，妈妈是一家服装店的员工，收入不高，没有能力帮助爸爸度过危机。两家的亲戚知道后，纷纷及时伸出援手，各家拿出不少钱填补了欠款。

妈妈在账本上一笔一画地记清了每家借出的钱，挨家挨户写好了欠条，承诺一定会尽快归还。

这笔钱并不容易还，更何况比钱更加难以归还的，是人情。

小学三年级那年，江萌经历了一场绑架。

绑匪在学校门口劫走她，将她迷晕后绑上一辆大巴车。她被绑在车里，经历山路上的辗转颠簸，来到了另一个城市。

其中一个绑匪，是爸爸公司的职工。而绑匪的目的，是向爸爸敲诈勒索。

敲诈勒索一个负债累累的人吗？

江萌心中费解。

一路上，绑匪不让她发出任何声音，她只要稍一出声，绑匪的拳头便会狠狠地落在她的身上。她浑身是伤，嘴巴被胶布紧紧封住，连呼吸都变得困难。

后来，爸爸来了。在和绑匪交涉的过程中，一个绑匪发现爸爸报了警，手里拿着刀冲向爸爸。江萌在远处被钳制着，想提醒爸爸小心，却在开口的一瞬间，发现自己的喉咙发不出任何声音。

利刃扎进爸爸的心脏，她拼命挣扎，滚烫的眼泪淌落了满脸。

很快警察赶到，成功救出了她，却没能救回她的爸爸。

"孩子的失语症属于应激障碍的表现。据我们调查了解到，绑匪一直不让孩子出声，一出声就打孩子。估计是在这种高压环境的刺激下，孩子渐渐变得抵触和害怕说话，由此患上了失语症。"结案时，警察对她妈妈说。

"要我说，小汐这孩子，就是让他们两口子给惯的！

"从小吃穿不愁，跟个小公主似的娇生惯养！平时见条虫子都害怕，关键时刻能不尿吗？

"她要不是被吓得连句话都说不出来，小滨能走吗？

"本来他们两口子日子就难过，现在小滨又没了，她们娘俩还怎么活？最后不还得从咱们身上……

"你少说两句！也不看看是什么场合！"

警局里，小婶话没说完，被小叔呵斥制止。

妈妈自始至终一言不发，牢牢地紧握住她的手，牵着她向大伯、姑姑和小叔每一家人深深鞠了一躬。

"我想带小汐走。"那天晚上,妈妈对他们说了这样一句话。

妈妈卖掉房子,还清了欠各家的钱。每家人都推托拒绝,妈妈却执意要给,他们只好收下。

江萌转到一所新的小学读书,身边的老师和同学都知道她是个不能说话的"哑巴",也有同学问过她:你为什么哑?是怎么哑的?难道你全家都是哑巴吗?

她总是避而不谈,含糊回应。

渐渐地,开始有人说,她是一个很笨的哑巴,一个听不懂别人说话的哑巴。

那一年,她和妈妈一起搬到了姥姥家。妈妈找到一份新的工作,这份工作很忙,也不稳定,但收入比之前高了很多。

学校里,各科老师了解到她的情况后,开始不再在课堂上提问她。班上的同学们习惯了她的迟钝和沉默,一点点地默许了她的边缘化,不再总是好奇地追问她问题,也不再把她当成一个浑身上下充满了秘密的"特殊同学",用异样或审视的眼光加以对待。

她的生活变得像温火煮粥一样平静,没有遇见什么值得期待的惊喜,也同样没有遭遇什么无法忍受的苦难。

她觉得这样的生活已经足够好。

因为经历过苦难加身的日子,所以才明白普通平常的生活有多么可贵与难得。

小学时光很快走至尾端,小升初考试中,她以中游的成绩被姥姥家小区附近的第二中学录取。

收到录取通知书的这一天,妈妈带着她和姥姥去饭店吃饭,然后告诉她,自己由于工作上的调度,要去南方的城市工作一个月。姥姥已经定下来下个月要回乡下老家,妈妈说,住在市里的大姨得知这个情况后,想邀请她去自己家里住一个暑假。

江萌心里是不太想去大姨家的。

因为不想给大姨添麻烦,也因为她知道,她的表姐符昕雅一直不喜欢她。可当妈妈和姥姥都决定让她去大姨家住的时候,她还是听话地点了点头。

因为她同样不想给妈妈和姥姥添麻烦。

从那场变故发生起,她好像已经给太多太多的人,添过太多太多的麻烦了。

"凭什么让她住书房,书房那么大……"

大姨家里,因为大姨准备把书房收拾出来给她住,表姐符昕雅大发雷霆,不满地吼道。

"那你住书房,把你的房间腾出来给小汐住!"大姨怒声说。

"我不要!"符昕雅让步,"她住书房可以,但我放在书房里的这些东西一个都不能拿出来!"

"你这孩子!惯得你无法无天了!"大姨气得撸起袖子,扬起巴掌就要往符昕雅身上挥,被江萌急忙拉住。

"大姨。"她微笑着对大姨比画,"表姐的这些东西就放在这儿吧。这个房间确实……太大了。"

大姨没再说什么,叹了口气,目光怜惜地伸手摸了摸她的头。

大姨和大姨夫频繁出差,早出晚归,大姨家经常只有江萌和符昕雅两个人。

江萌习惯了自己买菜做饭,会把符昕雅的那一份也做出来,但符昕雅从来不吃,她更喜欢点外卖。渐渐地,她开始只做自己的那一份。

符昕雅经常会来书房找东西,将她刚整理好的房间翻乱。每当符昕雅离开后,她便会将房间重新整理好。可很快,符昕雅又会跑过来再次翻乱。

不是没想过反击,只是她并没有反击的资格。

她甚至都不用去做什么,就能预料到一旦自己反击,符昕雅便会用"你们家欠了我们家的人情"这句话来压制她。

爸爸出事的那一年,他们家的确欠了大姨家的人情,欠了很多很多。

妈妈说,人情是最还不起的东西。

所以她要懂事,要学会忍让,要顾全大局……

江萌在大姨家尽力去做好妈妈嘱咐过她的一切,却还是会在一次又一次打扫着被符昕雅弄乱的房间时鼻子一酸,忍不住想要落泪。

为什么偏偏是她呢？

为什么命运偏偏选定了她成为人情的背负者，明明她什么坏事都没有做。

可惜命运永远拥有绝对的选择权，执掌着每个人的经历遭遇，从来不需要向任何人给出理由。

而她唯一能做的，就是努力过完在大姨家的每一天，同时期待着妈妈可以快一点来接她回家。

"小汐，暑假要不要跟你表姐一起去参加数学补习班？"

一个周末的中午，逛街回来的大姨手里拿着一张补习班宣传单，和蔼地问她。

她连忙摆手拒绝。这家补习班的费用不低，她没有足够的钱，难道要大姨来出这份钱吗？

她实在不想再欠下人情了。

"你和我一起去吧。"符昕雅淡淡地开口，对她说，"二姨已经同意了，说到时候把补课费转给我妈。而且两个人一起报名的话，还可以优惠打折。

"你就当是帮我家省点儿钱，如果实在不想去的话，你报完名再退款不去上，不就得了？

"我听说这个补习班上的都是拔高课，估计你去了也听不懂，没什么用。"

符昕雅的这番话并不好听，江萌却因此如释重负。

不用让大姨多出一份钱就好。

况且，能在补习班度过这个暑假也挺好的。这样她就不用每天从早到晚都在大姨家待着……她的房间里摆满了符昕雅各式各样稀奇古怪的小玩意儿，整天和这些小玩意儿共处一室，她总是怕一不小心把它们磕了碰了。

她想着，点头答应了大姨。

许多年后，当江萌在整理儿时旧物时翻出那张夹在笔记本里的宣传单，她心中不由得感慨万千。当时答应大姨去参加补习班的她，一定无论如何都想不到，她少女时代长达近十年漫长酸涩而又刻骨铭心的感情，竟然开始于那个炽热而短暂的夏天。

## 【第二章 – 许澄光】
原来人总是会被光芒所吸引的,她也不例外。

当天下午,大姨领着她俩去补习班填写了报名表。

然后,她看到补习班报名表的第一行,写着一个她熟悉的名字——许澄光。

之所以熟悉,是因为江萌并不是第一次听到"许澄光"这个名字。

符昕雅不止一次在家里跟她的朋友们或者跟大姨提起他。

——"我这次没考第一是因为许澄光影响了我……他坐我前面,提前答完卷不检查,趴桌子还转笔,让我分心。"

——"许澄光长得还可以吧,我不否认他长得还可以。但他实在太烦人了!"

——"其实数学课上是我第一个把最后一道大题算出来的,但我忘记举手了。许澄光刚做完就把正确答案喊出来显摆,所以老师才表扬了他。"

——"你别提许澄光了,他真的很烦人!亮宇哥?我和他还不太熟……哎呀,算了!你还是提许澄光吧!"

符昕雅一向宣扬自己"生人勿近,最不好惹",能把她弄得这么心烦意乱,江萌觉得,这个叫许澄光的男生一定很让人头疼。

她脑海中莫名浮现出自己班级后排那几个总爱接话起哄的男生,在心里悄悄猜测,这个许澄光大概就是他们这类捣蛋鬼。

然而当她真正坐在补习班的教室里,看到了这位久仰大名的神秘人物时,她又不再这样想了。

他和他们很不一样,这种"不一样"很难去形容。

他长得很好看,皮肤白净,五官标致,一双大而乌亮的眼睛扑闪扑闪的,深邃灵动,像夜晚湖面上倒映的星星。

他喜欢坐在第一排听课,而且一定要坐在紧贴着讲台的第一排最中间的位置。上课的时候，他反应总是特别快，永远能第一个回答出老师的问题，甚至连老师接下来要问什么都能先一步说出来。下课的时候，他会和周围的同学有一搭没一搭地闲聊，但手里永远是在算着题的。他特别喜欢做题，她甚至听到他扬言还没有自己做不出来的数学题……

符昕雅的光芒似乎因为这个课堂极度活跃分子的存在而削减了许多，所以经常会愤愤不平地找他碴儿、冲他发脾气。他从来不生气，每次都只是凉悠悠地回她一句"下次你比我更快把题做出来不就得了"。

江萌坐在教室的角落里默默看着他们之间的交锋，心中并没有涌起太多波澜。无论是谁的光芒被暂时削弱，还是谁的光芒势头正盛，都离她那样遥远——因为他们身上有光芒。而她的身上，一直是没有光的。

尽管她在上课的时候已经努力去听了，但老师布置的随堂练习题她还是解不出几道。教室角落里除了几个在偷偷打游戏和看漫画的同学，就只剩下一个习惯了和抄在本子上的题目大眼瞪小眼的她。她茫然无措的举动让本就足够漫长难挨的课堂时光流逝得更加缓慢了。

"下面这道题——"

黑板前，数学老师又布置了一道随堂练习题。老师刚用粉笔把题目写完，话音未落，第一排以许澄光为首的好几个同学就已经高高举起了手。

"这道题比较简单。"老师的视线掠过举着手的几个人，挪到了最后一排，"我找一名还没有回答过问题的同学来回答。"

随着老师凌厉的视线扫射过来，江萌注意到身边几个正窝在椅子里打游戏的男生不动声色地坐直了些，默默把游戏机塞进桌洞。她也跟着一阵心虚——虽然她什么坏事都没干，但"做不出来题目"本身就已经算得上足够坏的事了。她握着圆珠笔的手指微微发僵，下意识地把头埋得更低。

"角落里的那个女生，你来说一下解题思路。"

她僵硬地缓缓起身，听见身边爆发出一阵刺耳的哄笑声。

"老师，她说不了话！"一个男生高声喊道。

"为什么说不了话？哑巴了不成？"老师显然并不相信男生的话。

"对啊！她就是哑巴！您没说错！"又一个男生扯着嗓子补充。

江萌站在原地，抿紧了双唇，眼睫抑制不住地颤抖。

她眼眶酸涩，脸颊也因为羞愤无力而有些发烫。

要忍耐，要习惯，要学会不去在意他们的话……她在心里不断地告诉自己。

就在此时，她注意到许澄光也跟随班上的其他同学一起转过了头。开班这么久以来，这是他第一次把目光落到她的身上。

不知道为什么，她不自觉地把头埋得更低了。

老师神色尴尬，清了清嗓子，接着说："不能说话也没关系，那就……来黑板上写一下这道题的解题步骤？"

老师敲了几下讲台，怒声道："其他人！笑什么笑！都赶紧给我看题！待会儿人家不能说话的同学都会做，你做不出来，丢不丢人！"

可如果不能说话的同学不会做呢？

江萌并不理解，能不能把数学题解出来和能不能开口说话之间究竟有什么关系。然而老师的话还是等同于把她架在了火上烤，好像一旦她再站着不动，就会印证两者之间的确是有关系的。

可她的确不会做，所以她动不了。

"欸！许澄光你干什么，我让你上来了吗？"

老师还在等待她的动作，许澄光却突然趁老师没注意，溜上了讲台。

"老师，这道题我会简便算法，您就让我写一下吧！"他握着粉笔委屈巴巴地望向老师，苦苦哀求，"求您了！求您了！"

老师皱着眉头看了他一会儿，无奈地妥协道："行，你写吧。"

许澄光得意地挑了挑眉，江萌怔怔注视着他的表情，眼神猝不及防和他的目光对上。他朝她使了个眼色，又抬了抬下巴示意她赶快坐下。

那样熟稔默契又明目张胆的解围，可他们两人明明并不认识。

她缓缓坐回座位上，拿起笔，机械般一笔一画地去抄他正在黑板上写下的简便算法。

至于他写的算法到底对不对，似乎已经不再重要了。

他在她心里的印象因为这个突如其来的小插曲而发生了一丝微妙的变化。

他身上的光芒虽然刺眼，却并没有那么锋利了。

至少和班上其他许多同样拥有光芒的人相比，她觉得，他还另外拥有着一抹柔软可爱的小光芒。

那天之后，江萌被老师调到前排的座位，而这个另外拥有柔软光芒的人，却很少再出现在她的视野中了。

因为人数过多,补习班被分为快班、慢班,分别于两个教室上课。许澄光和符昕雅都被分到了快班,而她自然被留在了慢班。

慢班里,老师们给他们讲解更多更为基础的内容。教室里,大部分是跟她一样在课堂上一言不发、只顾埋头拼命记笔记的同学,他们会在老师讲解完思路问大家有没有听懂时频率一致地缓慢点头,也有小部分同学仍旧喜欢坐在最后一排,低垂着头同样频率一致地打游戏或者看漫画。教室里安静了许多,同学们的压力也减轻了许多。

或许是因为少了那个总是和老师一唱一和打配合的人。

偶尔,江萌会下意识地朝门外看一眼,或很敏感地竖起耳朵去听隔壁教室里传来的动静。她经常能听见隔壁班老师嗓音高亢的讲课声、同学们激烈的讨论声、此起彼伏的掌声和吵闹的起哄声。

她习惯性地在这些嘈杂各异的声音中捕捉那个声音,有时她会被老师拍几下黑板拉回思绪,恍然察觉到自己正在因为什么而分心。

或许只是因为他身上的光芒实在太盛,她想。

原来人总是会被光芒所吸引的。

她也不例外。

## 【第三章 - 龙井绿茶】
也祝你假期愉快,光光哥哥。

补习接近尾声的时候,江萌发现补习班里很多同学都在买同一款面包。常常是好几个人抱着一大堆面包聚在一起,把面包一袋接一袋地拆开。后来,她才明白他们是在积攒这款面包赠送的十二生肖卡片。

每袋面包里都有一张卡片,听说超市老板为了促进销量,举办了一个"集卡赢奖品"的活动。活动奖品种类繁多,最大的奖项是一张远程机票或者一套游戏装备,想要获得这个奖,需要集满一套完整的十二生肖卡片。

还有很多其他奖,比如一个毛绒玩具、一个钥匙扣、一袋零食大礼包等等。

放学后,在走廊里,江萌无意中看到许澄光也拆开了一个同样的面包。不过和别人不一样的是,别人都想要卡片,他却只要面包。

"给你,是个兔子的。"

"兔子?太好了!我正好缺个兔子!啊啊啊,爱死你了小光光!"

同行男生接过他递来的卡片兴奋地大喊。许澄光显然被男生的"表白"和他给自己取的爱心昵称恶心到了,嫌弃地避开他扑上来的拥抱,咬着面包一溜烟地走了。

江萌垂下眼,下意识地弯了弯唇角。

不知道为什么,许澄光很多时候的表情和动作都会让她特别想笑。

她相信有些人身上是自带幽默感的。

比如许澄光。

"你笑什么呢?"符昕雅从她身后走过来问。

江萌一愣,摇摇头,敛去笑意。

"对了,我昨天听说一个秘密,和你有关的。"符昕雅的声音不怀好意,"你给我二姨发短信,她不是一直不回复你吗?我妈说是因为她太忙了。

之前我也以为,她是因为工作忙,所以没空理你。直到昨天,我听到她给我妈打电话,说她不打算回来了。"

符昕雅俯在江萌耳边,刻意挑衅般一字一顿地说:"我听到她说,她决定以后就留在N市了。她不要你了。"

江萌脚步顿住,心脏骤然一颤。

透过符昕雅突如其来的一番话,她恍惚想起妈妈在出差前做过的许多让她觉得反常的举动。

比如教她做饭,教她使用洗衣机,教她用针线缝补衣服。

比如往她的零钱包里塞满现金,又去超市给她买了很多平时她喜欢吃却经常不被允许买的零食。

再比如,在送她去大姨家之前,捂着脸流眼泪,哽咽着喊她的名字,对她说"对不起"。

可妈妈明明说过,会回来接她的。

她们还要一起回家。

如果妈妈真的不要她了,那……她该怎么办呢?

一瞬间,她鼻腔酸涩,眼前雾气氤氲,心跳也变得慌乱。

她突然好想妈妈。

她想去找妈妈。

如果她坐飞机到达N市,再告诉妈妈自己来找她了,妈妈就一定不会再不回她的消息了吧?

她决定等补习结束就马上去做这件事,让妈妈带她回家。

她就这样加入了"面包大军"。

每天清晨,在去往补习班的路上,她都会用零花钱在超市买两个面包。一个作为她的早饭,另一个则作为她的午饭或晚饭。

不知道是不是上天听到了她的心愿,她的运气竟然好得出奇。除了偶尔拿到重复的卡片,她花了不到两周的时间就集齐了十二张带有全部生肖属相卡通图案的卡片。

这些卡片可以带她去N市找妈妈。

她把积攒好的卡片紧紧贴在胸口,感受到自己的心脏在胸腔里跳动得剧烈而又飞快。她的双眼再次微微模糊,不过她知道,这是激动和幸福的泪水。

她才不会相信符昕雅说的那些故意用来气她的假话。

厚厚的一摞卡片被她小心翼翼地装进一个塑料小盒子。她拉开书包拉链，把小盒子塞进书包里侧的夹层。

一整个上午，她无数次把手探进桌箱，隔着书包布料去触摸小盒子的轮廓，忽然觉得今天的课堂时间格外漫长。

还要等多久才能放学呢？

她迫不及待地盼望放学，等下课铃一响，她要像那群着急回家打游戏的男生一样，第一时间跑到超市，找老板兑换机票。

上午最后一节课结束，江萌发现大姨的身影出现在补习班门口。

"中午你姨夫的同事过生日，咱们一起去酒店吃饭。"大姨说。

"表姐也去吗？"她比画着问大姨。

"她说和同学有约，说什么都不肯去。随她吧，你跟大姨去！"

江萌点点头。

大姨把她带到酒店大厅，注意到姨夫的领导下了车，连忙跑去门口迎接。江萌站在大厅中央，望着四周陌生的叔叔阿姨三五成群地站在一起寒暄聊天，有些无所适从。

她正四处打量，突然听见一位叔叔回头喊了一声："光光！快过来！"

毫无预兆地，江萌看到了许澄光。他依旧穿着平时最爱穿的白色T恤，正午天气热，短短的袖子被他习惯性地撸到了肩侧，又被这位叔叔皱着眉头扯下来捋平。

她无意间瞥见二人之间的小动作，第一次看到无拘无束的许澄光被家长管教，不由自主地轻轻抿起了嘴角。

"这是我外甥，光光。"她听见叔叔对他身边的一位阿姨说。

"哎哟！小宝贝儿长得可真帅！"阿姨笑弯了眼睛，捏着许澄光的脸，语气夸张地说道。

小宝贝儿。

江萌第一次听见长辈这么叫他，看到他脸上变色的表情，她努力忍住了笑意。然而，很快她就笑不出来了，因为那位阿姨竟然朝她走了过来。

"你是小雅吧？长得可真漂亮！"阿姨说完就要拉她走，"那边一群叔叔阿姨正在找你呢,说挺久没见了!"

她慌忙摇头,正想向阿姨解释,突然看见许澄光急匆匆地跑过来。

"她不是符昕雅!"他一把掰开阿姨拽住她胳膊的手,站在她身前认真地开口,"她叫江汐,是符昕雅的表妹。"

江萌愣住了。她没有想到,他竟然知道她的名字,甚至连她和符昕雅之间的关系都知道。

她一直以为他从来没有注意过她。

不过,她转念一想,他和符昕雅那么熟,符昕雅应该跟他提起过自己。

大姨迎接完领导,扭头注意到他们,连忙过来打招呼,指着许澄光向她介绍说:"小汐,这是你光光哥哥!"

江萌礼貌地微笑,冲他挥了挥手。

他也向她挥手,眼中笑意明亮,带着与生俱来的亲切感。像阳光,刺眼得让人无法直视,却又温暖得让人抗拒不了。

不远处一位站在前台的长发阿姨喊他帮忙统计人数,他应了一声,转身飞快地跑开了。

江萌看着他离开的背影,心里忽然产生了一种很奇妙的感觉。

她为什么一面对他就会觉得紧张呢?

而且,每次只要他一出现,她的目光就会被吸走,好像再也看不到其他人一样。

"光光着这孩子,可真招人疼!"大姨笑眯眯地说,同样注视着许澄光的背影。

"是呢!刚刚我把小汐认成小雅了,他还跑过来纠正我呢!"认错人的阿姨也笑着说。

江萌长舒一口气,唇角浅浅上扬。

原来这种感觉很正常,其他人也会产生同样的感觉。

因为他的性格比较"招人疼"。

"原来是小汐,哎哟,小可怜儿……"认错人的阿姨突然想起什么,脸上的笑容淡去,眼中染上同情和怜悯,压低嗓音凑到大姨身旁问,"她一直在你家住着呢?她妈怎么说?什么时候回来接她?"

大姨没有回话,不动声色地摇摇头。

江萌一颗心提起来,想继续听下去,两人却突然转了话题,聊起了办公室八卦和家长里短。

那时她还小,不懂得大人们对打探他人的家事有着天然的好奇心,更不懂得在社交场合里,一个眼神的交换就足以得出一个问题的答案。

她什么都没能懂得。

不过没关系,反正她已经集齐了全部的卡片。很快,她就可以自己坐飞机去找妈妈了。

江萌和一群陌生的叔叔阿姨坐在包间里。

大姨一直站在包间门口张罗着点菜与上菜事宜,菜上齐后,便端起酒杯敬酒。饭桌上的叔叔阿姨都是她没见过的,他们一边喝酒一边聊天,脸上带着相似的笑容,带有玻璃转盘的圆桌上除了几瓶白酒,能喝的就只剩下一大瓶汇源桃汁。

她闷头吃菜吃得口渴,却没有去拿那瓶桃汁。

她对桃汁过敏。

于是,她起身走出包间。酒店大厅里,几个服务员姐姐正忙前忙后,她想问一下有没有白开水,却一直没人顾得上她,被她拉住询问的姐姐也只是说让她再等等。

墙角的冰箱里倒是有冰镇的饮料,但她今天没有带钱。

酒席是别人家办的,她不想因为自己口渴而多出一瓶饮料的费用。

"喝饮料吗?"

她正站在原地纠结犯愁,视线猝不及防间被一个白色的身影遮挡,熟悉的洗衣液香味瞬间盈满了鼻腔。

许澄光抱着两瓶冰镇龙井绿茶出现在她面前,把其中一瓶塞进她手里。他说:"你没觉得今天点的菜都特别辣?而且我那桌连一瓶矿泉水都没有,就只有桃汁!我不爱喝桃汁,辣死了,太崩溃了……"

江萌呆呆地望着他,随后垂下眼睛,看着手里的龙井绿茶笑了。

她向他道谢,注意到他仰起头"咕咚咕咚"灌了大半瓶绿茶,便也拧开自己那瓶绿茶的盖子。

"干杯!"

少年突然用自己空了大半的饮料瓶碰了一下她满满的饮料瓶,乐呵呵地说:"到今天,补课终于完成了,真正的暑假马上开始喽!"

他喜悦地扬眉:"假期愉快!小汐妹妹!"

她一顿,指尖颤了颤,脸颊微微发烫。

在大人们推杯换盏的酒局里,原本和她不熟的许澄光,成了这个陌生局促的场合中,她最熟悉亲切的人。这是他第二次从天而降出现在她面前,给她雪中送炭,轻而易举地解决了她的燃眉之急。

虽然明知道每一次都只是他的性格使然,她还是不由得产生了一种他们之间心意相通的错觉。

可即使他真的心意相通,就代表他们有可能成为朋友吗?

他平时只对数学题感兴趣,但那些让他感兴趣的数学题,她既看不懂也听不懂,又怎么可能那么轻易地和他成为朋友呢?

不过,无论如何,她还是很开心能够认识他。

毕竟,现在的她是真的很需要这瓶绿茶。

"也祝你假期愉快,光光哥哥。"

她猜他并不能看懂她的手语,于是把这句话悄悄藏进了心里,只能用真诚的笑容来回应他的祝福,并且主动和他轻轻碰了一下饮料瓶。

## 【第四章 - 愿望】

每个人的心里都藏着一个独特的小花园,不需要用言语表达出来。我相信,你心里的小花园,一定有人看得见。

饭局结束后,江萌带着绿茶提前来到了补习班的教室。下午的教学安排是自由复习和答疑,昨天很多同学都说自己今天下午不会来了。她本以为现在教室里应该没有人在,没想到她刚走进门,就发现自己的座位上一片狼藉。

几个男生正聚在那里嘻嘻哈哈地大笑,手里摆弄着几张生肖卡片,他们的脚边还散落着好几张被撕碎的卡片。

江萌大脑中一片空白,她猛地冲了过去,要抢走他们手里的卡片。

"你抢我们的卡干什么?"一个男生朝她大吼。

"卡片是我的。"她含着眼泪,喉咙里发不出声音,只能紧咬着嘴唇指了指自己。

"你有证据证明是你的吗?"男生质问她。

"对啊!明明就是我们几个一起攒的!你凭什么说是你的!"另一个男生紧跟着问。

江萌眼泪涌了出来,伸手指了指自己座位周围。

"我们来的时候你这儿就已经这样了啊!我们也不知道怎么回事!"

"对啊!没准中午有人来打劫呢!"男生们不肯承认,纷纷扯着嗓子胡诌。

江萌无法开口,只能拼尽力气去和他们争抢卡片。

"你怎么抢别人的东西啊?我告诉你死哑巴!你要是再不松手,我可要对你不客气了!"

滚烫的眼泪顺着脸颊一滴滴滑落,她的掌心被卡片的边缘硌出了红印,手指也被他们掰得很疼,可她还是没有松手。

虽然她知道,就算她不松手,十二生肖卡也不齐全了,有几张已被撕毁作废了。

但他们手中还有没被撕毁的卡片,她不能让这些卡片也被他们抢走。

"你是不是欠收拾……"

正和她争抢卡片的男生气急败坏地抓住她的肩膀,高高挥起手臂,她猛烈挣扎避闪,突然被一道力量向后一拉。

许澄光挡在她身前,钳制住男生的手臂,一拳朝男生脸上挥过去。

那男生仰倒在椅子上,面红耳赤,捂住脸难以置信地抬头瞪着许澄光。

许澄光沉着脸没有说话,伸手拿走他们手里剩下的所有卡片。

"许澄光,你有病吧!滚回你们班去!来我们班多管什么闲事!"

"对啊!和你有关系吗?许澄光!"

许澄光没理他们,牵起她的手转身就走,临走前只留给了他们一句话。

他说:"江汐是我妹妹。"

江萌被许澄光牵着走出补习班,午后的暖阳散发出金色的光芒,她掌心濡湿,浑身被阳光炙烤得发烫。

她发现他带她来到了举办面包集卡活动的那家超市,然后,她看见他从货架上取下一大堆面包,抱着它们去收银台付了账。

"来吧,还差八张!见证奇迹的时刻!"

一分钟过去……

"怎么这么多兔子?"

两分钟过去……

"居然还是兔子?"

超市对面的长椅上,许澄光信心满满地将面包一袋接一袋地拆开,又因为拆出了一个又一个重复的兔子图案而变得越来越崩溃。

全部拆完后,他猛然起身,再次朝超市门口大步走过去,却被江萌拉住了。

她冲他摇了摇头。

"不行。我以前一直觉得这个集卡活动特别无聊,但现在,它成功地激起了我的胜负欲!"他说。

江萌有些无奈。

最后,许澄光买走了货架上仅剩的几袋面包,但还有一张小狗图案的卡片仍然没被他们收集到。

"你想要哪个奖品?机票?还是游戏装备?要不我直接帮你买下来吧?"许澄光叹了口气。

她只是摇摇头,示意没关系。

许澄光愁眉苦脸地咬着面包,江萌写了一张纸条递给他:"谢谢你。"

"不用谢,又没有帮你把卡片集齐。"他闷闷道。

"没事的,你已经……"

你已经对我很好很好了。

她想把这句话告诉他,还没等她动笔开始写,突然注意到他正侧过头盯着她看。

江萌被他看得发怔,脸上一阵发烫。

"你的辫子……是你自己编的吗?你会编吗?"他问。

很奇怪的问题。

难道许澄光突然想学编辫子了?

她心中纳闷,诚实地摇了摇头。她的辫子是中午去酒店之前,大姨去理发店做头发,顺便让理发师姐姐给她编的。

江萌抬手摸了摸,发现辫子已经散了,估计现在她的头发看上去乱蓬蓬的。

"你等我一下。"

他说完,从裤子口袋里掏出手机。

他竟然偷偷带手机来补习班。

江萌神色惊讶,看着他用手机拨了一通电话。

"你会不会编辫子?"

"你有病吧,许澄光!我会编哪门子辫子?"对面的男生气得怒吼,"你不问沈冰清你问我?"

"我就是知道她肯定不会,才来问你的。"许澄光扁扁嘴,"算了,挂了。"

他看了眼江萌,眼珠一转,说:"你再等我一下。"

她看到他在手机屏幕上打开一个短视频APP,在搜索栏里输入了"如何给女生编辫子"几个字。很快,许多小视频教程弹了出来。

"你……先转过去一下?"

江萌没反应过来,本能地转过身。随后,她感觉到自己头上松散的辫子被一双手小心翼翼地拆开了。

他的动作很轻很慢,偶尔,伴随着他疑惑的嘀咕声,他的动作会停顿片刻，紧接着，她听见教程视频被他调回开头的位置重新播放。

原来还有对他来说这么困难的事情。

原来他也不是无所不能的。

她的唇角轻轻弯了弯。他笨拙缓慢的动作像是不停地往她的心里灌蜜，让她一颗心沉甸甸的，由湿凉变得滚烫。

"编完了！我觉得还不错！"他长舒一口气，兴奋地说，"我拍张照给你看看！"

他用手机在她身后拍完照，把照片递到她面前，殷切地问她："好不好看？"

江萌笑了，重重地点了点头。

他把手机放回口袋，突然低声说："其实我也有愿望。不过我的愿望，靠集生肖卡片实现不了，只能靠我自己来实现。"

阳光洒在少年的肩上，他仰头望向远方，目光深沉而坚韧，是她从未见过的模样。

"我爸和我妈在我很小的时候就离婚了。我爸以前是个医生，因为一场医疗事故，造成了很严重的后果。那段时间我爸停职在家，我妈每天和他吵，后来我爸就离开了，去了别的城市。

"我从小就想学医，但我妈不让。去年她得到一个M国的工作机会，想把我也带到国外，但我不肯去。她警告我说，如果我不跟她出国，她就断我零花钱，不给我生活费。

"我说不给就不给，反正我就是不去。我要留在Y市，我要学医，我要成为一个比我爸还厉害的医生，我不怕面对风险。

"后来她就自己走了，把我丢给了我舅。她不给我零花钱，我就想办法自己赚。前阵子她终于妥协了，说如果我能考上清北，她就同意我学医。

"丁峻明……就是刚刚跟我打电话的那个男生，他是我的好哥们。他说我妈提的这个要求特别离谱，就是故意刁难我的，但我不这么觉得。

"我相信我能考上清北，因为我不但聪明，还比跟我一样聪明的人更努力。"

江萌专注地听着，不知不觉地难过起来，却还是被他最后一番自夸的话逗笑了。她发现许澄光正在盯着她看，及时收敛了笑意。

她认真思索片刻，右手朝他竖起大拇指，然后伸出左手，指了指他，又指了指这个大拇指。

很简单的一个手势,算不上手语,她觉得,他应该会明白她想要对他说的话。

光光哥哥,你真的特别棒。

以及,我相信你,一定可以实现你的愿望。

少女看着他,安静地微笑,眉眼弯起弧度,明媚而温柔。

许澄光注视着她的动作,有些出神,随即笑了,含笑向她点头。

少年突然伸手,学着她的样子,也竖起大拇指,在她面前使劲儿晃了晃。

"你也是这个!"他对她说,语气认真,笑容刺眼又明亮。

江萌呆呆地愣住,眼眶一热,视线变得模糊。

"我知道你是因为生病了,才暂时不能说话的。"他继续开口。

"我知道你不能说话",很多人都对她这样说过,他是第一个在"不能说话"前面加上了"暂时"两个字的人。

"但我觉得没关系,这并不会妨碍你成为一个勇敢而强大的人。

"而且我们语文老师说了,表达自己不一定要通过语言,人的表情、动作、文字……这些方式都可以表达自己。

"比如笑就可以表达自己。

"虽然我妈总说我每天嬉皮笑脸没正形,但我觉得多笑笑没什么不好的。俗话说嘛,爱笑的人运气好!我感觉我的考试运就一直不错!

"每个人的心里都藏着一个独特的小花园,不需要用言语表达出来。

"我相信,你心里的小花园,一定有人看得见!"

"谢谢你,光光哥哥。"她眼中泛着泪光,抿起嘴角朝他绽开笑容,再次写下一张小纸条递给他。

她和许澄光并肩走在回补习班的路上,看见大姨领着符昕雅从马路尽头匆匆赶来。

"怎么回事,小汐?怎么不上课跑这儿来了?"大姨问着两人,"光光,你怎么也不上课?"

"他们俩密谋逃学呗。"符昕雅小声嘀咕,"下午老师什么也没讲,早知道我也不去了。"

许澄光挠头一笑,对大姨说:"阿姨,那我先回家了!"

"去吧!"大姨扭头看向江萌和符昕雅,"你们俩,快和光光哥哥说再见!"

"光光哥哥?"符昕雅表情复杂,皱着眉问,"妈,你没事儿吧?他生日只比我大几个月而已,还想让我叫他哥……"

符昕雅不肯妥协,被大姨瞪了一眼。

江萌忍不住笑了,听话地举起手朝他挥了挥。

"拜拜!"许澄光同样跟她挥手道别。

他走了几步,突然想起什么,停步,转头喊她的名字:"小汐!"

江萌怔怔地抬起头。

"还少了一张小狗的,我记着呢!"他冲她抬了抬下巴,再次用右手竖起大拇指左右晃动起来,笑容格外温暖灿烂,"一定帮你找到!"

江萌弯着唇角,凝神注视着对面的少年,眼睛烫烫的,鼻尖又开始发酸。

"什么小狗?"

许澄光离开后,符昕雅突然开口问她。

"什么你都想打听!"大姨嗔怪道,"刚刚让你叫声哥哥都不肯,一点儿面子都不给我!"

"我只认亮宇哥一个哥哥。"符昕雅摇着辫子说。

"一天天就知道亮宇哥、亮宇哥……"大姨说,"明天我问问亮宇妈妈,怎么培养出了这么优秀的孩子,让我们家小雅成天挂在嘴边念叨……"

"妈!你烦不烦!你要是敢去乱说,我就真生气再也不理你了!"符昕雅垂头用脚尖踢着地上的小石子,眉头蹙起,脸颊泛起红晕。

江萌第一次见到这副模样的表姐,心上莫名一颤。

她似乎察觉到了表姐的秘密,一个在她们这个年纪难以启齿、无法言说的秘密。

一个她所没有的秘密。

她真的没有吗?

曾经的她可以笃定地得出这个问题的答案,现在的她却下意识地看了眼自己手里紧攥的一摞卡片,在给出这个问题的答案时陷入了迟疑。

因为她的脑海中浮现出了一个人。

这个人有一个让她印象深刻的名字。

他叫"许澄光"。

## 【第五章 - 新生】
虽然我不知道你的愿望是什么，但，祝你梦想成真。

"姥姥，您怎么来了？"

江萌回到大姨家，刚一进门，就看见了坐在客厅沙发上的姥姥。

"来接你回家。"姥姥说。

"妈妈呢？"她比画着问姥姥。

"来，小汐。"姥姥站起身，牵起她的手走进书房，"跟姥姥过来。"

书房里，姥姥坐在她身边，满脸疼惜地望着她，伸手轻轻拨弄了一下她额角的碎发。

"今天这辫子编得可真好看。"姥姥笑眯眯的，"谁给你编的？你大姨？"

江萌摇头，下意识地摸了摸自己贴在颈后的头发，脸颊染上红晕。

她不好意思告诉姥姥，是一个男生给她编的。

一个……对她很好的男生。

"同学给编的。"她说。

"你同学的手真巧。"姥姥笑道。

江萌想起许澄光一遍又一遍把编发视频倒回去重放的样子，唇角不自觉地扬了起来，弯着眼睛点了点头。

"小汐，姥姥跟你说一件事。

"现在你妈妈在南方工作，估计一时半会儿很难再有变动。单位领导看她工作干得好，说什么都不肯放她回来。所以她可能……需要在那边接着待一段时间。

"那边有一个叔叔，他现在正照顾着你妈妈。

"那叔叔是你妈妈的朋友，一直没结婚，也一直……对你妈妈挺好。

"你也知道，咱们家这儿地方小，自从你爸出事，街坊邻里的闲言碎语就没断过。她心里委屈，却一直没处说，就半夜自个儿躲在被窝里哭。

前两天我给她打电话，发现她的心情比之前好了不少。

"所以……"姥姥双手紧攥着她的手，没继续说，只是眼神平静地看着她，语气试探地问，"你能明白姥姥说的话吗？"

江萌忍住鼻酸，抬眼望向姥姥，微笑着点了点头。

"我明白的，姥姥。"她笑着，用手语对姥姥说，"我希望妈妈幸福。我不会去打扰她的。"

她说："我这就跟您回家。"

话刚说完，就看到有眼泪从姥姥的眼眶里流下来，一滴接着一滴，滑过皱纹满布的苍老面颊。

她连忙帮姥姥擦泪，姥姥抓着她的手，哽咽着说："多好的小汐，怎么命就这么苦呢……"姥姥声音颤抖，"都怪姥姥……什么都给不了你们娘俩……都怪姥姥……"

江萌摇头，回握住姥姥的手，用目光对姥姥说："不怪您。"

她从来没有责怪过任何人。

她曾在心底埋怨命运的不公，却也知道苦难的降临本就是随机发生，反复去追问上天为什么选择她来承受苦难，是一件没有意义的事情。

被苦难选中的人，只能想尽办法在苦难中求生。

实话说，她并不怪妈妈。

她希望妈妈可以得到幸福，这是她的真心话。

那场悲剧发生之后，如果命运还愿意放她和妈妈一马，让留下的她们母女二人之中有一个人还有机会获得幸福的话——

她希望那个有机会得到幸福的人，是她的妈妈。

她回到姥姥家，没过多久，便迎来开学日。

初一入学前，姥姥说，想给她改个名字。

她喜欢海，姥姥却不喜欢，也并不喜欢爸爸给她取的"汐"字。

她想，或许是因为她的爸爸妈妈最初在海边定情，这段感情最后却没能善终。

姥姥给她取了一个新的名字——"萌"。

百草萌动，寓意新生。

"新生"是个无比神圣的词语。

初晨的薄雾下，操场上举行的开学典礼中，校长举着话筒赠言："同学们，步入初中这个新阶段的起点，我希望你们能够拿出崭新的姿态，以全新的精神面貌投入未来三年的学习和生活中去！"

——"我知道你是因为生病了，才暂时不能说话的。"

——"但我觉得没关系，这并不会妨碍你成为一个勇敢而强大的人。"

——"每个人的心里都藏着一个独特的小花园，不需要用言语表达出来。"

——"我相信，你心里的小花园，一定有人看得见！"

陌生的校园里，阳光明媚刺眼，她眯了眯眼睛，仰起头望向远处蔚蓝色的天空，仿佛一瞬间回到了暑假。

聆听着校长在主席台上振奋激昂的讲话声，她在心里默默做了一个十分重要的决定。

她准备从今天开始，努力去成为一个勇敢而强大的人。

以及，用"江萌"这个全新的名字，在未来三年的时间里，构建出自己心中那个独特的小花园。

江萌没有想到，自己会在开学第一天收到她人生中的第一封信。

信被装在一个快递文件袋里，由大姨转寄到了姥姥家。寄件人最初填写的地址是大姨家，收件人姓名处写着"江汐"。

文件袋里，装着一张卡通小狗图案的生肖卡片和一张信纸。

信纸上写着几行字：

小汐妹妹：
　　最后一张卡片终于被我找到了！
　　好开心好开心！
　　虽然我不知道你的愿望是什么，但，祝你梦想成真。

——许澄光

江萌盯着信纸上飞扬飘逸的字迹怔愣许久，手指一点点捏紧信纸的边缘，眼圈渐渐泛红，蒙上一层湿热的薄雾。

她重重吸了吸鼻子,努力忍住眼泪。

虽然在分别那天,他的确承诺会帮她收集到最后一张卡片,但她还是下意识地觉得,他一定已经忘记了这个承诺。

毕竟新学期伊始,有那么多事情要忙碌,而他们之间不过只是萍水相逢,或许以后都很难有机会再见上一面。

她没有想到,他竟然真的一直记得。

江萌小心翼翼地将信纸折叠起来,找出自己新买的密码锁笔记本,把信纸夹在了里面。随后,她在本子的扉页上写下四个字——光光哥哥。

笔尖一颤,她停顿片刻,莫名有些心虚。

虽然本子带有数字密码,但她还是担心自己写在里面的内容会不小心被人发现。

一番纠结犹豫过后,她将这四个字重重划去,在旁边写下一个英文字母来代替他的名字。

X。

她盯着这个英文字母,唇角缓缓翘起,提笔继续写。

**To X:**
　　我已经不需要这张卡片了。不过,还是谢谢你。

——江汐

这是第一次,她用书信格式写日记。也是第一次,她选用最精美的笔记本,在日记上写一个人,一个……她不知何时才能再见,却让她忽然很想把他写进日记里的人。

写完,她放下笔,轻轻将本子合上,带着微微加速的心跳,小心翼翼地把它安放在书桌最底层的抽屉里。

许多年后,当她的回忆如同旧家具被蒙上一层灰尘,总有那么几处地方不曾被尘垢遮蔽,依旧可以无比清晰地显露出来,纤尘不染,在阳光的照耀下泛起温暖夺目的光亮。

比如她手里那瓶和他碰过瓶的龙井绿茶。

比如那天他带她去超市买了一大堆面包帮她集卡,最后坐在街边的长椅上望着吃不完的面包崩溃发呆……

再比如，她在初一开学第一天收到他寄来的信件，忽然想到不知道他为了收集到这张小狗卡片又吃下多少个面包……

每每回想起来，她总是既想哭又想笑。那样酸涩难过的时候，却也在苦中掺了蜜，让她觉得生命是那样美好而珍贵。

并且，许澄光总是挂在嘴边的那句话——"爱笑的人运气好"，让无法开口说话的她学会用微笑应对一切善意的帮助或恶意的嘲讽。

初中生活如同缓慢流淌的小溪，按部就班、有条不紊地进行着。

或许是因为班主任老师管得严，班级里通常很安静，噪声制造者往往只有后排那群爱起哄的男生。

不过，他们在课堂上会收敛许多，要么睡觉，要么小声说闲话，不敢公然在各科老师面前扰乱课堂纪律。

全班同学中，学习成绩最好的人是班长谢泽阳。他性格低调内敛，除了上课回答问题，平时很少说话，并不像某人那么高调张扬。

想到这儿，江萌才恍然发现，除了在暑假的补习班里，她好像再也没有见到过那样一个人。

没有人会像他一样那么喜欢黏着老师问各种问题，没有人会像他一样在课堂上用最快的速度大声回答出老师抛出的任何问题，更没有人会像他一样，单纯又执着的自我世界里永远只有上课和做题……

同样不会有人像他一样，会因为一个陌生同学受到欺负而挺身而出，会为了帮助一个陌生同学满足心愿而吃下那么多面包，会在与一个陌生同学分别后依然记得去实现自己曾经对她许下的承诺……

也同样不会有人像他一样，会学着这个陌生同学的样子，竖起大拇指在她眼前不停地晃啊晃，笑容刺眼又明亮，认真地对她说："你也是这个！"

她……也是"这个"吗？

她也可以变得和他一样优秀吗？

她也可以像他一样，拥有足够的信心去实现自己不切实际的愿望吗？

开启全新的生活，努力去成为一个勇敢而强大的人……她真的可以做到吗？她应该怎么去做呢？

对于这些问题，江萌并没有思考出答案。然而出于本能，她开始学着他的样子，用他惯有的方式去对待每一天的学习和生活。

单调乏味的时光因此变得丰富美妙，她好像为生命寻找到了一种崭新的意义。

借助他的力量，那个胆小悲观的自己正在一点点地脱离她的身体，留下一个更加乐观坚定的、她真正想成为的自己。

国庆假期，符昕雅来姥姥家小住几日。

她们一起写作业时，符昕雅频频扭头看她，脸上浮现出诧异的神情，终于憋不住问："你怎么变了这么多？你以前没有这么爱笑的，每天总苦着脸，像别人欠你钱一样。你以前也没有这么爱学习……你居然买了这么多练习册，还做了这么多，你什么时候做的？每天晚上有那么多作业要写，哪有时间做这些课外题？"

江萌抬头，浅浅一笑，写了张纸条递给她："晚上的时间确实不够，很多题都是我在课间做的。"

符昕雅嘴角抽动，忽然不知道该说些什么。许澄光也喜欢在课间做题，每次看到他弓着背的身影，她都能感受到一种紧迫的危机感。但如果让她每个课间都和他一样在座位上奋笔疾书，不去走廊上逛一圈或者找朋友聊一会儿，她实在做不到。

沉默半晌后，她压抑着怒气说："我发现，你变得和我讨厌的人越来越像了。"

她愤愤地补充："你变得好像许澄光。"

江萌笑意更深，做题的动作没停下，眼中却漫上了湿意，心口也烫烫的。

"江汐。"符昕雅执着于叫她以前的名字，咬牙切齿地开口，"我一定不会被你超过的。

"还有许澄光，你们俩谁都别想在中考的时候超过我。"

江萌依旧笑容满面，像完全没有感受到她话语里的威胁，把手里的题算完才回复一句："好，加油。"

符昕雅彻底不想说话了。

国庆节后。

秋日午后的走廊里，值日生们低头忙碌，想尽快结束扫除。江萌正拿着拖把在教室门外拖地，拖到后门的时候，隔壁班一个同样在拖地的女生突然吼了一句："你踩到我们班的分担区了！"

那女生凶巴巴道："这块地我刚拖完！你看看！被你踩得有多脏！"她一把拽起江萌的胳膊。

"没事吧你？跟个哑巴在这儿掰扯，也不嫌费劲……"一个拿着抹布路过的男生瞥了那女生一眼说。

"哑巴就能随便踩别人拖完的地吗？"那女生瞪着江萌，不依不饶。

江萌看着她，摇头示意："不是我踩的。"

"就你一个人在这儿拖地！不是你是谁？哑巴就能随便撒谎吗？"

那女生话音刚落，忽然发出一声惊呼，迅速跳起来向后退了几步。是一个红色的塑料水桶突然被人"砰"地放在那女生脚边，里面盛满的水瞬间溢了出来，浸湿了她的鞋。

江萌抬眼望去，发现放下水桶的人是自己班里的同学沈冰清。

"沈冰清，你有病吧？"那女生盯着自己沾上水的鞋子，转过头气愤地吼道。

"不好意思啊，桶太重了，我没拿稳。"沈冰清甩甩手，语气轻松无辜。

"你明明就是故意的！"那女生喊，"就为了帮你们班这个哑巴……"

话没说完，沈冰清上前一把揪住她的手腕，目光冷冷地看着她，说："你再敢说一次，信不信我揍你？"

"我就说，哑巴哑巴！她本来就是个哑巴！凭什么不让人说！"

沈冰清猛地挥起手臂，勾住那女生的脖子将她摁倒在地。

江萌连忙上前阻止，奈何力气太小，根本拉不开激烈扭打的两人。幸亏班长谢泽阳及时赶到，跟周围几个同学一起把她们二人拉开，将沈冰清带回了教室。

班主任在得知情况后，严厉训斥了沈冰清，并把她的家长叫来了学校。

"谢谢你。还有，对不起。"

沈冰清从年级办公室回来时，江萌看到她眼圈泛红。江萌心中愧疚，写了一张小纸条放在她的桌上。

"没事儿！是她太过分了，我没控制住自己，一冲动就上手了……"

"估计铁石心肠的谢某人肯定会给咱们组扣分……对不起啊，组长。"

"请你吃糖！忘掉刚刚不开心的事！"

"我跟老班保证了，说以后绝对不会再打架了！不过我知道自己肯定做不到，以后谁要是再敢说关于你的不好的话，我还揍他！"

江萌注视着沈冰清塞回来的几张写得满满当当的小纸条，和一支放在小纸条上的棒棒糖，睫毛颤了颤，心口涌上了暖意。

她发现沈冰清真的是一个特别真诚直率的女孩，而且还很温暖、很可爱。

前段时间，因为考试成绩进步大，她被班主任任命为第八小组的组长。在选择组员那天，她听说其他组的组长都没有选择这个叫沈冰清的女生，心中不禁困惑。后来，一组的齐辉跑过来告诉她，说沈冰清在小学时是校霸，最擅长打架惹祸，还总爱和老师对着干，哪个组选她就完蛋了，无论加多少分都一定会被这个人扣光。

可她却不顾组员们的反对，选择了沈冰清。

因为比起传言，她更加相信自己的判断。虽然还没和沈冰清有太多的接触，但她就是直觉这个女孩很善良，品性很好。

事实证明，她的判断是正确的。

她握紧那支棒棒糖，弯起眼睛，拿起笔给沈冰清回复了一张小纸条。

"我会向其他组员把今天的事情解释清楚，相信他们不会怪你的。"

"你扣的分数也算作我扣的。"

"谢谢你，清清。"

## 【第六章 - 超市】

原来那个让她有机会和他重逢相见的密码,是"实验中学"。

初一开学以来,作为班级里最安静和最不安静的两个极端,江萌和沈冰清一直各自扮演着这个集体里同样没有同伴的"独行侠"。

然而那次打架事件过后,在小纸条的一来一往中,她们逐渐熟悉对方,并且很神奇地成了朋友。

其实,江萌以前并不相信自己可以拥有一个朋友。

一直以来,因为不能说话,她承受了太多来自周围人明显微妙的区别对待。有人喜欢嘲笑她,带着一种居高临下的、瞧不起人的优越感;有人愿意帮助她,出于发自内心的同情与怜悯,却很少有人愿意和她成为真正的好朋友。

对于这样的对待,她一直持理解态度。

毕竟和一个"哑巴"交朋友,需要付出的成本实在太多。如果不去学习手语,她们之间就只能通过写字进行交流……

没有人喜欢写那么多字。

在写作业、记笔记、写考卷的轮番轰炸下,每天写的字已经够多了,写字也太累了。

况且,和"哑巴"交朋友,似乎也会损害到一个人的自尊心——

全班乃至全校只有一个这样特殊的人,为什么偏偏是你成了她的朋友呢?

难道是因为交不到其他"正常"的朋友了吗?

曾经,江萌弄不懂自己交不到朋友的原因。

然而,在一次次对他人态度的揣摩中,那些纠结于心、解不开的谜团,竟然被她自己慢慢地一一勘破,且平静接受。

江萌习惯了独来独往,并不觉得拥有一个可以结伴去做各种事情的伙伴有多么重要,直到,她和沈冰清成了朋友。

在和沈冰清成为朋友之后,她才恍然意识到,曾经的自己对朋友关系的认识有多么片面和浅薄。

朋友的意义不仅在于两个人可以结伴同行,更在于两个人之间对各种话题的交流和分享。

这种毫无保留又默契无比的交流和分享究竟有多珍贵、多快乐,她想,或许只有像她这样一个一直不曾拥有过朋友的人才能够真切地感受到。

江萌觉得,沈冰清的出现,是上天送给她的一份礼物。

那样喜怒无常又阴晴不定的上天,对人世间最大的馈赠和眷顾,大概就是人与人之间弥足珍贵的感情与缘分了吧。

"萌萌,我表哥给我寄零食了!就是之前我和你说的,家里开超市的表哥!"

早自习开始前,江萌正在座位上复习。沈冰清用校服外套裹着一大包零食朝她小跑过来,激动地说:"快看看有没有你爱吃的!随便挑!"

江萌笑了,道谢后摇摇头:"不用了清清,你留着吃吧。"

"不行!你必须挑几样!不然我生气了!"沈冰清急道。

她只好答应,探头往塑料袋里看了看,发现有一瓶龙井绿茶,下意识呼吸一紧,伸手把它拿了出来。

"你喜欢喝这个?"沈冰清有些惊讶,接着说,"我喜欢喝冰红茶,我觉得龙井绿茶不够甜。

"不过我表哥也特别喜欢喝龙井绿茶,所以他每次进货都会进特别多!下次我让他给我寄一箱,留咱们学校的地址,到时候我给你搬过来!"

表哥?

江萌晃神,目光不受控制地落在被众多零食挤压得褶皱变形的透明塑料袋上,发现上面赫然印刷着"澄光超市"四个鲜红的楷体大字。

许澄光的"澄光"。

她大脑顿时陷入停滞,心跳在顷刻间漏掉一拍。

龙井绿茶,澄光超市,澄光……

难道沈冰清说的表哥,是许澄光吗?

"清清，可以问一下你表哥叫什么名字吗？"她急忙问。

"他叫许澄光。"沈冰清回答。

几秒钟后，见江萌依旧神色怔怔，沈冰清纳闷地喊她："萌萌？"

沈冰清以为江萌没有听清，不知道是哪几个字，于是拉过她的手放在桌面上，用手指在她的掌心里一笔一画地写下了"许澄光"三个字。

沈冰清的手指很凉，江萌感觉到自己的掌心被她的指尖触碰过的地方正在微微发痒。她的心忽然也变得有些痒，仿佛冰凉的指尖同样触碰到了她的心脏，他的名字被一笔一画地写在了她的心上。

原来，他们竟然离得这么近。

近到她和他的表妹恰巧同班，又成了好朋友。

近到她可以喝到澄光超市的饮料，了解到他现在的生活。

"他在市一中的七年级七班，和咱们同届。你以后去市里玩的话，可以去澄光超市逛一逛！到时候你就和他说你是我的好朋友！超市里的零食你随便挑随便拿！全部免费！"沈冰清语气豪爽，拍着胸脯对她说。

江萌弯起眼睛，含笑地点了点头。她感觉到一股暖流突然漫上了她的心头，热热的，在胸腔里搅动翻涌，因为沈冰清热情仗义的一番话，也因为……一个让她感到无比温暖的秘密的揭晓。

她一点点地握紧了手心，牢牢握住了这个从天而降的、被自己意外捕获的宝贵秘密——

澄光超市。

市一中。

七年级七班。

许澄光。

两地相隔的视线盲区里，她终于捕捉到了他在属于他的小世界里的精确坐标。


分别后的第二个月，江萌开始期待和许澄光的重逢。

她不是不可以让沈冰清带她去见一下许澄光，然而她期待和他重逢，却又不想太快和他重逢。

她很矛盾地希望这场重逢可以在一个最好的时机下到来。

她想给自己留出一些做准备的时间。

她需要做什么准备呢？

她在心里问自己，最终得出的答案是，她希望她可以在他们再次见面之前，让自己变得更好。

至少，现在的她正在努力朝着他所在的方向靠近。她已经不会再像以前一样，在课堂上对着抄在笔记上的题目茫然无措地发呆走神了。她更不会再像以前一样，借着自己不能开口说话的理由，理所当然地把自己藏在角落里"隐身"，让所有人都注意不到她的存在。

因为她想见的人是许澄光。

许澄光有一双像万花筒一样的眼睛，总能捕捉到所有新鲜又充满活力的事物，目标明确，积极活跃，永远有取之不尽用之不竭的学习动力和生活热情。

曾经他们在同一个补习班里，他的视线无论绕过多少道弯都落不到她身上。如果不是那天在酒席上的偶然遇见，两个小孩子被大人们用社交关系维系的纽带强行牵连，他们之间大概一直都不会有任何交集。

偶然。

虽说是偶然，可她还是遇见他了。

她很开心经历了那次偶然的相遇，让她能够有机会接触和认识到像他那样的人。她被他带领进入一个崭新的世界，让她自己的世界忽然拥有了焕然一新的光彩。

从那以后，她好像豁然开朗，终于明白了自己真正想要成为一个什么样的人，以及，该怎样去做。

眨眼间，到了初一下学期。

正值春夏之交，街道上杨絮纷飞，江萌有些过敏，脸颊发红，吃过脱敏药也不见好。

"不行就去市医院看看吧。"姥姥靠在沙发上，费力地揉了揉双腿，对她说，"明天我陪你去。"

她摇头，伸手帮姥姥按腿，和姥姥示意她可以自己去。姥姥最近膝盖不舒服，她不想让姥姥奔波。

"行，那你明天早上打车过去，路上一定要注意安全。"姥姥嘱咐道。

江萌点点头。

"医院附近有个澄光超市。"姥姥接着说。

澄光超市?

她一惊,手上动作一顿,抬头看向姥姥。

"怎么了?"姥姥惊讶地问。

她回神,怔怔地摇了摇头,继续帮姥姥揉腿,唇角的弧度却在不经意间翘了起来。

她忽然有点儿开心,心上仿佛落下了一片羽毛,"澄光超市"这四个字如同一阵突如其来的微风,轻轻地吹动这片羽毛,让她的一颗心变得凉凉的、痒痒的。

这种感觉……和当时清清在她掌心里写下"许澄光"三个字时的感觉是一样的。

许澄光。

她好像……真的好想他。

好想再见到他。

"看完医生可以去那个超市逛逛,买点儿自己爱吃的东西回来。"姥姥说完,从裤袋里掏出两百元钱,塞进她的手里。

见她要拒绝,姥姥故作严肃道:"必须收着!不然明天不让你自己去了!"

姥姥拍了拍她的肩:"回屋吧!把明天要带的东西收拾好,早点儿睡觉!"

江萌只好点头答应,攥着钱缓缓起身,走回自己的房间。

她坐在书桌前按亮台灯,将放在抽屉里的日记本找了出来。她翻开本子,笔尖停驻在纸面上,始终能够感受到自己胸腔里"怦怦"的心跳声。

她专注地凝视着那张被自己夹在日记本里的信纸,不由自主地伸出手指,小心翼翼地去摩挲他留下的蓝色墨水字迹,在"小汐妹妹"四个字上停下,目光逐渐变得温柔,唇角绽开了浅浅的笑意。

他叫她"小汐妹妹"。

他一直都是她的"光光哥哥"。

她动笔,在新的一页写道:

To X:

    好久不见。

你知道吗？有一次符昕雅对我说，我变了好多，变得和你越来越像了。我忽然很想看看你现在的样子，也很想去看看澄光超市，看看市一中，看看……这些你每天生活的地方。

我还想让你也看看我，但又不太想让你看到我。因为我不知道，当你看向我的时候，你会是怎样的目光。

我真的很想和你见面，可我不能毫无准备地出现在你面前。

我的学习成绩进步了，但也只是班级前十，没办法像你一样考全班第一。我的脸过敏了，我担心会吓到你，这些红疹真的好难看。

我希望自己可以更努力一点，让成绩变得更好。我还希望脸上的过敏能快点好，然后让清清教我一下，该怎样打扮会更好看……

等我把这些事都做完的时候，我想，我应该就不会再害怕你看我了。

写着写着，她发现，自己的脸颊越来越烫，写下的内容也让她自己越来越无法直视。笔尖晕开墨渍，她拍拍脸颊，草草收了尾，在最后一行留下了一句"明天见"。

光光哥哥，我们明天见。

江萌没有想到，第二天一早，她脸上过敏的症状更加严重了。从家里出发前，她在衣柜里找出一条粉色方格围巾戴上，垂着头把下半张脸尽可能地全部埋进围巾里。

幸好，她来到市医院看诊，医生说问题不大，给她开了一盒口服的过敏药，又给她开了几支外用涂抹的药膏。

走出医院，她站在路边盯着前方不断跳动数字的红绿灯发呆，纠结着今天这副样子的自己到底还要不要去澄光超市。

她想见他，却不想让他看到这副样子的她。然而，当红灯变绿的一瞬间，她还是不受控制地随着人流，穿过马路来到了澄光超市的大门外。

她双手蜷缩在身侧，掌心微微渗出了汗。剧烈的心跳声一下重过一下，无比清晰地在她的胸腔里震颤，回荡在她的耳畔。

为什么会这么紧张呢？她在心里问自己。

只是马上要见到一个很久没见的同学而已。

可是，真的只是同学吗？

她从来没有如此期待过和一个同学的相见。

"小姑娘，不进去吗？"江萌还站在原地，一位叔叔突然从超市门口走出来。她记得这位叔叔，他是许澄光的舅舅。

江萌一愣，摇摇头，又点了点头。

许舅舅笑了，忽然想起什么，推开玻璃门朝里面嘱咐了一句："光光，中午自己点外卖吃！我得晚点儿回来！"

"好嘞！"超市里传来少年明朗清亮的声音，音色干净悦耳，让她觉得熟悉又陌生。

"快进来吧！"许舅舅撑着门回头，笑容热情地对江萌说。

她连忙跑过去，走进门，点点头向许舅舅道谢。

"最后一遍啊！把PPT改完，我真得学数学去了！"

超市收银台前，许澄光正神情专注地看着眼前的笔记本电脑屏幕，手上噼啪啦地敲击着电脑键盘。屏幕上的视频里传出一个男生急急的说话声："欸，你等会儿！骆驼祥子的'祥'，你是不是写错了？偏旁里多了一个点。"

"有吗？"许澄光打字的动作一顿，盯着屏幕上自己发给男生的作业照片疑惑地问。

"大哥，这个字连我都能写对。你确定你把语文学成这样，中考真能考上市实验吗？"

"那当然！"许澄光一脸自信，"就算市实验只招一个人，这个人也必定是我！"

"呃……"男生说，"剩下的你自己弄，我下线了。"

江萌行走在货架间，心不在焉地挑选着商品，听到他们的对话，没忍住笑了起来。

果然，人是不会变的。

许澄光还是当初那个自信的许澄光。

这种感觉很奇怪。

明明她并不喜欢狂妄自大的人，却不会对许澄光的狂妄自大感到反感。相反，她觉得他信心满满的样子有点儿好玩，还有点儿可爱。

熟悉亲切的感觉扑面而来，江萌在这一刻发现，原来人的气场果然是有魔力的。

她不知道该怎样去定义一个人的气场，但她始终觉得，每个人都是不同的，带给他人的感觉也是不同的。

在茫茫人海中，众多学生里，他或许不是最优秀的，也不是最完美的。

但，他就是他。

任何人都替代不了他的存在。

或许是因为思绪有些乱，又或许是因为她来到这家超市的目的的本来就不是为了买东西，她忽然不知道自己应该买点儿什么。

纠结片刻后，她从货架上取下一瓶龙井绿茶，拿着它走到收银台前排队等待结账。

排在她前面的是一个拄着拐杖的爷爷，轮到爷爷时，她注意到许澄光合上电脑，将爷爷手里的几样青菜依次放在电子秤的托盘上称重装袋。

"二十一块八。"许澄光看了眼秤，"您给二十就行。"

爷爷从外衣口袋里翻找零钱，口袋不深，装在里面的手机突然随着爷爷向外找钱的动作掉落出来。

许澄光眼疾手快地伸手去接，右手的虎口处不小心蹭到柜台上金属摆件锋利的尖角，被划出了一道血痕。

他疼得皱眉，爷爷发现他受了伤，紧张地"哎哟"了一声。

"孩子！手没事吧？"爷爷眼中满是歉意，慌忙询问道。

"没事儿！手机给您！"他露出明亮的笑容，悄悄将手缩进袖口遮住血痕，用另一只手把手机递给爷爷，轻描淡写地说。

"谢谢你啊！孩子！"爷爷笑眯眯地向他道谢。

"不客气！"

结了账，爷爷离开时，他望着爷爷的背影嘱咐道："您慢点儿走，注意安全！"

江萌静静注视着这一幕，心中无尽动容，目光落到他半露出袖口的血痕上，微微拧起眉。

许澄光看了眼她手里的龙井绿茶："三块。"

她找出三块钱递给他，他接过钱，指尖不小心碰到了她的手背。她呼吸倏地一滞，触电般猛然缩回手，注意到他惊讶地抬头看了她一眼。

她下意识用围巾挡住脸，发现柜台旁的货架上摆放着几盒创可贴，伸手取出一盒放在了柜台上。

"七块。"他说。

江萌再次付了钱，拿着龙井绿茶转身离开。

"同学！你的创可贴没拿！"他在她身后喊道。

江萌转过头，微笑着向他摆摆手。她指了指自己的右手虎口，又指了指他，转身走出了超市大门。

回家的路上，她把头倚靠在车窗上，怀抱着龙井绿茶，目光不经意地落在自己右手的手背上，依旧能够感受到从那处和他触碰过的地方传来的轻微麻意，以及她胸腔里被扰乱了节奏的心跳。

从她走出超市大门开始，这样的麻意和心跳节奏便一直没有中断过。

出租车一路行驶穿梭，不知不觉经过了实验中学的校门口。

江萌直起身，偏头望向窗外。

"实验中学"一行烫金大字浸润在阳光下，映着路边左右摇晃的树影，闪动着瑰丽刺目的光亮。

原来这里就是实验中学。

对于这所学校，她早就有所耳闻。班主任对他们说，市实验对外扩招的录取分数线很高，除了班长谢泽阳，不建议班里的其他同学尝试报考。相比之下，县里的一高和二高更适合大多数同学，也与大多数同学的能力水平匹配。

她是"大多数同学"中的一个，但她知道，谢泽阳不属于"大多数同学"，而某个人……也不属于"大多数同学"。

因为，他从来都不是泯然众人的存在，他注定会是那个站在金字塔尖伸手摘星的人。

"实验中学"就是他想要摘取的那颗星星。

小小的野心和欲望无声无息地在她的内心深处萌芽，她忽然很想奋力爬上塔尖，站在他的身旁，也伸手去触摸一下那颗星星，看看它究竟有多么耀眼明亮。

究竟是多么耀眼明亮的地方，会让他这样心驰神往。

她不想再继续做一个面目模糊的"大多数同学",因为她想要被他看到。

因为她一直记得,他竖起大拇指万分认真地对她说"你也是这个"。

你也是这个。

你也可以和我一样,站在这座金字塔的塔尖之上。

我们可以一起眺望远方。

摇晃的树影下,虽然实验中学大门紧闭着,她却仿佛看到了一个身穿白色T恤的少年挎着书包,手拎一瓶龙井绿茶从门外走进校园。

实验中学。

她忍不住在心里默念这个名字。

它就像一个可以让他们重逢的咒语,或者说,它更像一个可以穿梭时空的任意门或时光机,能够立刻把她带到他的世界里去。

如果说她在密码锁日记本里写下的和他有关的一切都代表着她的梦想,那么"实验中学"这四个字,就是一座可以载着她跨过时光河流,抵达梦想彼岸的坚固桥梁。

她终于找到了打开她心里那本日记的真正密码。

## 【第七章 - 孤勇】

"在隆冬,我终于知道,我身上有一个不可战胜的夏天。"
——加缪《夏天集》

暑假开始之前,江萌得知了沈冰清下学期要转学去市一中的消息。

"怎么突然转学?"她问沈冰清。

"因为……"沈冰清回答,"我想要实现一个愿望。"

沈冰清补充道:"一个……我很想很想实现的愿望。"她眼睛亮亮的,目光轻轻地落在了远方,"萌萌,我告诉你一个秘密。

"不知道你听完之后会不会觉得……我特别幼稚,特别异想天开,特别……不切实际。

"我想考市实验。"

江萌一怔,没想到沈冰清是出于这个原因转学。

"我知道以我现在的成绩肯定考不上。它在市里的借读分数线没有在咱们这儿这么高,所以我想转学到市里,这样希望高一点。"

沈冰清浅浅苦笑了一下,低垂着头喃喃道:"你有没有觉得……我挺不自量力的?"

江萌紧紧握住她的手,目光温和地看着她,坚定地摇了摇头。

沈冰清笑了,眼里隐约泛起泪光。

"谢谢你,萌萌!"沈冰清扑进她怀里,脸颊贴在她的颈侧使劲儿蹭了蹭。

江萌笑盈盈地轻拍她的背,随后从桌上拿起一支笔,在便笺纸上写下了自己想对她说的话。

"清清,你真的很勇敢。我相信你一定可以实现自己的愿望的。"

她笔尖一顿,眼眶一阵发酸,将笔身缓缓握紧,专注地在后面补充上了一句话。

"两年后,我们市实验见。"

她在心里告诉自己,如果离别是为了下一次更好的相遇,那么便无须再害怕离别。

沈冰清安静地看着她写下的话,怔愣了一瞬,很快仰起头激动地喊道:"萌萌!你……"

沈冰清话没说完,江萌便心领神会,眼中漾开温柔的笑意,认真地向她点了点头。

是呀,清清,我也拥有着和你一样不切实际的梦想。

我也很想考上实验中学,想站在光最耀眼明亮的地方,伸手去摸一摸暖烘烘的太阳。

短暂的暑假转瞬即逝,江萌进入初二,继续着简单平静的生活。

伴随着沈冰清的转学离开,她孤单寂寞了许多,心里却因为累积的思念而积蓄了更加强大的力量。

那些不善的目光和刺耳的话语依旧存在于她的日常生活中,每天不定时地随机掉落。

仿佛上天不怀好意的恶作剧一般,企图击碎她那颗本就敏感脆弱的心脏。

她身边已经没有一个像许澄光和沈冰清那样愿意带着一腔热血挺身而出保护她的人了,但她并不会感到不安失措,因为她曾经感受过他们带给自己的真诚与温暖。

能帮助一个人抵御伤害的方式不仅仅是保护,还有保护所带来的爱。

能让一个人不被身边的恶意所干扰,全神贯注地朝着心中的目标前进的方式也不仅仅是变得不再敏感,而是为敏感脆弱的心脏撑起一把伞。

虽然撑伞的人已经不在她身边,但他们把伞留给了她。

她可以为自己撑伞。

经过一年的坚持和努力,如今的她在学习成绩上有了不小的起色。初二上学期的期中考试,她考了全班第二名,总成绩只比全班第一名谢泽阳少三分。

——这是市一中的期中成绩单,给你看看。

房间里,江萌吃完晚饭坐在书桌前,刚从书包里掏出课本和作业,就收到一条来自谢泽阳的微信消息。

不知从何时起,她习惯了和谢泽阳分享各种学习资料和考试信息。比起针锋相对的竞争对手,她觉得,他们两个更像是惺惺相惜的战友。

"市一中"这三个字仿佛起舞跳动的木偶精灵,一举一动都牵引着她的思绪,让她停留在手机屏幕上的指尖下意识地一颤。

她迫不及待地打开成绩单,一眼就看见了第一排位置上那个她最想看到的名字,以及这个名字后面比自己高出几十分的总成绩。

听说这次市一中的期中试题难度特别大。

可某个人却还是这么厉害。

事实证明,自己和他之间还是有很大差距的。

其实,从见到他的第一眼起,她就已经在心里默认了这种差距的存在。那时的她,像个无关看客一样,摆出一副事不关己的姿态,远远地观赏他和符昕雅每一次在考试成绩上的争锋与较量,看得津津有味。

然而,现在的她却不再这样想了。

现在的她,开始不喜欢这种差距,企图抹平这种差距。

时光的流逝中,她身体里的某些东西,似乎被一种名为"想念"的魔法悄悄改变了。

她偷偷用打印机将这张成绩单打印出来,贴在了自己的书桌上。简单的数字表格变成了一个精准无比的坐标系,让她清楚地看到了自己现在所处的位置,也看到了如今的自己和目标分数之间的差距。

无数个挑灯奋战的夜晚,她累得头脑昏沉、手臂酸痛,趴在桌上盯着成绩单上那个小小的名字发呆,眼前总是会再次浮现出那张温暖明亮的笑脸。

那么温暖,那么明亮。

像光一样。

——"其实我也有愿望。不过我的愿望,靠集生肖卡片实现不了,只能靠我自己来实现。"

——"我相信我能拿那么高的分数,因为我不但聪明,还比跟我一样聪明的人更努力。"

既聪明又努力就算了,还非要把这些话说出来告诉她。

好讨厌。

江萌握着笔腹诽,却又不由自主地轻轻放下笔,用指尖去触摸他的名字,眉眼渐渐舒展,目光也变得柔软温和。

那些靠集生肖卡片实现不了的愿望——

就让我们依靠自己来实现吧。

光光哥哥,你知道我的愿望吗?

我想走进你的世界。

我想在你的世界里,和你再见上一面。

她揉着酸痛的手臂慢慢直起身,重新将作业练习册认认真真地铺展在桌面上,安静地注视着雪白的纸页在灯光的照射下泛起流动的光晕。

前路千难万难,都抵不过她最为迫切强烈的心愿。

更何况,在这条通往梦想的道路上,她从来不是孤身一人。

因为某个人的同行——

她决定紧紧跟随他的身影,和他一起迎着远方的光亮义无反顾地大步向前奔跑下去。

初三的某节作文课上,语文老师给他们布置了一个作文题目——《相逢》。

她看着老师用粉笔写在黑板上的题目,突然想起席慕蓉的一首诗,名字叫作《前缘》。

你若曾是江南采莲的女子,我必是你皓腕下错过的那朵。

你若曾是逃学的顽童,我必是从你袋中掉下的那颗崭新的弹珠,在路旁的草丛中,目送你毫不知情地远去。

你若曾是面壁的高僧,我必是殿前的那一炷香,焚烧着,陪伴过你一段静默的时光。

因此,今生相逢,总觉得有些前缘未尽。却又很恍惚,无法仔细地去分辨,无法一一地向你说出。

她提起笔,在作文的开篇引用了这首诗。

紧接着,她在作文中写道:"我相信,有些感情转瞬即逝,却不枉此生。

而有些人之间，相遇即是团圆。"

许澄光，等我们再见面时，也许你已经不记得我了。

不过没关系。

我会一直记得你。

潜意识里，她近乎笃定地相信，他们一定还会再相见。

因为小狗卡片虽迟但到。

因为他在寄给她的信中说过，他祝她梦想成真。


中考前夕。

由于在几次模拟考试中发挥失常，成绩波动大，江萌被班主任叫到办公室谈话。和她一起被班主任约谈的，还有最近同样成绩不稳的谢泽阳。

他们一起从办公室走回教室时，谢泽阳问她打算考哪个高中。

她安静片刻，十分坦然地用手语向他说出了"实验中学"四个字。

即使最近自己的成绩下降了不少，即使现在的自己看上去似乎距离心中的那个目标越来越遥远，她也并没有表现出丝毫的逃避或掩饰，而是极为坦诚地告诉了对方自己的梦想。

她觉得，有时候一腔孤勇也是一种勇敢。

只要认准目标，坚持不懈地努力下去，付出的辛苦就一定不会变成徒劳。

暂时的成绩退步的确在某种程度上证明了自己的不足，如同体检报告结果对身体健康发出的警示信号。

但就像病情再严重的病人也不会放弃求生希望一样，他们也不能把自己困在考试成绩所带来的自我否定中止步不前，对未知的前途和命运缴械投降。

"你呢？"她问谢泽阳。

谢泽阳笑了笑，对她说："和你一样。"

"那我们一起努力。"她笑着朝他比了个加油的手势。

她看得出谢泽阳眼中的落寞和不自信，尝试用自己的方式来为这位战友加油打气，却没有办法告诉他，自己有着近乎盲目的一腔孤勇的原因。

昨天模考成绩公布后，她在座位上偷偷抹眼泪，担心会被周围的人看到，于是翻开了手边一本刚发下来的《中学生优秀作文选》。

她想用它遮住脸，纸页上励志名言推荐专栏中出现的一句话却蓦然闯进了她的眼帘,让她浑身上下猝不及防地猛烈一颤。

她就这样被一段简短的文字击中了心脏,由此看清了自己无论如何都一定要坚持走下去的路。

这段文字的内容是——

"我身上有一个不可战胜的夏天。"

选自:加缪《夏天集》

推荐人:Y市第一中学 九年级七班 许澄光

## 【第八章 - 重逢】
某个不可言说的人——"X"。

九月初秋，天朗气清，实验中学校园里人声鼎沸，热闹非凡。

两栋教学楼外的甬道上挤满了报到的高一新生和学生家长，家长们三三两两地聚在一起，好奇地打听着对方孩子的中考成绩、所在班级以及每个班的师资情况。新生们则纷纷举着手机四处拍照，低头发消息，记录分享新鲜精彩的校园风光，也记录分享在正式上课之前可以带手机进校园的好心情。

"你听说了吗？暑假许澄光把自己关在家里哭了半个多月，就因为他中考没考全市第一！"

"不是吧？他们学霸的世界我是真不懂……欸，你说，学霸是不是多多少少和正常人不太一样？"

"我觉得是，听我给你们详细分析一番！你们看啊，这个市中考状元谢泽阳，听说他平时特高冷，而且从来不笑，估计除了学习啥也不会！还有那个考全市第三的江萌，初中和谢泽阳一个班，听说她不能说话……"

"不能说话？真的假的？"

"真的！她初中同学跟我说的……"

学校展示栏的分班大榜前，几个男生正一边看榜一边兴高采烈地聊八卦，聊得兴致正旺，被身后突然传来的一道冷冰冰的声音打断：

"你们几个有完没完？"

"要是实在没事儿，就去自己班教室帮忙把教材发了，把垃圾倒了。"

"还有，别造谣。我从来不哭。"

江萌站在不远处的林荫下，默默注视着那个刚刚打扫完教室卫生，手里拎着一个纸袋从教学楼里走出来的少年。

他长高了不少，身形清瘦挺拔，穿着白色T恤和浅蓝色牛仔裤，短短的袖子依旧被他习惯性地捋到肩侧，堆出了深浅不平的褶皱。午后斑驳的阳光打在他蓬松的头发上，勾勒出他立体流畅的五官轮廓。他的眼睛还是那么亮，皮肤在烈日下白得透光，不笑时眉目淡淡，笑起来时给人的感觉又不一样。

虽然，她已经很久没有见过他笑起来的样子了，但记忆中那双清澈含笑的眉眼，她永远都不会忘。

江萌垂在身侧的手指微微蜷缩，伴随着少年的靠近，她感受到了自己"扑通扑通"的心跳。就在即将和他四目相对的时刻，他突然向右一转，朝学校大门走了过去，挡住了一个正从门口走进来的女生的去路。

她加速的心跳渐渐恢复平缓，仔细一看，发现那个女生是沈冰清。

暑假时，她得知了沈冰清如愿考上实验中学的消息，由衷地为对方感到高兴。

让她更加开心的是，她和沈冰清分在了同一个班，高一（16）班。

许澄光走到沈冰清面前，把手里拎着的纸袋塞进她手里。

"你怎么知道我想喝奶茶？"沈冰清打开袋子看了一眼，满脸惊喜地抬头问他。

"老丁让我给你带的，走了！"少年说完挥挥手，转身走向男生宿舍楼的方向。

"萌萌宝贝！"

江萌正注视着他的背影出神，沈冰清抬眼注意到她，拎着奶茶激动地小跑着朝她扑过来。

"想死我了！"沈冰清上前一把抱住江萌，脸颊埋进她的颈窝使劲儿蹭了蹭，"宝贝，抱抱！"

江萌笑眼弯弯，伸出手紧紧地回抱住她。那样真实温暖的、来自好朋友的怀抱，让江萌心口泛酸，终于在心底生出了对这个陌生校园的亲切感和归属感。

眼下和未来的一切还神秘未知，尚待揭晓，让她无从感受和触摸。而她最先感受和触摸到的，是来自沈冰清的拥抱。

"走！咱们去教室找座位！"沈冰清松开她，直起身说。

江萌点点头。

沈冰清挽住她的胳膊,和她一起往教学楼走去,突然想起什么,抬起另一只胳膊晃了晃拎在手里的奶茶。

"能和你分到一个班真的太好啦!超级开心!请你喝奶茶!光光买的!没想到他还挺有心的,我和他说我朋友也在,他特意多买了一杯!"

江萌含笑,做出了一个"谢谢"的手势。她下意识地转过头,再次用目光去捕捉白衣少年渐行渐远的身影,仿佛日光融化在心间,心中一片柔软滚烫。

谢谢你的奶茶,她在心里默默地对他说。

好久不见,光光哥哥。

高一(16)班教室里,前来报到的同学们各自按照班主任提前粘贴在黑板上的座位表找到了自己的座位。

江萌的座位在靠墙第四排,沈冰清座位的斜后方。她的同桌是一个名叫丁峻明的男生,这个男生是沈冰清的发小。江萌第一次见到他,还是初一下学期沈冰清转学的那天。那天他来学校门口接沈冰清放学,送给了沈冰清一双运动鞋和一大束花。

"沈冰清,你哪来的这么多参考书?"江萌把书包放在座位上,看见丁峻明抱着一箱书从教室门口走进来,边走边皱着眉问跟在他身后的沈冰清,"买这么多,我想知道你真的会看吗?"

沈冰清敲了下他的脑袋:"我当然看!废话这么多……"

丁峻明撇撇嘴,在沈冰清的座位前停下,弯下腰把手里的书箱放在她椅子旁的空地上,随后起身来到他自己的座位,瞧了江萌一眼,主动打招呼:"哈喽。"

他说话时的表情和语气都有点儿冷,给人一种又跩又酷的感觉。江萌一向不太懂得和这种有个性的男生相处,但她相信,用善意和笑容待人,总归是没有错的。

她绽开微笑,回给他一个招呼。

"正好,我介绍你们俩认识一下!"沈冰清说,"这是江萌,是我的好朋友!这是丁峻明,是我的好兄弟!"

沈冰清叽叽喳喳地对江萌说:"小明人特别好!萌萌你以后如果有任

何需要，尽管跟他提！不用客气！"

丁峻明："沈冰清你……"

"有意见？"

"没有。"丁峻明小声嘀咕。

"对了！光光在一班！"沈冰清笑着补充，"他和小明一样，如果你有什么事需要帮忙，可以随时找他！"

又一次听见久违的名字，江萌心中重重一颤。上楼的时候她特意看了眼一班教室的位置，在一楼走廊开水间的隔壁，和十六班离得不算近，可她已经觉得很近了。

没有人知道，初中三年里，他们之间的距离究竟有多么遥远。

就像同样没有人知道，可以和他在同一个校园里共同学习和生活，她究竟有多么开心。

这种感觉，仿佛回到了那年的夏天。

那个夏天早已在她的回忆里被涂抹了亮色，让她咀嚼回味了长达三年的时间。初中三年，她拼命努力学习，努力挨过思念，努力让自己变得更加勇敢和强大……每一个冰冷难过的日子里，她总是会躲进那个夏天取暖。

直到今年夏天，他再次来到了她的身边。

她晃神许久，垂眸望向放在自己桌上的奶茶，弯起唇角点了点头。

十六班的班主任姓郑，戴着一副黑框眼镜，短发利落，是个成熟干练的中年女教师，教授的科目是数学。

班会课上，郑老师做了简短的自我介绍，并向他们介绍了班级的副班主任。他们的副班主任姓林，名叫林絮，是曾经毕业于市实验的学姐，也是他们这学期的语文代课老师。

郑老师刚向他们介绍完林絮，教室里瞬间爆发出极其热烈的欢呼声和掌声。

"咱们也太幸福了吧，有一个这么年轻漂亮的副班！"前桌郭雪瑶侧过头，一脸兴奋地凑近沈冰清说，"听说十五班的副班是个从育才中学调来的体育老师，男的，脾气可大了，超级凶！"

"林老师！"趁郑老师被教导主任叫到门口问话的当口，沈冰清猛地站起来，冲林絮喊了一声。

林絮朝她看了过来。

"老师你真好看!

"简直是仙女!

"比小心心!

"爱你!爱你!"

丁峻明正仰头灌可乐,瞧见沈冰清的举动,猝不及防被呛了一口,俯下身剧烈地咳了起来。江萌连忙从纸巾盒里抽出两张面巾纸递给他。

"谢……谢谢。"丁峻明接过面巾纸,胡乱擦了擦嘴,迅速拽住沈冰清的手臂让她坐下。

"你虎吧!"丁峻明吼道,"老班还在门口呢!你不怕被她抓了?"

在全班同学看热闹的哄笑声中,林絮冲沈冰清浅浅笑了笑。沈冰清开心得不行,一边继续朝林絮比心,一边挣开了丁峻明拽着她手臂的手。

沈冰清转过头,激动地对江萌说:"萌萌!她太温柔了,我好喜欢她!"又问她,"你喜不喜欢她?"

江萌笑了,点了点头。

"沈冰清。"突然,郑老师清凌凌的声音从教室门口传过来,"这么喜欢说话,我现在给你调个座,让你说个够,好不好?"

沈冰清身体一僵,连忙摇头,蔫蔫地把头转了回去。

"正好你在这儿,选个语文课代表?"郑老师走上讲台,对林絮说,"看看有没有你中意的。"

"好。"林絮低头看了眼名单,抬起头问,"江萌,是哪位同学?"

江萌一怔,缓缓举起手。

郑老师愣了一下,俯在林絮耳边说了些什么,林絮点点头,抬眼望向江萌,笑着冲她招了招手。

丁峻明起身给江萌让座,江萌走到讲台前。

"想不想当语文课代表?"林絮说,"我看了你的中考语文成绩,也读过你之前发表的文章,觉得你的语文功底不错,想让你试一试。"

江萌摇头,伸手指向自己发不出声音的喉咙。

"嗯,我知道。"林絮看着她的眼睛,目光真诚温和。

"没关系。"林絮冲她笑了起来。

"课代表我会选两名,你负责收发和检查作业。其他任务,我让另一名课代表去做，可以吗？"

江萌点头。

"好。"林絮笑容和煦，揽过她的肩膀轻轻拍了拍，对她说，"回去吧。"

江萌回到座位，看到林絮跟郑老师打了声招呼，随后走出了教室。

郑老师站在讲台前，继续跟同学们强调班级纪律，并组织大家投票评选班委。

江萌坐得端端正正，仰头认真地注视着黑板，脑海中却再次浮现出林絮的笑容。

很温暖。

让她觉得很放松、很安心。

陌生空白的新环境就这样因为一些人的出现，而被涂抹上了鲜艳好看的色彩。这些人中包括沈冰清和林絮，也包括……某个不可言说的人。

她的"X"。

她的目光再次落到桌上那杯自己一直没舍得喝的奶茶上。

随着冰块的融化，干净透明的杯壁上挂了一颗颗晶莹清透的水珠，仿佛凝固了时光的琥珀。

她的思绪就这样一点点凝结，渐渐脱离了郑老师在讲台上一板一眼给他们罗列出的班规班纪，轻飘飘地落在一朵洁白柔软的云上，开始满怀期待地去畅想看似艰辛、乏味却又透露着无限美好的高中生活。

开学第一天，晚上是数学晚自习，郑老师布置了一张摸底检测卷给他们做。

试卷发下来后，丁峻明没写几道题就把笔"啪"地一扣，趴在桌子上酣睡。

江萌余光注意到他的动作，落在卷面上的笔尖轻轻一颤。

没想到许澄光那么酷爱数学的人，居然会有一个这么不喜欢数学的朋友。

想到这儿，她不禁回忆起郑老师说，本来今天一班和十六班都是数学晚自习，但一班教数学的徐老师临时有事看不了自习，于是跟林老师调了课。林老师也是一班的语文代课老师，一班的晚自习就这样从数学变成了语文。

她知道某个人最不喜欢学语文了。

现在的他一定很崩溃。

江萌边写边想着，不知不觉中，下课铃声响了起来。她盯着桌面上已经写完的卷子恍惚出神，犹豫着课间要不要去一班看看。

去看看……那个她心心念念的人。

空着手绕远路经过一班，看上去似乎有点儿奇怪。一班的旁边就是开水间，要不然顺路去接个开水？

她拿起水杯正准备起身，突然听到教室门口传来一道熟悉的女声。

"萌萌宝贝，有人找！"沈冰清高声冲她喊。

丁峻明还趴在桌上睡得昏沉，江萌拍了拍他的背，又推了推他，却无论如何都没能把他叫醒。很快，沈冰清走过来，在他耳边大吼了一句"查数学作业了"，丁峻明这才猛然惊醒，被沈冰清拽起来给江萌让出了位置。

江萌来到教室门口，发现来找她的人是谢泽阳。

谢泽阳和许澄光一样，也分在了一班，而且她听说，他和许澄光是同桌。

她看着谢泽阳，想象出他和许澄光在教室里朝夕相处的画面，心里忽然十分羡慕。

为什么她没有分到一班呢？

如果她和沈冰清也分到一班，可以和他们两个在同一个班级，该有多好。

思绪一次又一次绕着弯想到他，她不禁觉得有些恍惚。

原来一个人真的可以无时无刻不在想着另一个人。

原来这种感觉就是……

喜欢吗？

如果这种感觉真的是喜欢，那么回想起来，这应该是她喜欢他的第三年了。

原来，她竟然已经喜欢他这么久了。

"你们班的作文纸。"谢泽阳把一沓作文纸递给她。

她收回思绪，从他手里接过作文纸，发现里面掺了几张数学卷。

"怎么掺了数学卷？"谢泽阳有些惊讶，立刻说自己重新整理一遍再给她。她正准备帮他一起整理，视线无意间晃过不远处走廊大厅的毕业生光荣榜，猝不及防地撞上了一个让她熟悉的白色身影。

她怔怔地望着那边，看到少年正抱着一摞卷子，站在光荣榜前津津有味地研究着历届学长学姐的高考录取院校和分数排名。

光荣榜顶部的暖色灯光将他的侧影轮廓打亮，映照出他干净好看的眼眸和认真专注的脸庞。

　　江萌忽然想起了自己偷偷记下来的他的中考成绩。

　　全市第二名，数、理、化三门满分。

　　心中莫名燃起了欢喜与骄傲的火苗，不知该凭借怎样的身份和立场，但她就是觉得很开心、很骄傲。

　　她为自己喜欢上这样一个优秀耀眼的少年而感到开心和骄傲。

　　她看得出神，唇角止不住地上扬，眉眼轻弯，目光柔和万分。

　　直到谢泽阳喊她的名字，她才匆忙回神，接过他重新递给自己的作文纸，不好意思地笑了笑。

## 【第九章 – 抄作业】
原来，你真的不记得我了。

晚自习结束后，江萌背着书包跟随人群走下楼，在经过一班教室时，发现一班还没有放学，便下意识地放慢了脚步。

一班的前后门都敞开着，讲台上隐约传来的说话声让她格外耳熟——是符昕雅的声音。

从昨天开始，江萌再次借住在市里的大姨家，今早便听说了符昕雅被一班的班主任任命为纪律委员的消息。

她顿了顿，下意识地从书包侧面掏出水杯。她拿着水杯走到一班的后门附近，装作不经意地朝里面看了过去，心情微微紧张，忐忑又好奇。她并不好奇讲台上的符昕雅正在说什么，真正让她好奇的是……某个人，他的座位在哪里，此刻的他又在做什么。

"程勇，语文晚自习说话，扣二十分。

"许澄光，语文晚自习做《数学五三》，扣二十分。

"以上就是今天晚自习的纪律情况，汇报完毕。"

随着后排男生们此起彼伏的口哨声和哄笑声，江萌看见符昕雅手里拿着班级簿，从讲台上回到自己的座位。

"符昕雅。"一道熟悉的声音骤然响起，语气中夹杂着质疑与不满，"我做《数学五三》，你凭什么扣我纪律分？"

教室里的哄笑声瞬间更加剧烈。符昕雅扭过头，一脸无语地瞪了那个高举着手和她作对的家伙一眼。

江萌目光安静地注视着少年的身影，嘴角毫无察觉地弯了起来。他坐在第四排靠窗的座位上，右前方是符昕雅，同桌是谢泽阳。谢泽阳坐得脊背挺直，相比之下，他的坐姿稍显随意松散，桌面上摆放的东西却整洁有序，厚厚的几本练习册被他整整齐齐地摞在桌角，旁边是一个印着"线条小狗"

图案的纯白色马克杯。

江萌思绪恍惚,记忆再次被拉回到上补习班的那个夏天。记忆的时间轴上,和他有关的每一刻都被画上了色彩鲜明的记号,每当她回望时,总是一眼就可以看到。

"所有同学,都安静!"

一班班主任徐老师出现在讲台上,沉下脸喊了一句。教室里的哄笑声瞬间消失,安静得呼吸可闻。

"我再强调一遍,以后上哪门课就学哪一科,晚自习也一样!

"我相信你们都已经听说了,你们林老师是我以前带过的学生,成绩特别优秀!人家语文学得好,其他科目也一样好!

"最后说一遍,只要坐在这间教室里,你们就必须尊重每一位老师、敬畏每一门学科的知识!

"听明白了吗?"

同学们立刻齐声回答:"听明白了!"

"我期待大家今后的表现。放学吧!"徐老师摆摆手说。

教室里传出拧水瓶盖和拉书包拉链的声响,前后门有同学陆陆续续地拎着书包走出来。

江萌回神,加快脚步来到走廊尽头的开水机前,一边按下接水按钮,一边转过头,试图从走廊形色匆匆的人群中捕捉那抹白色的身影。

察觉到水流声渐细,她下意识去关出水按钮,晃神间差点碰到滚烫的水流,被人一把抓住了手腕。

"小心!"

她怔怔地抬头,对上一双陌生的眼睛。

然而陌生之中,又让她觉得有些熟悉。

"接开水都能这么心不在焉,想什么呢?"面前的男生笑着说。

见她一脸困惑,他问她:"不认识我了?"

男生无奈地笑:"好吧,那我自我介绍一下。

"我叫夏亮宇,在高一(14)班。

"很开心认识你,江萌同学。"

江萌反应过来,认出对方是亮宇哥之后,难为情地笑了。

记得小时候，姥姥家和亮宇哥家是邻居，亮宇哥经常会来姥姥家做客，陪她和符昕雅一起玩。亮宇哥是童星，比她大两岁，有一年暂停学业去拍戏了。小学毕业后，她再也没见到过他，却总是能在符昕雅和姥姥口中听说一些关于他的消息。

住在大姨家的那个暑假，她无意中发现了"符昕雅喜欢亮宇哥"这个秘密。可后来每当她回想起亮宇哥时，留下的记忆却只有小时候和他一起看书和写作业的零星画面。相比之下，符昕雅更喜欢黏着他，一度让他招架不住，躲进姥姥家的书房不敢开门。

她不知不觉地陷入儿时回忆中，下一秒，被夏亮宇打断了思绪："你现在住哪儿？你大姨家？"

她点点头。

"一起走吧，我送你回家。顺便去和叔叔阿姨打个招呼。"夏亮宇说。

她再次点头，抬眼间，发现前方的教室和走廊已经空荡一片。

月色朦胧，繁星点缀着夜空，温柔的晚风掠过耳畔，捎来清凉却并不凛冽的秋意。

她和夏亮宇并肩走在放学的路上，想到亮宇哥说要跟她一起去大姨家，猜测符昕雅见到他一定会很开心。

这应该算是符昕雅在开学第一天收到的一个惊喜。

而她和符昕雅一样，也在开学第一天收获了惊喜。因为……她也见到了自己想见的人。

江萌想着，唇角不自觉地向上扬起。

"在笑什么？"夏亮宇问她。

她回神，不好意思地摇摇头。

"光光，你等等我啊！"

"快！我要回家看球，现场直播！马上开始了！"

忽然有两个男生一前一后骑着单车从她身侧飞驰而过，江萌听见他们的对话声，近乎本能地抬起头。

猝不及防间，少年熟悉的背影闯入她的视线。耳畔的风声在一瞬间凝结，时空好像被按下了暂停键。

许澄光突然回头看了一眼，江萌迅速垂头避开他的眼睛，伸手有些不自然地整理了一下被风吹乱的刘海儿,趁机用手挡住了脸。

脸颊温度攀升,一颗心"怦怦"直跳。停滞的时空在刹那间运转得飞快,仿佛被单车掀起的风声加了速。

直到他转回头,身影渐渐消失在漆黑的夜幕中,她才终于把手放下,心跳的速度也慢慢恢复了平缓。

还好,她没有被他看见。

可她到底在害怕和躲避什么呢?

竟然连她自己也想不通。

"唉,年轻真好。"夏亮宇看着许澄光骑着车迅疾而过的身影,忍不住感慨,显然没有注意到她反常的表现。

江萌回神笑了。

这还是第一次看见他骑车时的样子,她想。

原来他骑车的速度这么快。

感觉有点儿危险,但也确实很酷。

她将目光落向远方,黑暗浓稠的暮色仿佛就这样被破开了一道光,让她不禁在心里发出了和亮宇哥同样的感慨。

热烈莽撞如骄阳般的少年,盛夏一样满溢着生命力的十六岁。

年轻真的很好。


第二天早上,班级里发生了一个小插曲。

早自习开始前,丁峻明和十五班的方振铭在书画室门口打架了,听说沈冰清也参与其中。德育主任发现情况后,让他们三个每人写一份书面检讨,在放学前交到教导处。

下午的体活课上,丁峻明杵着胳膊盯着面前空白的稿纸发愁,半天憋不出一个字。

"算了,我打球去了。"他捞起地上的篮球,起身问沈冰清,"你还写不写?"

"我也不想写了,烦。我出去走走,咱俩一起吧。"沈冰清说完也放下笔。

同学们都去操场上自由活动了,中午江萌隐约感觉肚子不太舒服,独自留在教室,趴在桌上迷迷糊糊地睡了一会儿。等她醒来时,睁开眼,发现坐在自己旁边的身影似乎有些陌生。

不是丁峻明，而是……

她的心跳倏地漏了一拍，正准备直起来的身子瞬间僵住，一时不知道自己是该继续趴下去装睡，还是该坐起来主动跟他打个招呼。

该怎么跟他打这个招呼呢？

是该对他说："你好，许澄光。我叫江萌，是清清的好朋友。清清跟我说了，你是她的表哥，谢谢你昨天送给我的奶茶。"

还是该对他说："好久不见，光光哥哥。我是江汐，我们以前见过，在三年前暑假的补习班里，你还记得我吗？"

你还记得我吗？

其实在我们分开后的这三年里，我一直没有忘记你。

也一直……很想念你。

光光哥哥，你一定不知道，有一个女孩一直在为了你而努力。

她真的，好想念你。

"下午好啊，江萌同学。"

她还在纠结，身旁的少年写字的动作一顿，抬头对上她的视线，率先热情主动地跟她打招呼。

他叫她"江萌同学"。

看来，他果然已经不记得她了。

是啊，当初他们本来就只是萍水相逢，都已经三年过去了，他的身边有那么多优秀的朋友和同学，他不记得她，也很正常。

况且，那时候的她，的确没有什么值得被人记住的地方。

她微微抿唇，压抑住鼻腔里的涩痛，礼貌地朝他点了点头。

少年笑容明亮晃眼，好奇地问她："你知道我是谁吗？"

怎么会不知道呢？

江萌安静地注视着他的眼睛，注视了很久很久，直到眼角发酸，眼底升腾起雾气，她才终于收回眼神，轻轻吸了下鼻子。

其实我们在很早之前就已经认识了。

只是，你不记得我了。

不过没关系，其实我也很想和你重新认识一下。

很开心认识你，许澄光。

她点头，拿起放在桌角的便利贴，用黑色中性笔在上面写下"许澄光"

三个字。

许澄光接过便利贴,看到上面的字迹,眼中浮现出光亮,抬头问她:"可以把这张纸送给我吗?"

江萌心尖一颤,本能地再次点头。

"太好了!"许澄光立刻撕下这张便利贴,认真地将它折好,小心翼翼地塞进校服口袋里。

"你的字写得太好看了!我拿回去学学,争取下次考试也能把这三个字写成这样!"他乐呵呵地说。

江萌被他逗笑,垂头去看英语练习册上的题目,大脑却仿佛宕机,熟悉的单词拼不成句子,胸腔里的心跳也开始加速,混乱得难以控制。

"告诉你一个秘密。"他忽然凑近她。

她一滞,呼吸蓦地收紧。

"其实我会手语。所以你可以用手语跟我说话,不用一直写字。"他扬起眉,笑意温和地对她说。

"好。"江萌放稳呼吸,用手语回应他。

少年继续低头写字,唇角的弧度一直上扬着。她发现他还是和以前一样,会在停笔思考的时候不自觉地转几下笔,一双长腿肆意地向前伸展,洁白的鞋尖偶尔会不安分地在前座同学的椅子下面晃一晃或跷一跷。

江萌握笔看着英语题目,用余光悄悄观察着身旁的男孩子让她熟悉的神情与动作,下意识地露出笑容。

她的呼吸和心跳都是乱的,一颗心像被云朵托住,有一种软绵绵的失重感,让她觉得格外不真实。

"你怎么在这儿?"沈冰清溜溜达达地从教室门口走进来,盯着许澄光,皱眉问道。

他淡淡地开口:"帮丁峻明写检讨……"

"你帮他写,不帮我写?"沈冰清不满地吼,把桌上的空白稿纸本扔给他,"帮我也写一份!"

"能搬救兵吗?"许澄光停笔,抬眼看向沈冰清,慢悠悠地说,"我把我同桌叫过来帮你,怎么样?

"我同桌是谢泽阳,你初中同学。

"他写东西什么水平,不用我多说了吧?"

沈冰清突然不再吭声，半晌过后，冷着脸闷闷地说了一句："不帮忙你就别说话了。"

江萌忽然意识到，沈冰清和谢泽阳之间的关系似乎一直不太好。

她记得初一那年，他们两个人曾做过一段时间的同桌，她还看见过他们俩在放学的路上有说有笑地一起回家。可沈冰清却在转学前对她说，她不愿意和谢泽阳做同桌。

和他做同桌，她一点都不开心。

江萌觉得，他们之间大概有什么误会，如果能解开误会，他们两个应该可以成为很好的朋友。

因为谢泽阳面冷心热，而沈冰清的内心也一样是温暖炽热的。这样看似迥异实则如此相像的两个人，怎么能不互相吸引呢？

或许他们之间缺少的，只是一个破冰的契机。

她正想着，听见沈冰清开口问："萌萌，我想去一趟超市，你要不要一起去？"

她点点头。

"帮我带一瓶龙井绿茶。"许澄光从校服口袋里掏出一张一百块的纸币，递给沈冰清，"剩下的你俩花了就行。"

"哇！这么大方？"沈冰清激动地接过钱，立刻将双臂举上头顶，歪着脑袋朝他比了个大爱心，"爱死你了！小光光！"

许澄光："把钱还我，我不想给了。"

"别！"沈冰清连忙捂住手里的钱，拉起江萌的手说，"萌萌，咱们快走！"

许澄光起身给江萌让出位置。她和丁峻明的座位空间狭小，丁峻明堆放的东西又多，江萌贴着桌沿经过丁峻明的书桌时，桌箱里几本被他随意乱塞的参考书突然掉了出来，许澄光先她一步发现了掉落的参考书，迅速伸手挡住了坚硬的书角。

"没事吧？"他问。

江萌怔愣低头，注意到下一秒就要撞到她身上却被他伸手挡住的书角，迟缓地摇了摇头。

他把几本书抽出来甩在桌上，瞥了眼前排沈冰清乱得如出一辙的桌箱，叹了一口气问："沈冰清，你和丁峻明什么时候能把桌子里面收拾收拾？

不怕书掉出来吗？本来地方就窄，连站都站不直，书角戳身上不疼啊？"

"知道了。"沈冰清心虚地说，又对江萌说，"走了萌萌！"

江萌被沈冰清牵着手往校园超市走，脑海中依旧不断回放着刚刚他伸手替她挡住书角的那一幕。

大脑越发迟钝，思绪凝滞，她的心跳好像又乱了。

"萌萌，你帮我给光光带回去吧！"校园超市里，沈冰清买完零食，把手里的龙井绿茶塞给江萌，"我去一班一趟。"

"去一班？"

"嗯。"沈冰清表情有点儿不自然，笑了笑说，"一班下节课是林老师的课，我想趁着课间去找她说会儿话！"

江萌点头，忽然想起什么，从校服口袋里翻出一张叠好的稿纸递给她，询问道："你可以帮我把这个带给谢泽阳吗？"

他们两人之间需要一个缓和关系的契机，她想，或许这张发言稿就是一个机会。

"这是他在开学典礼上要用的发言稿，他让我帮他修改。我改完了，你帮我还给他吧。"

"好。"沈冰清接过稿纸，盯着它看了许久，喃喃道，"字写得可真好看……"

她猛然抬头："萌萌，等你有时间，可以教我一下怎么写作文吗？

"我还想练字……但不知道该怎么练。

"你可以帮帮我吗？"

江萌笑了，重重地点了点头。

江萌回到教室，发现许澄光已经离开。丁峻明桌箱里杂乱无章的课本和参考书被摆放得整齐有序，她抬头看了一眼，沈冰清桌箱里的书也是一样。

她下意识地弯了弯唇角，握紧手里的龙井绿茶，打算去一班把饮料送给他，顺便和沈冰清一起回班。

没想到，她刚走出教室，就看到了从对面水房里甩着手上的水珠走出来的许澄光。

她脚步顿住，反应过来后摸了下校服口袋，拿出一小包纸巾，拆出一张递给了他。

"谢谢!"他一愣,马上接过纸巾擦手,笑着向她道谢。

她微笑着摇头,把手里的龙井绿茶也递给了他。

"谢谢!"他再次道谢,突然开口问,"对了,你今天的语文作业写完了吗?"

江萌点头。

"能和你商量个事吗?"他有些不好意思地挠了下头,"那个……我不是会手语嘛,我觉得我们俩一定能成为很好的朋友!而且我手语学得还不错,可以给你当翻译……"

"你能不能……"他犹豫着继续开口,"能不能……每天把语文作业借我抄一下?"

江萌抬头,诧异地望向他。

"可以吗?"他语气恳求。

她握紧双手,态度坚决地摇头拒绝,转身就要走。

"江萌!"他拉住她的手臂,"对不起,我不是……你别走……"他急得有些语无伦次。

"抄作业不对。"她转过身,表情严肃认真,用手语对他说,"而且高考也是要考语文的。"

"我知道啊。"他说。

"如果你一定要这么做的话,是没办法实现你的愿望的!"

"你说什么?"

江萌静静凝视着他,一时没有了动作。

鼻腔涌上酸涩,她不知道自己为什么突然会这么难过。

或许是因为他表现出来的目的性实在太强,让她觉得今天他对她所有的热情都在一瞬间面目模糊,让她分辨不出是真是假。

"许澄光!你在干吗?"沈冰清迅速跑过来,注意到江萌泛红的眼睛,焦急地问,"怎么了萌萌?"

见江萌没回答,沈冰清质问许澄光:"你干什么了?"

"我没干什么……"许澄光慌了,有些无措,"我就问一下江萌,能不能抄她的语文作业……"

沈冰清瞪了他一眼:"不能!"

"你吼什么啊！"许澄光一脸委屈，"我又不抄你的，我问的是江萌。"

"抄萌萌的，也不行！你赶紧走！"沈冰清把他推走，转头对江萌解释道，"光光他一直那样，有时候说话不经过大脑，但他没有恶意。萌萌，你别生气。"

江萌点点头，告诉沈冰清："我明白的。"

"他最近挺惨的，一班的老徐因为他语文成绩的事儿，特意给我舅妈打了通电话。我舅妈在国外，整天逼他出国，还对他说，语文学不好就别总在国内赖着。

"听说她开始做老徐的工作了，还每天打视频检查他语文作业的正确率。估计他实在是没辙了，才说想抄你语文作业的。"

江萌默默听着，心间隐隐作痛，眼中再次弥漫开酸涩。

曾经那个坐在长椅上和她诉说心事的小男孩，逐步成长为如今的高大少年，在时光的长河里逆风而行，始终坚持固守着自己心中的航线。

少年的梦想与骄傲，不应该被风浪折断。

她回到教室，把写完的语文作业卷在桌面上铺开，认真校对了一遍自己的答案，又用红笔将每一道题目的答案解析过程写在卷面的空白处。

放学前，她拿着语文作业卷走出教室，来到一班教室门口。一班最后一节课是化学实验课，这会儿教室里没有人，她走到许澄光的座位旁，把语文作业卷轻轻放在了他的桌上。

# 【第十章 – 生病】
我怎么会讨厌你呢？许澄光。

晚上江萌回到家，大姨告诉她，自己和姨夫明天要去外地出差，符昕雅也已经跟学校请了假，准备去外省参加一场钢琴比赛。

翌日清晨，江萌刚要出门，突然感觉肚子很疼，匆匆放下书包跑去卫生间。果不其然，这个月例假提前来了，难怪从昨天开始，她就一直觉得不舒服。

她换好一身厚实的衣裤，穿上校服外套走出家门。

来到教室后，她在桌子上趴了一会儿，昏昏沉沉中，隐约听见了沈冰清和郭雪瑶的私语声。

"既然谢泽阳用来参加比赛的毛笔字是丁峻明弄坏的，你就让他自己去道歉，看谢泽阳怎么说就好了。你干吗非要掺和啊？"郭雪瑶问沈冰清。

"你不知道，小明是因为我才跟方振铭打架，不小心弄坏那幅字的。我不可能不管他。"沈冰清回答道。

"不是我打击你，你说你想自己写一幅字参赛，把奖金给谢泽阳。但你这字写得……清清，其实你无论写多少遍，都很难拿到奖的……"

"我没有办法了。"沈冰清说。

"唉，你和小明可真是……"郭雪瑶捂着脸感叹。

郭雪瑶问："所以你最近一直心情不好，是因为担心丁峻明？"

沈冰清一顿，摇了摇头："不是。"她低喃，"你不知道……"

郭雪瑶闻言皱起眉，盯着沈冰清问："有什么事是我不知道的？"

沈冰清神色怏怏："算了，我接着写字了。"

这一整天，江萌发现沈冰清一直在写毛笔字。

最后一节自习课上，她刚把宣纸掏出来，笔尖蘸了墨还没落下，桌上的宣纸就被突然出现的郑老师一把抽走了。

郑老师冷冷地看着她除了宣纸和毛笔之外空空荡荡的桌面，指着门外说："你这么想写，拿着你的这些东西去走廊里写去吧！去吧！"

沈冰清闷头一声不吭，翻出一张新的宣纸，拿着毛笔默默起身走出教室。

丁峻明正在补考今天没及格的语文卷，神情忽然有些烦躁，在沈冰清起身的一瞬间，把手里的笔"啪"地甩在桌面上，弄出了不小的动静。

郑老师回头瞥了他一眼："你怎么回事？我求着你补考了？"郑老师骤然抬高音量，教室内立刻鸦雀无声，"不愿意写也给我出去！"

丁峻明猛地站起来，手里什么都没拿，只是顺手抓起沈冰清搭在椅背上的校服外套，大步走出了教室。

初秋的夜晚，冷风裹挟着寒意从半敞的窗户吹进来，吹得窗帘飞舞，书页哗哗作响。江萌蜷缩着身体打了个冷战，终于再也支撑不住，放下手中的笔，捂住肚子俯下身，把发烫的脸颊贴在冰凉的桌面上，望着自己旁边和左前方两个空着的座位缓缓闭上了眼睛。

秋风萧瑟，这一天他们似乎都度过得格外艰难。

放学后，江萌收拾好书包，摸了摸裤子口袋，发现平时放在裤兜里的钥匙不见了。她慌忙将书包里里外外翻了个遍，依然没有看到钥匙，才恍惚想起来，早上自己走得匆忙，把钥匙落在换下来的外裤口袋里忘了带。

该怎么办呢？

她没有带手机，身上也只有不到一百块。

不到一百块……去住酒店肯定是住不起的。

要不去学校附近的小旅馆试试看？

也不知道未成年能不能开到房。唉，算了，等出了学校再想办法吧，她心想。

不过在此之前，她要监督丁峻明把语文补考写完。郑老师特意叮嘱过她，让她务必在放学前拿到丁峻明的语文试卷，并在今晚批改后向自己汇报情况。

丁峻明一直没有回来，走廊里也不见他的踪影。江萌留在教室里等他，直到整栋教学楼寂静无声，丁峻明才抱着篮球从门外走进来。

"这么晚了，你怎么还没走？"他惊讶地问。

她指了指他桌面上只写了两道选择题的语文试卷。

丁峻明一脸匪夷所思，只是一看那卷子就烦躁起来，最后还是调整了语气对她说："我不写了。你明天和老班如实说就行，就说我没写。"

他拿起书包要走，她却没动，固执地摇头，把桌上的卷子塞给他。

丁峻明动作一顿。

"我真不想写了。我求你了姐姐！我今天心情不好，你就饶了我，行吗？"他说完，拎着书包走出教室。

江萌也拿起书包，想起郑老师今天警告过丁峻明，如果他完不成卷子，就一定会把他的家长叫来学校。

沈冰清说过，丁峻明的爸爸生气了会打他，而且每次都打得特别狠。

想到这儿，她将他桌上的试卷捡起来，快速追上了他。

丁峻明没有回家，而是去了澄光超市。

江萌一路跟着他来到超市门口，丁峻明刚要进去，回头注意到她，表情崩溃地仰头长叹了一口气。

"江萌啊——

"这卷子我真写不来……

"你就放过我这一次吧！我求你了！"

江萌依旧摇头，执意要把试卷给他，并在本子上写字告诉他："如果你有不会做的题，我可以教你。"

"不是会不会的事儿。"丁峻明胡乱地挠了几下头发，"我就是单纯不想写，不行吗？反正写不写都是我自己的事儿！你别管我了，赶紧回家！"

江萌挡在他面前，还是不肯走。

"行吧。"丁峻明从她手里扯过试卷，"我写行了吧！你先回去，我明天写完给你，行不行？"

见她依旧站着没动，丁峻明唇角抽动了一下："你不会真要听老班的话，今晚就批改出来吧？"

江萌点点头。

"……行，我服了。"

"要是你非要在这儿等，我也没办法。提前跟你说一声，我一时半会儿肯定写不完。"丁峻明说完便推门走进澄光超市。超市大门被他重重关上，发出"砰"的一声巨响。

江萌在超市门外的台阶上找了块空地，缓缓蹲下去抱住膝盖。时间一分一秒地流逝，她感觉到自己越来越冷，肚子也越来越疼。

幽深夜幕中，阴云密布，耳畔一声惊雷，雨说下就下。细密的雨丝如同一根根纤细的钢针，猛烈地扎在她的皮肤上，不断刺痛着她的神经。

她回头看了眼超市紧闭的大门，又仰头望向了黑沉的天幕，不知不觉间，眼睛有一点发烫。

她不愿意这样想，可她的确变成了一个无家可归的人。

雷声轰鸣，大雨如注，在台阶上溅起无数水花。她双唇发白，小腹不受控制地传来难忍的绞痛。她的额发被冷汗浸湿，全身冻得瑟瑟发抖，呼出来的鼻息和脸颊上的温度却是滚烫的。

一路跟着丁峻明走出学校，她没有发现路边有哪怕一家她可以住的小旅馆。

她该去哪儿呢？

难道要走进超市，问许澄光能不能让她在超市里待一个晚上吗？

然后，他一定会问，既然没带钥匙回不了家，为什么不联系家人呢？

到时候她又该怎么回答他？

她该怎样告诉他，在这座城市里，她其实没有家。

此时此刻，江萌才终于发现，原来无论她多么努力想要成为一个勇敢而强大的人，似乎都没什么效果。她依旧狼狈万分、不够勇敢，也没能变得强大。

她回头望向超市紧闭的大门，想到他现在一定就在里面。

她好想进去找他，心里却十分清楚，他们之间并不能算得上熟悉。

他早已忘记了她。

于他而言，他们只不过是萍水相逢，简单打了个招呼，甚至还发生了一些不愉快。

而且，她也并不想让他看到自己现在这副狼狈的样子。

谁看到都没关系，只有他不可以。

小腹猛烈的痛意中止了她的思绪，她咬紧牙关颤抖着想要站起身，去马路对面的药店买些止痛药和退烧药，却在抬起头的一刹那，视线被一个高大挺拔的身影严严实实地覆盖住。

少年身穿校服，左手撑着雨伞，右手拎着一袋文具出现在她面前。

是幻觉吗?

江萌确定不了,只是在顷刻间,眼泪不受控制地夺眶而出,仿佛开闸倾泻的洪水般,一刻不停地顺着脸颊滑落。

好丢脸。

怎么可以这么丢脸。

"江萌?你怎么在这儿?"许澄光眉头紧皱,下意识地瞥了眼她身后紧闭的超市大门,问她,"怎么不进去?丁峻明不让你进?"

她眼巴巴地望着他,泪眼模糊,抿着唇摇了摇头。

少年眼睛一眨不眨地盯着她看,眼底深沉晦暗,神色渐渐变得凝重。

"来,先跟我进去。"他伸出手扶住她,感受到她皮肤传来的灼热温度,动作猛地一顿。

"你发烧了?"他惊讶地问。

她本能地摇头,看到他把手里的袋子放在台阶上,用手背碰了下她的额头。

"这么烫……"他喃喃道,"超市里有退烧药,咱们先进去。"

他拉着她的胳膊想要扶她站起来,她捂着肚子,跟随他的动作艰难地起身。

他将目光移到她双手一直紧紧捂住的小腹上,动作再次一僵。

"你……肚子不舒服?"他试探地问。

她尴尬地点头,脸颊泛起红晕。

许澄光的脸色在一瞬间变得更差,他睫毛剧烈地颤了颤,松手放开她,迅速把身上的校服外套脱下来,裹在她身上。

她连忙拒绝,却拗不过他,乖乖穿上他的外套。

他扶着她慢慢站起身,推开超市的大门。

正趴在柜台上睡觉的丁峻明被他们推门的动静惊醒,抬头看到沉着脸一言不发的许澄光和跟在他旁边脸色苍白的江萌,惊得用力揉了揉眼睛,说:"怎么回事儿?"

"你不会真没回家吧?真一直在外面等我啊?"

"我真服了!同桌大人,我不写卷子你直接去和老班说就行,又不是你自己没写……你怎么就非得这么犟呢!"

丁峻明话没说完,被许澄光扫来的凌厉眼锋打断。

"丁峻明。"许澄光冷声喊他的名字,"把嘴闭上。你做个人行不行?"

丁峻明有些心虚,不再说话,抬头瞧了眼窗外的瓢泼大雨,愧疚地说道:"江萌,对不起啊。"

许澄光没再理他,拉过一把椅子让江萌坐下,随后快步走到饮水机前,用纸杯接了温开水,又在一旁的药箱里翻翻找找,取出一瓶止痛药和一盒退烧药。

"先把药吃了。"许澄光把温水和药递给她。

江萌接过纸杯和药,点头向他道谢。

"去医院输个液吧。"他说。

"没关系,不用的。"江萌连忙摆手。

许澄光却并不理会,而是问她:"吃晚饭了吗?"

她摇头。

"挑点爱吃的带着,我陪你去医院。"他下巴扬了扬,眼神指向货架的方向。

江萌缓缓起身,在货架前停留片刻,只拿了一瓶龙井绿茶。

许澄光目光一滞,抬头看了眼她,很快在收银台侧面扯出一个黑色塑料袋,将她手中的龙井绿茶装了进去,又装进一袋面包、一包威化饼干、一盒巧克力,和……一包夜用卫生巾。

"帮我看会儿店。"他转头嘱咐丁峻明说。

他们走到市医院,护士给她扎了针,许澄光拿来一个热水袋递给她,又找来一条厚厚的毯子,把毯子盖在她的大腿上。

等他忙活完,准备在她身边坐下时,又抬头看了眼输液瓶下方的滴管,凝神注视片刻,伸手将滴速调慢了些。

"滴得太快了。这个药刺激胃,慢点儿滴,不着急。"他说。

江萌抿唇点头,用没有输液的那只手对他比画了几下,向他道谢,并示意他先回去。

少年却兀自掏出手机,再次开口:"你想吃什么?我点个外卖。"

江萌摇头。

"我不饿,吃不下。"她答道,见他不相信,又补充解释,"真的,我现在真吃不下。"

"好。"他关掉外卖软件,"那等你打完再吃。"
…………
"看那个小男生忙这忙那的。"对面一个正在输液的阿姨对身边陪护的阿姨说,"感觉他特别像个'男妈妈'。"

"妈……妈妈?"许澄光听到阿姨的话,正在划动手机屏幕的动作顿住,迟缓僵硬地抬起头。

江萌被逗笑,马上向他解释:"不是'妈妈',是'男妈妈',那个阿姨在夸你细心。"

她催促他:"你饿不饿?快回去吃饭休息吧,谢谢你送我来医院。"

"我不饿。丁峻明捅的娄子,我得对你负责。"

为什么丁峻明捅的娄子要你来负责?

她很想问问他,却只是牵起嘴角笑了笑:"我今天本来就有点儿难受,和丁峻明没关系。你快回去吧。"

他突然喊她的名字:"江萌。"

"嗯?"

"你是不是……"他表情有些沮丧,似乎犹豫很久才终于鼓起勇气,开口问,"你是不是讨厌我?"

江萌讶异,茫然地摇头否认。

"真的吗?"他笑起来,"那就好!"

江萌静静地看着他,也笑了,不知不觉间,眼眶再次漫上湿热。

我怎么会讨厌你呢?

许澄光。

其实我已经……喜欢你好久了。

你特别好,好到那样遥不可及,让我只敢悄悄地跟在你身后追逐仰望。可你偏偏一次又一次地把我拉进你的生活中,偏偏对我也很好,让我感受到了前所未有的开心与温暖,也让我感受到了前所未有的难过与不安。

为什么要对我这么好呢?许澄光?

我很想知道原因,又害怕知道原因。

正胡思乱想着,她的额头突然被一只宽大温热的手覆上。

江萌瞬间呼吸一顿。

这是他照顾病人的一贯方式吗?

他的表情和动作……未免有些太过自然。

"不烫了,太好了!"他收回手,"我去要个体温计,你再量一下,看是不是退烧了!"

江萌的心怦怦直跳,热度不受控制地从额间迅速扩散蔓延。她深吸一口气,努力让自己恢复平静。

等她量完体温,两瓶药刚好输完。

"我把输液费转给你吧。"她用手语说,"我现在没带够钱,等明晚拿到手机……"

"不用转了,别客气。"他笑了笑,随即捕捉到她话里的不对劲儿,"为什么要明晚才能拿到手机?"

"家里没人,我忘记带钥匙了。"她坦诚地回答,考虑着该如何应对他的追问。

却没有想到,少年并没有追问,而是目光沉沉,似乎陷入了深思。

"你微信号多少?"半晌后,他突然开口。

江萌快速反应过来,猜测他应该是觉得两人要加上好友,她才能把输液费转给他。

见他递来手机,她连忙把微信号输入。

"OK!等你明晚拿到手机,我把超市的定位发给你。以后再遇到这种情况,你直接来超市找我。"

发定位?江萌听着,讪讪地点了点头。

她没有告诉他,其实早在三年前,她就已经去过一次澄光超市了。

他不需要发定位给她的。

超市所在的具体位置,甚至连附近的商铺灯牌和小区住宅楼的样子,她都能记得清清楚楚。

从实验中学到澄光超市这条路,她早已在心里走过无数遍。整条街道上,布满了他的身影、他的足迹、他的气息。

这是以他为名的一条路,也是她一直以来不敢轻易涉足的一条路。

"明晚我把输液费转给你。"她向他微笑,再次用手语说。

许澄光看着她,有些无奈地笑了。

"真不用。"他笑着重复。

"那今晚我请你吃饭,不能再拒绝了!"江萌急了,拧起眉心。

许澄光却忽然笑得更开怀，也不说话，就只是靠在椅背上静静地盯着她看。

她脸颊烧起来，别扭地问他："你想吃什么？"

"我想……"许澄光思考了几秒，回答，"我想喝粥。"

江萌面露疑惑，听见他补充道："真的！我真想喝粥！你请我！"

于是，他们就这样在清晨光顾了一家通宵营业的粥铺，带着打包好的粥和小菜回到超市。

"给你，课代表大人。求你下次别用生病吓我了，我真的快被吓死了……"丁峻明从柜台前起身，把写完的语文卷子拍在桌面上。

"一起吃点儿？"许澄光仰头问他。

"吃这玩意儿？"丁峻明盯着桌上清汤寡水的几样东西皱了皱眉，撇撇嘴，"不用了，我在对面烧烤店订了串儿。

"你们二位慢慢吃。清淡饮食也挺好！健康养生！对身体好！"

丁峻明临走前拍拍许澄光的肩。

"喊，嘚瑟什么。"许澄光往嘴里送了口粥，不满嘀咕道，"等你病好了，咱俩也去吃烧烤。"

江萌握着塑料勺的动作轻轻颤了颤，抬眸望向了眼前的男孩子。

为了照顾她的身体，强迫自己吃不爱吃的东西，肯定很痛苦吧。

不过她在他的脸上却看不出丝毫的痛苦，只剩下得意和不服气。他美滋滋地喝着粥，仿佛寡淡无味的青菜粥是什么人间美味。

她看得出神，发现他注意到自己的视线，连忙收回眼神，将目光挪到了一旁的语文卷子上。

许澄光看着她，突然问道："你那天……为什么把语文作业放我桌上了，还把答案解析写得那么详细？"

她一愣，停顿片刻，放下勺子回答道："我听说了，关于你家里的事。"

他喉结滚动，却什么都没说，只是轻轻垂眸，扯起唇角笑了笑。

江萌凝视着他，伸出右手，像那时候一样竖起大拇指，又学着他曾经的样子，竖着拇指在他眼前左右晃动，露出了无比温暖的灿烂笑容。

光光哥哥，你真的已经很棒了。

所以，一定要坚持下去。

我永远相信你。

许澄光笑了，眼睫轻颤，笑意柔软而温柔。

"谢谢你。"他说。

"这间是客房，以前沈冰清也在这里住过。床上的枕头、床单和被套都是新换的，我舅特意放在柜子里备用的。你刚退烧，我把窗户都关了，怕你吹风着凉。如果觉得闷的话，可以开条门缝。常用药超市里都有，如果还是不舒服，一定要来找我，我就坐在外面柜台那儿。"

"你不睡吗？"她皱眉，看了眼墙上的挂钟，马上就凌晨两点了。

许澄光摇头："明天有场竞赛，我去看会儿书。"

江萌晃神，想起他撑伞出现的时候，手上袋子里的文具和打印资料。

原来他明天有竞赛。

如果不是陪她在医院里待到现在，他应该早已经看完书休息了吧。

要是因为她而影响到他明天的考试该怎么办？

她急得慌了神，许澄光察觉到她情绪不对，连忙向她解释："我今天本来就不困，白天喝茶喝多了！现在躺在床上也是睁着眼干难受，不然我肯定马上睡！

"你赶紧睡！还生着病呢！多休息才能早点儿好！记得把被子盖好！"许澄光按着她的肩膀让她在床边坐下，递给她一杯温水，又帮她带上了门。

江萌洗漱完躺在床上，悄悄将房门打开了一条小缝。

缝隙里，少年坐在超市柜台前，正聚精会神地翻看着手里的参考书。暖黄的灯光下，钢笔笔尖在演算纸上发出唰唰的摩擦声，他笔下的动作流畅轻盈，仿佛有蝴蝶飞舞于指尖。

这场竞赛她听说过，而当时，他们所在的初中并没有人获得参赛资格，就连笔试成绩全部合格的谢泽阳，也因为自身取得过的奖项级别不够，与参赛资格失之交臂。

在他们相识之初，她就知道他是一个既聪明又努力的人。

然而这一刻，她却恍然发现，原来他的聪慧和努力程度远远超过了她的想象。

她联想到自己，心中自愧不如。即使自己的中考成绩还不错，但在学习能力和勤奋程度上，还是和他存在着很大的差距。

更何况，高中是一个全新的起点，她早已感受到了前所未有的压力与挑战。但与此同时，她也感受到了一股强大的推动力，仿佛有一阵风在带动着她不断前行，让她不甘于平庸，亦不愿止步于现状。

她渴望能与他并肩同行。

她愿意去追赶这阵风。

少年看上去复习得很顺利，应该是解出了一道难题，眉目舒展，露出了一个略显得意的骄傲笑容。

江萌偷偷看他，下意识地也流露出笑容。他继续验算下一道题，有意无意地轻声哼了句歌，却突然想起什么，立刻噤了声，抬头看向客房的方向。

她连忙闭上眼睛装睡。

她再睁开眼时，发现少年写字和翻书的动作都放轻了许多，柜台上台灯的灯光也被调暗了一格。

是因为发现她敞开了门，所以害怕声音和灯光打扰到她吗？

其实她不怕被打扰的。

住在大姨家的日子里，她早已习惯被吵醒，因为符昕雅每天都会起夜，有时候还会半夜跑来她的房间里，叫醒她说自己要找东西。

感到委屈时，她不会想哭；在得到关爱和照顾时，她却忍不住想流泪。

她闭上眼睛，轻轻吸了下鼻子，在舒适暖和的被窝中安稳地陷入梦境。

## 【第十一章 - 发言】
她好像,的确已经很幸福了。

周二早上,学校按计划在操场上举行新学期的开学典礼。听说原定的新生发言代表谢泽阳意外受伤了,主任临时安排了许澄光代替他发言。

早自习上,江萌正在座位上整理刚收齐的作文,无意中听见沈冰清和郭雪瑶聊起许澄光将要作为新生代表在开学典礼上发言的事。

她抱着整理好的作文纸走出教室,在路过一班门口的时候,下意识地脚步一顿,朝里面看了一眼,发现许澄光的座位是空着的。

她收回目光,往年级办公室走,没走几步,猝不及防地被一个熟悉的高大身影迎面拦住。一阵清冽的洗衣液香气扑面袭来,猛然间涌入了她的鼻腔。

"江萌!"少年急喘着气,校服外套半敞着,低头看着她怀里的一摞作文纸问,"你的作文在里面吗?"

江萌点点头,指了指放在最上面的写着她名字的作文纸。

"你的作文……可以借我发言用一下吗?"他紧接着说,语气试探,说话时的样子看上去有些小心翼翼。

江萌愣在原地,一时有点儿没反应过来,下意识地点了点头。

"太好了!"他露出喜悦的笑容,激动地说,"谢谢!超级感谢!"

许澄光一把拿走她的作文纸,带起一阵迅疾的风,一溜烟儿跑没影了。

江萌怔怔地转头,心中困惑,又不禁有些担忧。

毕竟她写的是作文,不是发言稿……

他拿去用来发言,真的可以吗?

"妹妹,你别介意啊!千万别跟他一般见识!主任一直在催他,他实在写不出来,估计是真没辙了,才来找你的!"

另一个男生气喘吁吁地出现在她面前,江萌记得他是一班的程勇,和丁峻明一样，也是许澄光的好朋友。

"但那不是发言稿。"江萌为难解释。

"林老师不是说咱们这次的作文写新生入学感受吗？他可能觉得都一样！

"不过他的这种行为还是非常恶劣的！

"我现在就去批评教育他！

"居然敢拦路打劫！

"太过分了！"

程勇一口气把话说完，拔腿朝着许澄光的背影追了过去。

早自习结束便是开学典礼，下课铃响后，同学们到操场集合。

主席台上，两名主持人手握话筒说完一整段开场词，宣布典礼正式开始。在振奋激昂的国歌声中，升旗仪式举行完毕，很快就轮到许澄光作为高一新生代表上台发言。

"尊敬的各位领导、老师，亲爱的同学们，大家早上好！"

他一本正经地站在话筒前，声音洪亮地向台上的校领导和台下的老师同学们鞠躬问好。操场上瞬间爆发出无比热烈的掌声和欢呼声，同学们热情积极的回应让他看上去更加轻松自如，他拿起手里的稿子，信心满满地读了起来。

随后，他见证了自己的信心是如何被他手里的稿子一点点地摧毁的。

…………

许澄光没有想到，江萌在这篇作文里引用了不少课外的文言文，还有……一些她在课外书上看到过的句子，里面包含了一个又一个他看不懂的多音字和生僻字。

他几乎每读几句就要卡壳一次，每卡壳一次就会抬起头用崩溃的目光意味深长地看江萌一眼。

江萌深埋着头，脸颊被头顶炽热的阳光烤得发烫，用余光察觉到他崩溃的表情中掺杂了一丝郁闷和无奈。

可明明是他抢了她的作文。

她委屈地腹诽。

许澄光依旧一边读稿子一边不断将目光投向她，于是操场上的其他同学也纷纷朝她看过来……脸上满是八卦好奇的神色和准备看热闹的兴奋表情。

一场新生开学演讲终于被他极其艰难地完成,成功让她被迫和他一起成为整个演讲过程中的焦点。

这个家伙。

无论在任何场合,他总是有把她变成人群焦点的能力。

她的脸颊越来越烫,心中暗暗觉得委屈。时间一点一滴地过去,在演讲结束前,她听见他用平静的语气说出了最后的结束语:

"发言人:高一(1)班,许澄光。

"撰稿人:高一(16)班,江萌。"

他很诚实地选择用这样的方式收尾,告诉大家这份发言稿的真正作者。尽管他的发言效果不尽如人意,却成功地调节了开学典礼上严肃枯燥的氛围,台下的同学们十分捧场,再次爆发出激烈的欢呼声。

只有主席台上的几位校领导脸色不佳,目光齐齐看向了主任。主任笑容尴尬地向领导们解释情况,用余光瞪了许澄光一眼。

还在委屈的江萌忽然觉得他有点儿可怜,想耍小聪明却搞砸了,还是因为她而搞砸的……等到典礼结束,他肯定要来找她算账了。

"我还有几句话想说。"

众人一惊,没想到少年会再次开口。

"今天我是临时上台发言的,读的是我同学的稿子。我语文不好,没办法在短时间内写出一篇辞藻华丽的发言稿,但还是想借此机会,和大家分享几句自己想说的话。

"加缪曾说:我并不期待人生可以过得顺利,但我希望碰到人生难关的时候,自己可以是它的对手。

"人生或许不够完美顺利,但希望你可以做一个勇敢强大的人,构建出你心中的宇宙和天地。

"不因为生活的不顺利而改变,不因为他人的看法和评价而改变。

"就去成为你自己,成为最好的你自己。

"我说完了,谢谢大家。"

少年微笑颔首,转身走下台。

台下悄然无声,短暂的寂静过后,雷鸣般的掌声从四面八方传来,响彻整个操场。

江萌听得认真,眼眶微微湿润。

即使他平时看上去再吊儿郎当,她也一直知道,他始终是那个心怀自己的宇宙和天地的人。

他是敢于和人生路上的难关成为对手的人。

他是最好的他自己。

接着几轮发言讲话完毕,主持人上台宣布开学典礼正式结束。同学们在操场上原地解散,三五成群地走向教学楼。

江萌正准备回教室,一抬头,刚好看见许澄光和一班的几个男生一起从操场对面走了过来。

程勇一只胳膊搭在许澄光的肩膀上,歪着脑袋笑得停不下来,嬉皮笑脸地一遍又一遍在他耳边反复提着她的名字。

"欸,光光,你说江萌这作文写得也忒深奥了,是吧?

"你自己不是也能说得挺好吗?干吗非得拦路打劫人家江萌妹妹?

"你说人家江萌妹妹的脾气怎么就这么好呢?都不生你气……

"我要是她,以后肯定再也不想搭理你了……"

"程勇,你没完了是吧?"许澄光羞赧地喊道,一抬眼,和她的目光撞了个正着。

江萌迅速垂头避开了眼神,眼看他们离自己越来越近,她索性转身调换了方向,绕远路朝教学楼东面的侧门走过去。

…………

注意到这一幕,许澄光呆愣愣停在了原地。他动了动嘴唇,正想开口喊她,却被突然出现的主任截住去路。

主任对他今天的发言表现很不满意,他乖乖听训,目光却越过面前的主任,一直紧盯着她的背影。

而另一头,江萌有些心虚地越走越快,终于把他的身影远远甩在了后头。

翌日清晨,江萌提前来到教室值日。同桌两人一组值日,今天刚好轮到她和丁峻明。江萌来到座位,发现丁峻明的书包被扔在桌上,人却不见踪影。

她想到昨天负责检查卫生的值周老师强调过,他们班后门上面的窗户不干净,今天会重新检查一遍,于是搬了把椅子出去,准备踩在椅子上将窗户擦干净。

她踩上椅子擦了一会儿,想擦一下更高的地方,踮起脚尖挪了挪位置,椅子却突然发出"嘎吱"一声响动,左右剧烈摇晃了一下。江萌双腿一颤,双手紧紧攀住了窗沿,险些没能站稳。

突然,她的两只手臂被一双温热有力的手从身后扶住。

江萌的呼吸在一瞬间陷入停滞,浑身一僵,握在手里的抹布被一只骨节分明的手夺了过去。

"终于抓到你了。"她听见他在她耳边小声说。

许澄光左手依旧托着她的手臂让她站稳,右手拿着抹布不断往上伸,将玻璃窗的顶端一点点地擦拭干净。

江萌微仰着头,脸颊开始发烫,耳朵也渐渐泛红。被他抓住的左臂传来阵阵麻意,让她全身陷入一种紧张僵硬的状态之中。她可以清楚地听见从自己的胸腔里传来的混乱的心跳声,伴随着他手上擦拭玻璃的动作,快速而剧烈地不断震颤着,发出如擂鼓般"咚咚"的响声。

"你们班谁和你一组值日?让你自己站这么高擦玻璃,连个忙都不帮……"他开口问她,目光不经意向下一瞥,看见了贴在门上的值日生分组表。

一行黑体字很快映入他的眼帘:*第一组:丁峻明、江萌。*

他咬牙道:"行,真行。下次他要是再敢让你一个人擦玻璃,你就去一班找我!

"我把他按在这儿,亲眼看着他擦!"

许澄光说话的时候表情很凶,江萌却被逗笑了,心上泛起暖意。好像一粒小石子突然投入夏日的湖面,荡开了一圈一圈的涟漪,因为阳光的强烈照耀,每一圈都是温热的。

见他已经擦完玻璃,她俯身准备从椅子上下来。

察觉到她的动作,他托住她手臂的力道加大了些,低声嘱咐道:"慢点儿,别摔着。"

江萌脚步一顿。

他总是这样,幼稚与成熟浑然一体,有时候举手投足间散发着稚嫩的孩子气,有时候又会显露出大人一样的细心温柔。虽然沈冰清很少会对着他叫表哥，但江萌有时候觉得，他的确有当哥哥的样子。

当然，这个"有时候"还是很有限的。

因为大部分时候，他还是表现得非常幼稚……

"谢谢你，我先回座位了。拜拜。"江萌向他道谢，正准备离开，却被他上前一步拦住了去路。

"你为什么一直躲着我？之前还绕了那么一大圈躲我！"他大声质问她。

江萌尴尬犯愁，心里想问问他，难道你真的不知道吗？

虽然我的作文让你当众出了丑，但谁让你非要抢我的作文。

"你是不是生我的气了？"他突然开口问。

江萌一愣，抬眼看到他小心翼翼的表情，忽然有点儿想笑。

她忍不住想逗逗他，故意装出生气的样子，重重点了点头，发现他的表情瞬间变得更加无措了。

"我向你道歉！

"对不起！

"你能……能别不理我吗？"他委屈巴巴地说。

江萌眉眼弯弯地望着他，思索片刻，用手语对他说："那你让我帮你学语文吧。"

"呃？"许澄光愣住了，显然没有反应过来。

看到少年错愕的表情，江萌脸上的笑意更加灿烂，宛如初春的桃花温柔明媚。

光光哥哥，你当下碰到的人生难关，我不知道该怎样去帮助你跨越，但我希望自己可以陪着你一起。

以及，尽我自己所能，带给你一些力量。

"以后你每天都可以来找我，课间或者自习课都行，我们一起在走廊里把语文作业写完。好不好？"她耐心地询问他的意见。

"……好！"许澄光激动地答应，反应过来后问她，"但这也不是我为你做的事，你有没有什么需要我帮你做的？"

"你给我当翻译。"江萌开玩笑道。

许澄光挠了挠后脑勺，不好意思地笑了。

"你还在记我的仇。"他说。

"没有啊。"江萌无辜地笑了起来。

"就是有。"许澄光反驳她,脸上却依旧带着笑,流露出掩饰不住的开心。

"你俩干吗呢?互相盯着傻笑啥呢?两人看着都不太正常的样子。"丁峻明刚打完球回来,视线在两人脸上睃着,揪着湿透的球衣领子抖着汗问。

"丁峻明。"许澄光见了他,脸色瞬间一冷,火气涌上心头。

"怎么了?"丁峻明讶异。

"今天给江萌和我一人买一杯奶茶,不然和你绝交。"

"嗯?"

"以后别再让我发现你逃值日,不然绝交。"

"我……"丁峻明哑口无言。

许澄光接着说:"我要回班,把路让开。"

丁峻明一脸莫名其妙,无奈地往旁边退了一步,学着酒店门口负责接待顾客的服务生的样子,向他鞠躬说:"您慢走!"

许澄光没理他,转头看了江萌一眼,脸上再次扬起笑容。

"那我们自习课见!下午第八节……不,第七节!我拿着语文作业来找你!"

江萌点头,笑着朝他挥了挥手。

许澄光走远后,丁峻明看着他的背影,突然开口:"江萌,你有没有发现,许澄光他对你……"他话说了一半停住,似乎陷入了思考,很快转移了话题,"没事,估计是因为沈冰清跟你关系好,是我想多了……

"不过我觉得,你真的挺幸福的。"丁峻明转头看向她,语气难得认真,"有这么多人在乎你,沈冰清、许澄光……现在再加上一个我。

"下次别再自己干活了,等我和你一起。

"不然我真想象不出来许澄光能干出什么事儿整我……"他无奈地摇了摇头。

江萌笑了,眼眶有点儿热热的。

她好像,的确很幸福了。

## 【第十二章 - 跑操】
他说，萌萌加油。

开学典礼后不久，体育老师在课上告诉同学们，这学期的课间操将直接改为跑操。

翌日上午，第二节课最后五分钟的眼操时间，主任也在广播里宣布了这一消息，并通知从今天课间操开始，每个班级都要按照体育课上的队形站好，由各班体委带队，以本班为单位，按照各年级的班级顺序进行跑操。

教室里霎时响起了此起彼伏的哀号声，江萌捏着笔袋的手指紧了紧，跟周围所有人一样陷入了忧愁。

"清清，你今天是不是跑不了？"郭雪瑶凑到沈冰清耳边说，"待会儿你去体育组开假条的时候带上我，我和你一起去！"

"你也来'那个'了？"沈冰清惊讶地问她。

"嗯嗯！"郭雪瑶眉头一皱，迅速趴在桌上捂住肚子，"特别疼！"

"需要见习的同学，都把手举起来！"作为体委的丁峻明从座位上起身，高声喊道，"我统计一下人数，课间去体育组开假条！"

"我我我！"郭雪瑶立刻举手，"我见习！"

丁峻明意味深长地看了她一眼，在学生请假名单上她的名字后面打了个钩。沈冰清因为来了月经，从眼操开始就一直在趴桌子上，江萌担心她没听到丁峻明的话，正想提醒丁峻明，却发现名单上沈冰清三个字后面已经被他打上了钩。

"你也见习？"见她凑过来看自己手上的名单，丁峻明问道。

江萌摇摇头。

丁峻明笑了，一边在名单上给举手的同学打钩，一边漫不经心地问她："咱班跑操排最后一个，后面就是打头的一班，你知道吗？"

"嗯。"江萌疑惑地看向他，"怎么了？"

/ 087

丁峻明继续笑："没什么。"

下课铃响，江萌来到年级办公室给林老师送语文作业，看到郑老师的座位周围有好几个正在抱着数学练习册请教问题的同学。她突然想起今天在课上也有一处地方没有听懂，打算顺便请教一下郑老师。见办公室里的人实在太多，把作业交给林老师后，她默默站在办公室门口等了一会儿。

"怎么在这儿？逃跑操？"夏亮宇和几个值周生刚好从办公室门口经过，抬眼见到她，笑着问道。

江萌脸颊泛红，摆着手向他解释："我没有……"

"我开玩笑的。"夏亮宇噙着笑意，拿着值周检查表往前走，不忘回头嘱咐她，"今天外面冷，记得回教室穿件外套再出去。"

江萌微笑点头。

在办公室问完问题后，她回到教室，穿上了自己的粉色卫衣外套，又将宽大的秋季校服穿在了卫衣外套外面。

她把校服拉链拉到了最顶端，想着这样应该不会冷，垂头瞥见自己略显臃肿的上半身，突然想起丁峻明说，跑操的时候他们班后面就是一班。

她忽然有点儿犹豫衣服到底该怎么穿，才不会显得这么臃肿。然而眼看时间快要来不及，她还是心一横，双手插进校服口袋，闷头跑出教室。

自由活动时间，操场上的同学们三三两两地聚在一起闲聊说笑，几乎和她一样穿得暖和厚实。大家把下巴缩在校服领子里取暖，露出被冷风吹得微微透红的鼻尖，和一双双漆黑明亮的眼睛。

寒露清秋下，天空碧蓝如镜，丽日高悬，仿佛小孩子用精心挑选搭配的色彩勾勒涂抹出的蜡笔风景画。校园广播里，温柔缠绵的歌声曲调萦绕，充斥着整座校园。

是司南的《冬眠》。

听沈冰清说，自从许澄光担任了学校的广播员，又被体育组的老师赋予了在课间操自由活动时间随机放歌的权利之后，他接到的歌曲投稿就再也没有断过……他的桌箱里每天都可以看到各班同学送给他的写着歌名的小纸条……

她曾经在路过一班门口的时候看到他望着桌上堆成小山的便利贴、小纸条发愣，并在同桌谢泽阳默默捧出另一堆出现在自己桌上的小纸条递给他时满脸震惊的样子。

想到这儿，她不禁微微翘起唇角，心中因为抵触跑操而产生的郁闷情绪好像缓解了许多。

实验中学的跑操传统已经延续多年，听说最早要追溯到某一年校领导们集体去外省学校观摩那里的学生跑操。校领导们自觉获益颇深，于是把这项经验借鉴过来，十几年来沿用至今。

江萌内心十分抗拒跑操，不单单是因为累，更主要是因为跑操需要以班级为单位，而班级队伍的排列又以"男生在前，女生在后；大个在前，小个在后"的规则为顺序。

班里的那群高个子男生永远战斗力超强，跑步速度飞快。排在后面的她总是紧追慢赶也跟不上，被班级队伍一点点甩掉，追不得已被甩进身后班级的队伍里。

而她身后的班级队伍，是高一（1）班。

当她发现一班以谢泽阳为首的几个高个子男生出现在自己身边时，她终于切身体会到了掉队掉进别的班究竟面临着多么尴尬的处境。

她刻意避开四周陌生的人，让自己跑在队伍的外侧，而不是融入队伍里。她觉得这样可以避免许多尴尬，同时也能让自己这个外来者不自在的情绪稍微得到缓解……然而她忽略了一个很重要的问题——一班的体委是许澄光。

每个班的体委都需要跑在班级队伍第一排的最外侧带队，于是她刚挪到一班的队伍外，就被一只大手揪住了颈后的校服衣领。

不用猜，她就知道这只手的主人是谁。

"江萌同学，你怎么跑到我们班来了？"揪住她的人故意放慢脚步，凑到她身边笑嘻嘻地问她。

明知故问。

江萌颈后和耳际一阵发烫，没有理他，脚步下意识加快。

"江萌同学？"

许澄光依旧探着脑袋喊她的名字，笑容分外灿烂，灿烂得有些欠揍。

心跳"咚咚"作响，她微微别开脸，依旧抑制不住从耳后扩散的热度。

他实在离她太近了。

江萌努力调整呼吸，想加快速度追上自己班级的队伍，却发现自己连一班的步速都渐渐跟不上。她脚步沉重，双腿仿佛灌了铅，呼吸也变得越来越困难。

她觉得自己掉进一班的队伍已经不算什么了，照这个势头发展下去，她大概会继续掉进二班、三班的队伍……直到最后重新回到自己班级的队伍里。

她的脚步越来越慢，注意到身旁一直在逗她的许澄光的脚步也和她一样越来越慢。

"高一（1）班的体委！你怎么回事儿？"站在操场中间组织秩序的体育老师注意到他们这边的情况，在大喇叭里朝许澄光怒吼，"快点儿往前跑！跑到自己班级队伍的最前面！"

随着大喇叭传出的震耳吼声，操场上各班同学八卦好奇的目光不约而同地投了过来。

"你快回去！"江萌红着脸埋下头，一边费力地喘着气，一边用手推了推他。

许澄光却突然停步，双手紧紧捂住了肚子，在她耳边小声说："你配合我一下！"

江萌还没反应过来，就听见许澄光"哎哟"一声，一边捂着肚子俯下身，一边抬起头对体育老师喊："老师，我岔气了！肚子疼！"

他说着就要往下倒，她下意识伸手搀住了他的胳膊。

"你怎么回事儿？"体育老师走过来，"用不用去校医室？"

"不用老师，我还能接着跑。但估计不能带队了！"

"行，那你在后面跑吧。"

体育老师又喊："班长呢？班长出列！替你们班体委带队！"说完扫了许澄光一眼，转身走回到操场中央。

江萌松手放开他，继续跟随一班的队伍往前跑。她注意到谢泽阳无奈地从队伍的第一排跑了出来，又发现许澄光向谢泽阳做了个抱拳感谢的手势，然后唇角扬了起来，美滋滋地跑在她身侧，一脸得意的样子，可见两人之间早有预谋。

"你不岔气了？"江萌问他。

"不岔了！"他说，"但是要慢慢跑！跑快了还得岔！"

江萌拿他没办法，垂下眼睛笑了。

他们两个就这样并排跑在一班的最后一排，融进庞大的班级队伍里，变成两个不再惹人注意的小点儿。

许澄光一直边跑边笑，笑得春风满面。附近的几个同学忍不住转头看他，神情费解，眼神里无一不透露着莫名其妙。

"许澄光你没事儿吧？一直傻乐啥呢？"一个男生皱眉问道。

"没事啊！"许澄光扬眉，轻描淡写地回答。

江萌余光瞥了眼身旁的男孩子高大挺拔的侧影，唇角忍不住轻轻弯了弯。

他在她心里的身影一直很遥远。

比如在他可以轻而易举地把数理化考到满分的时候。

比如在他手握话筒在开学典礼上侃侃而谈，从容不迫地向台下的同学们分享自己的人生观点的时候。

比如在他可以毫不费力地在年级田径比赛中取得第一名的时候。

可也有那么一些时候，他会突然和她离得很近，让她产生了一种"神仙落地"的奇妙感觉。

比如在他挠着后颈，盯着语文卷子上的作文题目一头雾水的时候。

比如在他一见到她就笑，每次都不怀好意地故意凑到她身边捉弄她的时候。

比如在他跟体育老师耍无赖说自己岔气了，非要陪她在最后一排一起跑步的时候。

…………

这些时刻被她小心翼翼地装进了记忆的玻璃瓶里，像是小时候她用玻璃许愿瓶收集存放的一颗颗五彩斑斓的折叠星星。

每一颗星星拆开，都是她一点一滴收集到的，青春时光里不同模样的许澄光。

"我真是服了！"同学们跑完操回到教室，第三节课的课前准备时间，丁峻明向沈冰清吐槽，"你表哥可真是个人才！"

"怎么了？"沈冰清纳闷地问他。

丁峻明："刚才跑操的时候他在那儿装岔气！我还以为他真岔气了，

结束的时候想着去关心一下，看看他好点儿没有。我刚走到他们班就听见体育老师说，今天体育课想打球的班需要提前去篮球场占场地。结果他听完，连看都没看我一眼，抱着篮球直接奔篮球场占地儿去了！跑得比谁都快！"

江萌正抱着杯子喝水，闻言没忍住笑，呛得咳了几声。

"不过说真的，江萌，要不然你以后就在一班跑吧。"丁峻明转过头，语气认真地对她说，"咱班打头的那几个人跑得太快了，你体力肯定跟不上。我管了也没人听，一点儿办法都没有。"

江萌陷入沉默，郭雪瑶突然转过身，扶着椅背说："我听咱班女生说了！他们那几个打头的男的跑得太快了，跟不要命似的，后排根本跟不上！"

丁峻明无奈地摇头："没办法，十五班跑得更快，咱们年级整体速度都降不下来。"

郭雪瑶垂头叹了口气，忽然眼睛一亮，向她提议道："萌萌，要不咱俩周末去市体育馆练练跑步吧！

"反正体育课也快测八百米了，老师不是说这次跑八百米的成绩算在期中总成绩里吗？我怕到时候拉分太多。"

"那我也去！"沈冰清兴奋地说，"我和你俩一起去！"

"不行！你跑得太快了，看着让人闹心，不带你！"郭雪瑶严肃拒绝。

沈冰清委屈巴巴地转回头。

"你放心吧，我带着萌萌去，保证把她照顾好！"郭雪瑶拍了拍沈冰清的肩，笑眯眯地安抚她。

周末下午，江萌站在学校门口等郭雪瑶，准备跟她一起出发去体育馆。

"今天下午体育馆应该人挺多的。"郭雪瑶赶来后，挎着江萌的胳膊边走边对她说，"听说一班有好多人都去练跑步了。而且我还听说，咱们年级不少男生周末会在那儿打篮球！等咱们跑累了，还可以顺便看看他们打球，没准有帅哥呢！多好！"

郭雪瑶握紧她的手，语气坚定地说："萌萌，咱俩一定要努力跑到合格线。"

江萌回握住郭雪瑶的手，用力地点了点头。

她坚信逃避不是办法，她必须迎难而上。

"我不想去了。"

当她们快要走到体育馆,两人眼前蓦然出现了正在体育馆门外等人的许澄光的身影时,江萌马上摆手向郭雪瑶示意,然后转身就要走。

"欸!萌萌!"郭雪瑶一把拉住她,着急又纳闷道,"怎么了?怎么突然不去了?你不去的话,就只剩我一个人了!一班我也没有熟人……不行萌萌,你要是不去,那我也不去了!"

"哎哟……这是谁来了呀?"郭雪瑶话音刚落,程勇从不远处看到她们,立刻用双手的拇指和食指比成两个圆圈放在眼睛前面,做出举着望远镜眺望的夸张手势,乐呵呵地冲她们喊,"下午好啊!两位妹妹!"

"下午好!"郭雪瑶兴奋地朝程勇挥手,拉起江萌,"你就陪我去吧萌萌!求你了!"

江萌偏过脸,额前细碎的刘海儿被迎面的微风吹乱,眼神闪烁,心跳止不住地加快。

她本来想默默地努力提高自己的体育成绩,越不引人注意越好。

然而她坚信,只要有某个人在,她就一定不会如愿以偿。

他永远拥有把她变成人群视线焦点的能力。

而且,更重要的是……她不擅长跑步。

即使已经和他一起跑过操了,也明白他肯定早已对她的跑步能力了然于心,但她还是不愿意在他面前再次丢脸。

所以她才会在看见他身影的那一刻,本能地想要逃跑。

可惜她没能成功脱逃。

"江萌妹妹!你看这是谁呀——"伴随着程勇拖着尾音的喊声,江萌抬起头,看到程勇正笑嘻嘻地撞上许澄光的肩膀,把他推到了她面前。

他们二人身后,一班的其他几个男生忍不住哄笑起来,纷纷推搡着许澄光让他上前。郭雪瑶眸光一动,很配合地也推了江萌一把,江萌猝不及防地向前跟跄几步,被许澄光连忙伸手扶稳。

"哎哟——"

周围一群人瞬间又开始起哄,许澄光和她一样有些尴尬,转过头瞪了他们一眼。

江萌低垂着头,耳际染上红晕,放在身侧的双手渗出了汗。

"是这样的哈，妹妹。这个人呢，他刚刚自告奋勇地跟我们说，他要陪你练跑步！

"然后呢，他还跟我们保证，说肯定能帮你把八百米跑过关……

"不然他就请我们吃大餐！

"所以我们就把他交给你了哈！

"期待成果！妹妹加油！

"比小心心！"

程勇咧着嘴把一连串话说完，笑容满面地朝她比了个爱心。

"你跟沈冰清学的是吧？天天乱比什么心！"许澄光扫了眼程勇手上朝她比心的动作，皱起眉。

程勇立刻缩回手，避开许澄光投来的眼神警告，勾上身边几个男生的肩膀转身跑开了。

"欸！你们几个等等我！"郭雪瑶见状迅速跟上他们的脚步，很快，一行人渐渐消失在体育馆的大门口。

林荫路上，蝉鸣清脆入耳，微风徐徐荡漾。日光倾斜而下，路面被洒上刺眼明亮的金粉，映着闪烁摇曳的树影，如同一幅指尖舞动下意境优美的沙画。

江萌和许澄光面对面站在原地，万籁俱寂中，只听得见树叶被风吹动的响声和初秋午后的阵阵蝉鸣。

江萌抿了抿唇，向对面的少年打手语："你以后别再乱保证了，万一我跑不过怎么办？"

"不会的。"许澄光看着她，语气认真坚定，"我说不会就不会。"

江萌静默半晌，轻轻垂下头，迈开脚步往前走。

许澄光一愣，慌忙转身追上她。

"你……"他神情紧张，脸上满是愧疚，"你是不是不高兴了？对不起，我以后再也不和他们乱说了……"

瞧见他这副样子，江萌忍不住笑了，唇角噙着笑望向他，解释道："咱们快点儿走。早点儿进去练，可以多练一会儿。"

许澄光愣愣地注视着少女温柔的笑容，一时间晃了神，回过神后立刻开心地点头："好！"

时间很快过去，体育课上，八百米测试如期而至。

跑前热身阶段，体育老师拿着计分板依次点名，在走到江萌面前时，脚步突然停住。

"开学初体育课上的成绩……四分半？"体育老师抬头瞥了她一眼，脸色不佳，"好好跑了吗？这是你真实水平？"

江萌一阵心虚，埋着头不吭声。

"这次如果跑不到三分五十五秒，期中成绩算不合格。"体育老师淡淡说道，接着问她，"课下自己练了吗？三分五十五秒能跑完吗？"

她点点头，表情有些犹疑。周末她在体育馆计时跑了几次，最好的一次成绩刚好是三分五十五秒。三分五十五秒，是她运气最好的一次成绩，她不确定今天自己是否还能够拥有同样的好运气。更何况，这个成绩她是在某个人的帮助下完成的，而这个人，今天不在她的身边。

"三分五十五秒没问题！"她的身后，一道短促清亮的嗓音蓦然响起，身穿白色球衣的少年气喘吁吁，一路飞奔着来到了她身侧。

"周末她已经跑过了，我计的时！三分五十五秒保证能过！别这么凶啊老李，给人家点儿信心！"

"你怎么跑这儿来了？你不是说这节课你们班自由活动，要用篮球场吗？"体育老师问他，"中午连饭都不吃就急着去占场地，现在又不打了？"

"他们还在那儿打呢！我不打了。"少年捂着膝盖喘气，笑道，"我过来歇会儿！顺便给你帮会儿忙！"

"行。"体育老师把手里的计分板塞给他，"那你帮着计分吧。"

"难得你小子愿意主动帮忙，真稀奇。平时一打起球来，我怎么喊你都喊不动。"体育老师说。

许澄光挠头笑了一下，接过体育老师手里的计分板。班里的女生们看到他，纷纷露出笑意，凑近窃窃私语。

江萌依旧深埋着头，脸颊阵阵发烫，心脏也鼓鼓胀胀的。她的心变成了一只升空的气球，因为他的突然出现，瞬间变得丰满充盈，似乎可以飘往无限远的地方。

她今天穿得有点儿多，跑起步来不太方便，索性把上衣外套脱下。

她正想把外套放到看台的座椅上，手里的外套却被身旁的许澄光动作自然地接了过去。江萌猛地转头，看到他把她的外套往胳膊上一搭，淡粉色的毛衣针织开衫挂在他的小臂上,看着格外显眼。

她一怔,呼吸随着他的动作停滞了一拍。

"放心吧!肯定没问题!"许澄光笑眯眯地对她说,"全力以赴,但一定注意安全!别摔着!"

江萌点点头。

一声哨响,体育老师发出指令,女生们整齐划一地从起跑线上冲了出去。江萌跑了大半圈,胸口开始闷痛,双腿渐渐使不上力,渐渐落后。

班里的男生们分散在跑道外侧为她们加油,呼喊声此起彼伏,激烈响亮。她充耳不闻,麻木放空的脑海中只填满了一个人的名字。

许澄光。

她看到他此刻正站在终点线的位置,一边和体育老师闲聊,一边用计分板往脸上扇风。正午烈阳下,他的额角挂着晶莹的汗珠,脸上的笑容自信飞扬,因为体育成绩足够好,所以可以和体育老师相处得像朋友一样。

不像她,一面对体育课就如临大敌,跑起步来撕心裂肺,连基本的身体素质要求都达不到。

如果她也可以和他一样,不费吹灰之力就能跑得那么快,该有多好?

他又何止是跑得快呢?

他在那么多方面都那么优秀,面对任何事都那样充满信心,他什么都好,他……

她的思绪不受控制地一点点飘远,却始终围绕着"许澄光"这个名字,兜兜转转,纠缠不清。风重重扑打在她的脸上,睫毛上凝结的水珠不小心渗进她的眼睛里,如同坠落的雨滴,让她眼眶酸涩,心中也下起了雨。

为什么呢?

为什么她和他这么不一样呢?

为什么很多事情即便她已经很努力地去做了,却还是没办法做到。

甚至,不相信自己能够做到。

她不喜欢这样的自己。

自卑与怯懦潜伏在她的身体里,仿佛一只伺机而动的猛兽,静待着每一个困难与挑战来临的时刻,张开血盆大口,将她全部的信心与勇气吞噬入腹,然后舔舐着嘴角露出獠牙说,别再挣扎了,你本来就是这样的。

你本来就是这么胆小、这么懦弱。

四周的脚步声纷至沓来，又渐渐远去。她的双腿越来越沉重，脚下一软，险些没能站稳。

还有半圈的距离，她看了眼手表，心中焦急慌乱，脚步却堪堪停在了跑道上。

突然，模糊的视线中，她注意到许澄光在终点线上举着计分板朝她挥起了手臂。

"萌萌！"他大声喊她的名字。

这是第一次，他喊了她的小名。

耳畔的血液汩汩涌动，她下意识地抬起头，看向他所在的地方。

"加油！你是'这个'！"他眉眼含笑，伸手朝她竖起大拇指，格外用力地左右晃动起来。即使她已经落后了这么多，他的脸上也并没有流露出任何焦急或担忧的神色，而是依旧信心满满、胸有成竹。

跑道外侧的呐喊声热烈沸腾，震耳欲聋，可在她听来，只有他的声音最为清晰响亮，响亮到可以覆盖住周围任何其他的声音。

他说，萌萌，加油，你是"这个"。

你是"这个"。

十二岁那年的夏天，她和他在暑假的补习班里初见。

夏日午后的长椅上，为了帮她集齐生肖卡片，他吃下无数个面包。

她听他诉说自己的少年心事，讲述自己的烦恼与梦想。她心中动容，竖起大拇指鼓励他，于是他也竖起大拇指，笑着对她说"你也是'这个'"。

——"其实我也有愿望。不过我的愿望，靠集生肖卡片实现不了，只能靠我自己来实现。"

——"我知道你是因为生病了，才暂时不能说话的。"

——"但我觉得没关系，这并不会妨碍你成为一个勇敢而强大的人。"

——"每个人的心里都藏着一个独特的小花园，不需要用言语表达出来。我相信，你心里的小花园，一定有人看得见！"

——"小汐！还少了一张小狗的，我记着呢！"

——"最后一张卡片终于被我找到了！好开心好开心！虽然我不知道你的愿望是什么，但，祝你梦想成真。"

——"人生或许不够完美顺利，但希望你可以做一个勇敢强大的人，构建出你心中的宇宙和天地。"

——"放心吧!肯定没问题!"
——"萌萌!加油!你是'这个'!"
　　破碎涣散的思绪被那些和他有关的回忆重新聚集拼凑起来,透过眼前模糊歪斜的跑道,恍惚之中,她看到了站在终点线上向她呼喊的少年,也看到了过往许多零零碎碎的瞬间。
　　无论是在过去的那三年,还是在此刻的这一瞬。
　　他始终都是那轮让她拼命仰望和追逐的月亮。
　　他带领和鼓励着她,陪伴她一起成长,跟她一起对抗眼前的难关——
　　有他站在终点,她怎么可能会失去勇气和力量。
　　仿佛刹那间蓄满了力量,她咬紧牙关,忍受着肺部火烧般的疼痛和口腔中充斥的血腥味,迈开双腿不管不顾地向着前方飞奔过去,在心里一遍又一遍地对自己说——
　　萌萌,加油。
　　你是"这个"。
　　他相信你,请你也一定要相信你自己。
　　你不胆小,也不懦弱。
　　你也一样可以成为自己的光。
　　就这样,她终于用尽全身力气,成功越过了终点线。俯下身撑着双腿大口喘气的时候,他拧开一瓶矿泉水递到她面前,笑盈盈地把计时器在她眼前晃了晃。
　　三分五十秒。
　　比她之前的任何一次练习用时都要短。
　　她接过矿泉水抬起头,心脏剧烈跳动,抿起唇角与他相视一笑。
　　阳光打在少年漆黑的发旋上,他的笑容明亮晃眼,和他头顶的骄阳一样闪动着光芒,晃得她几乎快要眩晕。

　　"厉害啊妹妹!"程勇从篮球场上一路小跑过来,兴奋地对她说,"我就知道你肯定行!
　　"你都不知道,老徐难得愿意给我们一节体活课,本来我们都和二班约好了,说这节课一起打球,光光在中午就把场地提前给占好了!结果他一听说这节课你们班女生测八百米,球也不打了,扔下我们就跑你这儿来了!

"看你跑完我就放心了!我现在把他抓过去借用一下!等下课再还你哈!"程勇笑呵呵道。

什么叫"借用"和"还"?

江萌脸颊涨得通红,看见许澄光用手肘撞了他小腹一下:"程勇,你不会好好说话是吧?"

郭雪瑶正站在不远处报成绩,恰巧听见程勇的话,弯下腰笑得不行,边笑边给程勇点了个赞:"勇哥,牛!"

程勇忍住笑意,搂上许澄光的肩膀,边哄边道歉,把他带去了篮球场。

晚自习结束时,江萌收到程勇发来的消息,说想请他们几个朋友一起去吃火锅。她按照程勇发来的定位来到火锅店,发现只有许澄光一个人在,其他人还没到。

"这段时间辛苦你了。"火锅店包厢里,江萌向他道谢,"今天我能跑合格,多亏有你帮忙。"

"干吗谢我?明明是你自己厉害。"许澄光挑眉。

"而且你也一直在帮我学语文啊。"少年神色变得认真,静静地看着她说,"是我该谢谢你,萌萌。"

江萌摇头,鼻尖有些酸涩。

她想说,这不一样的。

我会帮你的原因,和你会帮我的原因,是不一样的。

你明白吗?

你怎么会明白呢?

"萌萌?"见她出神,他疑惑地问,"你怎么了?"

她回神,微笑摇头,岔开话题:"我知道自己一直没什么体育天赋。"

"哪有人什么天赋都有的?我也没有语文天赋啊。"他说。

"但你特别聪明,也特别努力。语文对你来说只是暂时的难关,你一直都知道自己想要什么,而且一定会付出全部努力去实现你的目标。你是我一直向往想要成为的人。"她安静地注视着他,认真地向他打手语。

"真,真的吗?"少年面露惊讶,抿唇笑起来,不好意思地挠了挠头。

"萌萌,你向往的人生,是什么样的?"他突然开口问她。

江萌怔了怔，诚实地回答："在我很小的时候，我特别向往可以过上那种平平淡淡、岁月静好的日子。

"但后来有一天，我突然发现，我好像并没有想象中那么喜欢平淡，还发现……其实自己真正向往和渴望的，是那种热血又滚烫的人生。"

"那我采访一下江萌同学，是什么原因促成了你想法的改变呢？"他笑着继续问道。

江萌没有回答，只是静静地看着他。

是什么原因呢？

她想，或许是因为在那年的补习班里，她遇见了一个人。

她独自默默坐在角落，目睹着一间教室就这样被不同的人分割成了无数个不同的小世界。那一刻，她忽然发现，原来最能够吸引她的，是这个人创造出来的小世界。

他大方坦荡地将他心中的宇宙和世界呈现给她看，简单分明，纯粹万分。他积极上进、乐观坚韧，不断用实际行动中的每一个细节告诉着她，要争分夺秒地为达成自己的目标做出准备，要让每一个普通平凡的日子都因为自己的认真对待而变得熠熠生辉。

以及，要做一个真诚善良、细心温暖的人。

要敢于实现心中不切实际的梦想。

要活成一束光。

要相信，自己身上拥有着可以战胜一切的力量。

"你还记得吗？初三那年，你在《中学生优秀作文选》的励志名言推荐专栏里推荐过一句名言。"

"哪一句？"

"我身上有一个不可战胜的夏天。"她回答道。

"你看到了？"许澄光惊讶地问。

江萌点点头。

许澄光笑了："这句话是我有一次在一篇新闻专访里看到的，当时我一看到就觉得这句话真的很热血，也很酷、很帅。

"我相信，人的身体里是有一种不会被战胜的、可以冲破一切的力量的。一旦相信自己拥有这种力量，再去投入行动，就会离成功越来越近。

"毕竟，当命运给我们下绊子的时候，我们得站在自己这一边。"少年抬了抬下巴，目光灼灼，神情肆意飞扬。

江萌弯着眉眼，借着四周暖融融的灯光，将少年自信明亮的笑容一点点地印刻在了心上。

你知道吗，许澄光？

以前我总觉得，自己的人生就像一场漫长无尽的寒冬，是你的出现，让我看见了夏天的模样。

我不再抱怨，不再悲观，不愿意和命运握手言和，而是选择站在自己这一边。

我学会了用你的方式去看待这个世界。

然后，我看到了夏天。

因为你，我爱上了夏天，也爱上了有你存在的这个世界。

过了一会儿，程勇、沈冰清和丁峻明三人赶到，服务员走进包厢为他们点菜。

在等待上菜的过程中，程勇提议玩"真心话大冒险"游戏。汽水瓶在程勇手里一转，停下来时瓶口刚好对准了沈冰清。

"真心话还是大冒险？"程勇问。

"真心话。"沈冰清回答得干脆。

"OK，那我问了。"程勇瞥了丁峻明一眼，故作神秘地清了下嗓子，问沈冰清，"你有没有喜欢的人？"

"我换了！"沈冰清听完问题后马上改口，"我要选大冒险！"

"不行，不带中间换的！"程勇急道。

"你又没说不能换！我就换！"

程勇拿她没办法："那好吧，我想想啊，大冒险……你现在给阳哥打个电话，喊他来吃火锅！"

沈冰清表情一僵。

"我刚才怎么喊他都喊不动，你来试试！"程勇催促她。

"再换一个。"沈冰清的声音忽然变低，让人听不出情绪，"这个不行。"

"那再换回真心话！"程勇无奈地妥协，"如果，我说如果啊！如果你的好表哥光光，和你的……"

程勇突然咳了一下，紧接着说："和你的……好朋友！小明！这两人一起掉河里了，你先救谁？"

"程勇你……"沈冰清一脸无语，咬着牙问一旁的丁峻明和许澄光，"我受不了了，你俩谁能把他弄出去？"

"其实吧——我俩还挺想知道答案的。"许澄光眉梢一挑，目光飘向丁峻明，"是吧？小明？"

"嗯，没错。"丁峻明悠悠附和。

"程勇。"沈冰清压着怒火，气冲冲地指向门口，"你现在就去把他俩都扔进河里吧！我谁都不救！感谢！"

程勇"扑哧"一声被逗乐了，拍着桌子哈哈笑个不停。丁峻明拎起桌上的汽水瓶，主动打圆场说："行了行了，赶紧开始下一轮！"

汽水瓶继续转动，这次瓶口指向了江萌。

江萌举起手："我选大冒险。"

"我现在就给谢泽阳发消息，叫他来吃火锅。"

"不行！"程勇急忙制止，"这个冒险没啥难度，你得选真心话！"

"好吧。"江萌点头。

"程勇你怎么还强制要求啊！"沈冰清倏地起身，不满地喊道，"你再这样我不让萌萌跟你们玩了！"

程勇表情无奈，朝沈冰清使了个眼色让她坐下，随后迅速转过头问江萌："江萌妹妹，你有没有喜欢的人呀？"

江萌顿了顿，呼吸一紧，出于诚实，轻轻点了点头。

程勇瞬间满脸兴奋，碰了下许澄光的肩膀，紧接着问："谁啊？"

沈冰清立刻挡了回去："这是下一个问题了！我们萌萌不回答！"

"……好吧。"程勇失望地说。

吃完火锅，他们并肩走在回家的路上，沈冰清凑到江萌耳边悄悄问："萌萌，你有喜欢的人了？什么时候的事啊？"

"就……很小的时候。"

"我认识吗？"沈冰清小声接着问。

"妹妹！我认识吗？"还没等她回答，程勇突然把头探了过来，好奇地眨了眨眼睛。

江萌转头，发现许澄光正走在程勇身旁的不远处，心跳混乱，尴尬地胡诌道:"是一个明星……你应该也认识。"

"明星?"

"明星不算!"

"我说的是现实中的!现实中有没有喜欢的?"

"如果没有的话,我可以给你介绍一个!"

"妹妹,你看我旁边这个人怎么样?"程勇眼神瞟向许澄光,贼兮兮地挑挑眉,被许澄光发现后瞪了一眼。

宽阔悠长的街道上,路灯昏黄,洒下细碎柔和的光影,仿佛蒙蒙细雪飘落人间。晚风拂过树梢,吹得树影婆娑摇曳,也拂过人的心上,把心吹得微微发痒。

她和许澄光住得离火锅店最远,几人在路上依次道别,最后只剩下他们两个。

临别时,沉默许久的许澄光突然开口。

"萌萌。"他低声问,"你从小就喜欢的……是哪个明星?"

"嗯?"江萌没听清他的话。

"没事!"许澄光笑了笑,抬起头看着她,格外认真地对她说,"我就是觉得……追星挺好的!我也有特别喜欢的球星,真的!

"但早恋不好!不要早恋!

"我们现在还是全心全意搞学习比较重要!

"我说得对吧?"

江萌愣愣地看着他,反应过来后没忍住笑意。

她点点头,对他的观点表示认同,随后弯着眼睛指向自己身后的小区大门,示意他说:"我走啦。"

"好!明天见!"少年扬起眉梢,高高挥着手和她道别。

## 【第十三章 – 对不起】

如果一定要给"喜欢"下一个定义的话,她觉得,她对许澄光的喜欢才是她解释的第一种喜欢。

江萌回到大姨家,依旧眼含笑意,唇角止不住地上扬。

她来到书房,刚在书桌前坐下,就注意到自己的抽屉好像被人翻过,里面几本她写过的日记都被挪换了位置。

"怎么了,萌萌?"大姨走进来问道。

江萌摇头。

"我今天帮你把房间简单收拾了一下,抽屉里外都擦了。你的东西我都没动,就是放的位置可能有点儿没记清。"

"大姨辛苦了,谢谢大姨。"她向大姨道谢。

"你这孩子,什么时候能不这么客气?"大姨笑着说。

她也笑了,在心里责怪自己的多疑。

果然,拥有秘密会让人变得敏感许多。

第二天有学校的艺术节展示活动,林老师负责带领一班和十六班的学生代表参加高一年级的诗朗诵比赛节目。为了能够呈现出最佳的表演效果,学校特意为他们购置了一批符合朗诵主题的"民国学生装"。

清晨,江萌穿着一套蓝衣黑裙站在全身镜前,不禁猜测,许澄光穿上一身"民国长衫"会是什么样子。

她今天起得早,忽然很想去超市找他,跟他一起去学校。她这样想着,迅速背上书包出了门。

她来到超市的时候,看见许澄光正拿着扫帚站在门外的银杏树下打扫满地堆积的落叶。秋日的晨光洒在少年清俊挺拔的背影上,朦胧静谧的光影中,世界仿佛被笼上了一层暖色的薄纱,美好得让人觉得有些不真实。

"萌萌?"

注意到她的出现，他眼睛瞬间一亮，停下手上的动作，高兴地问她："要不要一起走？"

江萌心跳漏了一拍，点点头。

"那你等我一下，我去把衣服换了！"

"好。"

她站在超市门口等他，一抬眼，看到夏亮宇推着自行车从马路的转角处走过来。他今天需要在艺术节开幕式上进行历史舞台剧表演，特意打扮成了一个古代剑客的模样，戴着假发头套，穿了一身汉服古装。

随着他的身影一步步靠近，江萌发现路上有不少人频频扭头朝他看过来。

"早知道就不提前换衣服了。"夏亮宇走到她面前，无奈地叹了口气，"当了一路的'显眼包'，好社死。"

江萌被逗笑了，笑着安慰他："你穿汉服挺好看的。"

她说完，注意到他头上的发冠有点歪，大概是因为路上风大，四周的发丝也勾缠在了发冠上，看着有些乱。

"怎么了？我头发乱了吗？"夏亮宇单手扶着车把，另一只手在头上胡乱摸了几下，"哪里乱？"

她指了指他头顶上发冠的位置，用手语说："这里有点。"

"这儿吗？"夏亮宇伸手扶了一下发冠，却把它扶得更歪了。

江萌抿唇摇头，索性示意他说："你稍微低一点儿。"

夏亮宇双手扶住膝盖，微微俯下身。

她踮起脚尖，把他头上的发冠扶正，又将缠绕在发冠上的发丝轻轻拨了出来。

"可以了。"她说。

见他没有反应，江萌疑惑地看着他，用手语再次说了一遍："可以了，亮宇哥。"

夏亮宇回神，笑着道了声谢，将手掌放在她的头上揉了一下。

江萌一愣。记忆中，亮宇哥好像的确很喜欢摸她的头，但那毕竟是在他们都还很小的时候了。

现在的她开始变得不太适应，下意识地后退一步，本能地偏头望向超市的方向。

超市门口，许澄光已经换好一身浅灰色民国长衫，正挎着书包低头看手机。

少年被一袭灰色长衫衬身姿板正笔直，书包搭在肩上单手刷手机的动作却自在随意，显露出少年人的桀骜不羁。乍一看上去似乎有点儿违和，但江萌却觉得这样才像他。

他的身上永远有一种独特的气质和感觉。

像雨后阳光下的青草，散发出干爽清冽的气息，靠近去触碰的时候，感受到的却是阳光的温度，炽热温暖，传递着蓬勃的生机与活力。

那种感觉，总是让她能够在茫茫人海中，一眼就认出他。

"咱们走吗？"江萌走到他面前，扯了一下他的袖子问。

"那个……你们先去吧。"许澄光从手机中抬眼，表情有些不自然，"我舅刚刚给我发消息了。

"他说待会儿有个叔叔要把一个重要的文件放在超市寄存，让我等一会儿再走。"

"好。"江萌点头答应。

江萌和夏亮宇并肩走在去学校的路上。

夏亮宇开口问："你今天有节目？"

江萌点头，回答道："林老师负责组织咱们年级的诗朗诵比赛，她让我站在前面展示手语。"

"紧张吗？"夏亮宇笑着问她。

她诚实地点了点头。

"别紧张，如果实在紧张就想想我。我既要舞剑，又要唱歌，还要演戏……台下全是领导，我第一次在这种场合干这种事儿……"

江萌被他的安慰逗笑了。

其他人眼中的亮宇哥，是性格沉稳、成绩优异的天才童星，可每次亮宇哥在她面前的时候，却和很多普通人一样，会开玩笑向她抱怨，或者偶尔展现不太自信的模样。

这样的反差也挺好的，她想。

至少不像某个永远都那么自信满满的人。

"我觉得，你们林老师对你真的很好。"夏亮宇接着说，"所以，虽然还没有机会认识她,但我还挺喜欢她的。"

江萌怔了怔,没来得及思考他的话,一个男生突然从他们身后追上来,急声对夏亮宇喊道:"兄弟!我把演出服落在学校了,还没换!再晚就来不及了,江湖救急,你骑车带我去学校呗!"

夏亮宇神色一顿,目光迟疑地看向了江萌。

"快去吧!"她催促他。

"好。"夏亮宇骑车载上男生,转头嘱咐她,"你路上注意安全。"

江萌点头,目送夏亮宇载着男生离开,不自觉地停下脚步。

不知道他有没有出发。

她抬起手臂看了眼手表,再晚就要迟到了。

要不然,回去找他一下?

不过万一他打了车,没有走路来学校呢?

她一边想着,一边放慢步速。猝不及防间,几个混混模样的男生忽地出现在她面前,迎面截住了她的去路。

"你是江萌?"领头的黄发混混问。

江萌心跳一颤,指尖捏紧书包带,晃神几秒后坚定地摇头,转身拔腿就跑。

"就是她!和照片上长得一样!"

"欸,这小丫头,可真行!还不承认!"

一个花臂男一把拖住她的手臂,手劲儿很大,她挣脱不开。她被几个人一路拖进了学校附近的深巷里。

"老子告诉你,别惹我姐,就你这尿样还想和她抢人……"

手腕被花臂男抓得生疼,她吃痛地奋力挣扎,努力在脑海中整理混沌的思绪。

这些人是什么意思?

她最近有在学校招惹到什么人吗?

思绪凌乱中,她听见一道熟悉的声音从不远处传过来。

是林老师的声音。

"学校保安马上过来,我是她老师,你们敢动手试试。"林絮急喘着气跑过来,抬眼瞪着几个混混。

林絮像一面墙,隔开了江萌和几个混混。江萌的手被林絮紧紧握着,因为流汗而湿润的掌心被捂得发烫。她的眼睛也烫烫的,滚烫的温度顺着汗水渗进皮肤里,手上的温暖顷刻间贯透了全身。

"里面那几个,干什么呢?"

很快,巷口响起学校保安的声音,几个混混神色一变。

"保安来了,还没教训她,咱们咋跟姐交代?"黄发混混问旁边的花臂男道。

"不管了,总要给她一点教训!"花臂男突然从裤兜里抽出一把水果刀,冲上前便要往她身上划。

江萌本能地后退躲避,手腕却被人猛地一拽。林絮用力将她向后一拉,迅速伸手挡在她面前。

掌心被锋利的刀刃刺破,划出一道长长的血痕,林絮疼得皱了眉,却依旧寸步不让地把江萌护在身后。

"老师!"江萌发不出声音,紧紧攥住林絮的手,眼泪瞬间涌了出来。

"没事吧!"

学校保安迅速赶到,将几个混混制伏带走。江萌看到还有一个人和几名保安一起跑了过来,是她的堂哥江亦风。

她这才想起来,昨天姥姥在电话里告诉她,她堂哥最近休假回家了,准备今天来学校看她。

江亦风一把拉起江萌的胳膊,看她有没有受伤,确认她无恙后,脸上紧张凝重的神色终于稍稍放松。紧接着,他视线一抬,目光落到了林絮流血的手掌上。

他跟林絮介绍了自己的身份,并向她道了谢,询问林絮需不需要自己陪她去医院。

林絮摇摇头,笑着说去学校的医务室处理一下就好,让他先去忙,随后牵起江萌的手走进校门。

江萌转头和江亦风道别,发现他一直站在原地没动,目光静静地注视着她们,似乎出神了很久。

江萌陪林絮来到医务室,目光一直紧盯着林絮手上渗血的伤口,眼中越发酸涩难忍。

都怪她。

都怪她这么没用。

她想着,眼圈渐渐泛红,睫毛被泪水洇湿。

见她哭了,林絮连忙从包里找出面巾纸递给她,语气温柔地对她说:"擦擦吧。我没事,不用担心。"

林絮坐在病床上,把受伤的右手递给医生,目光落在医生身后被风吹动的淡蓝色窗帘上。

阳光洒入玻璃窗,轻薄的纱帘起起落落,如同朝阳下泛着波光的海水,潮起又潮落。

江萌发现林絮对着它注视了许久。

"这窗帘用了好久了。"林絮突然开口,接着扭头环顾了一下四周,"校医室的布置也和我们读书的时候一模一样,一点儿都没变。"

"可不是嘛。"医生附和道,"蓝窗帘都快洗成白窗帘了,窗户也早该换了!学校一直不给管,抠着呢!"

林絮闻言笑了,江萌也跟着一起笑了。

处理完伤口,她们二人准备离开,却听见校医室门口传来脚步声。只见主任急匆匆赶过来,锁着眉头问林絮:"没事吧?"

林絮摇头说没事。

"保安都问明白了,那几个小混混说,是一班的一个小姑娘让他们来找江萌的。"

"叫……符昕雅。"主任说。

"符昕雅?"林絮惊讶地问。

"嗯,我记得这小姑娘成绩还不错,找人堵江萌,好像是因为看了江萌写的日记。"主任意味深长地瞥了她一眼,"和高一(14)班的一个男生有关。"

撞上主任投来的眼神,江萌大脑"嗡"的一声。

原来昨晚不是她多心,她的日记果然被人动过了。

符昕雅看了她写的日记,和一个十四班的男生有关……难道符昕雅以为她在日记里写的"X"是亮宇哥?

符昕雅以为她喜欢亮宇哥,所以找了混混来堵她。

竟然是这个原因。

"江萌。"主任交代她,"你回班之后把今天的情况写个说明,写完来教导处找我。"

江萌连忙收回思绪，向主任点点头。

"你这儿处理完了吗？"主任接着问林絮，"处理完你跟我去总务室一趟，填张表，我再了解一下情况。"

"好的，主任。"林絮站起身，捏了捏江萌的手，离开前对她说，"萌萌，你先回班。"

江萌目送林絮和主任离开的背影，跟在他们身后走出医务室。她正要往教学楼走，突然看见许澄光气喘吁吁地跑了过来。

他站在她面前，胸口剧烈起伏，双手扶住膝盖急促而艰难地喘着气，抬眼将视线落到她的身上，一言不发，只是拧着眉仔仔细细地盯着她看。

江萌发现他长衫的衣襟已经被汗水浸透，不透气的棉布衣料颜色深了一片，紧紧粘在颈侧。他那么怕热，一定很不舒服。

跑这么快干什么？她眼睛被刺痛，眼角有些发涩。

"受伤了吗？"他哑着嗓子问。

她摇头，鼻尖一酸，再次涌上泪意。

"没受伤就好……"他喃喃说道，注意到她红肿的眼睛，表情一僵，不由自主地抬起手，小心翼翼地想要触碰她的眼角，却察觉到少女避闪的神色，最终缓缓收回手。

"我都听说了。"他轻声安抚她说，"学校在处理了，没事了。"

江萌点头。

"走，咱们回教室。"他接着说，估计是跑得太急，嗓音依旧十分嘶哑。

江萌看着他，站在原地没动，伸手从书包侧面拿出一瓶还没打开的矿泉水，递到他面前。

"嗓子疼不疼？"她指了指他的喉咙，"你先喝点儿水，歇一会儿咱们再走。"

许澄光怔怔地接过矿泉水，拧开瓶盖仰头喝了一口，陷入了沉默。

"萌萌，我……"他话没说完，目光扫过她袖口处的折痕，突然一把拉起她的手腕。她吃痛地咬了下唇，他连忙松开手，动作很轻地掀开她的袖子。

他盯着她手腕和小臂上的青紫看了一会儿，眉心紧蹙，脸色一点点沉

110

了下去。

"先跟我去一班一趟,我那儿有药。"

江萌点头答应,跟他一起穿过操场走进教学楼,来到了一班的教室。

一班教室里,符昕雅的座位在许澄光座位的斜前方。符昕雅座位周围的东西很多,好几个书箱被她堆放在椅子旁边的空地上,占用了一半的过道,让其他人在经过的时候很不方便。江萌被挡住了路,正想把她的箱子往旁边挪一下,却被许澄光拉住制止。

他脸色依旧很冷,眼底压着怒意,上前一步,一脚踢翻了符昕雅的桌子。随着"哐当"一声巨响,桌上的笔袋、课本、保温杯和折叠镜七零八落地撒了一地。

教室里几个正在上自习的同学纷纷停笔,屏息凝神地侧目打量他们这边的情况,谁都没敢出声。

"光,光光……"旁边补作业的程勇被吓了一跳,连忙站起身说,"江萌人没事就行,你先消消气!别冲动!"

许澄光沉着脸没说话,牵着她绕过倒在地上的桌子继续往前走,让她在自己旁边的座位上坐了下来。

他从桌箱里拿出一个白色的小药箱,又从里面翻找出一支消炎药和一包棉签。他抽出一根棉签沾了药,拉过她的右手,在伤处轻轻涂了起来。

药膏很凉,涂抹在肿胀的伤口上,引起了微微的刺痛。

江萌把视线落在符昕雅翻倒在地的桌子上,忽然觉得有些恍惚,眼前熟悉的画面和三年前发生的某一幕在她的脑海中渐渐重叠。

那个暑假补习班里,她好不容易集齐的生肖卡片被班里的男生撕毁,他也是这样,二话不说挺身保护她。

他还对那个男生说,她是他的妹妹。

妹妹。

她不知道他有没有听说日记本的事,又会不会猜想到那是她写给他的日记。

如果他真的这样想了,她又该怎么办呢?

马上对他否认吗?

告诉他不是这样的,真的都只是误会,她没有偷偷喜欢他,她真的没有。

她只是把他当成同学和朋友而已，仅此而已。

她怎么会对他有其他想法呢？

她怎么会。

原来，她竟然想要这样向他解释。

原来，即使她已经这么努力地走到了他身边，终于有机会和他成为亲近的朋友，她也还是无法向他坦露自己的心意，让那些沉积多年的暗恋心事得见天日。

原来，她还是觉得他不会接受自己的心意，也同样……不会喜欢她。

是啊，他怎么可能会喜欢她。

有谁会喜欢一个哑巴呢？

她到底在不切实际地痴心妄想些什么？

就因为他愿意鼓励她，总是关心和照顾她，她就能自然而然地将这些举动都等同于喜欢吗？

喜欢哪里有这么简单。

那种近似于喜欢的感觉，是现实与幻觉的混合体。如果两个人都产生了幻觉，那么这种混合体大概可以等同于喜欢。但如果只是一个人产生了幻觉，另一方还是清醒的，那么这种混合体便不再是喜欢，而只是一个人单方面的错觉。

他那么清醒，怎么会和她一起产生幻觉。

她早该知道的，喜欢才没有这么简单。

一滴眼泪猝不及防地从她的眼眶里滑落，恰巧砸在了他正握着棉签的右手上。

许澄光给她涂药的动作倏地一僵。

他睫毛轻轻颤动，没有第一时间抬起头诧异地看向她，而是静静地低垂着眼睛，许久没有了动作。

"对不起。"她轻轻抽出手，向他道歉。

"干吗跟我道歉？明明是我该向你道歉，对不起。"他闷声说。

江萌不解，抬起眼睛怔怔地望着他。

"早上我看见夏亮宇来找你，我以为你俩会一起去学校，我没想过会出什么事……我就不应该相信他。"许澄光咬紧嘴唇，神情懊恼，"都怪我。"

江萌闻言笑了，用手语安慰他："怎么能怪你？你不是因为临时有事才没和我们一起走的吗?

"而且,本来就和你没关系呀。"

许澄光一愣,忽然垂下头,唇角向下耷着,看上去好像更不开心了。

"你怎么了?"她扯了下他的袖子。

"没事。"他闷闷地应了一声。

艺术节活动很快开始,江萌跟随班级队伍来到礼堂时,开幕式表演刚刚结束。

现在是学生候场入座时间,她正要走进礼堂,手臂突然被人一把拉住。

夏亮宇还穿着演出服,额角渗着薄汗,显然刚参加完开幕式演出。他拉着她来到礼堂外的空地上,眸光晦涩暗淡,眼中有什么情绪在不断翻涌。

"萌萌。"他动了动喉咙,欲言又止,最后哑声对她说了一句,"对不起。"

她摇头,看着他说:"跟你没关系的,亮宇哥。"

说完,她忽然感觉有点儿不太对劲。

难道亮宇哥向她道歉,并不是因为和许澄光一样,是出于对早上没有跟她一起走的愧疚,而是……而是他根据符昕雅的举动误认为她喜欢他,心中觉得尴尬难堪,所以只能用道歉来回应她对他的喜欢?

见他没给出回应,她瞬间印证了自己的猜想。

她连忙摆摆手说:"亮宇哥,你别误会,我不喜欢你!哎,不是……"她有些解释不清,"我的意思是,我一直把你当作哥哥。我对你不是那种喜欢,而是……另一种。"

可"那种"是哪一种,"另一种"又是哪一种呢?

她在心里问自己,又很快在心里给出了答案。

如果一定要给"喜欢"下一个定义的话,她觉得,她对许澄光的喜欢才是她解释的第一种喜欢,亮宇哥和符昕雅误以为的那种喜欢。

夏亮宇怔愣片刻,突然笑了,对她说:"我明白的。

"所以,你以为我是因为什么向你道歉?

"小脑袋里每天都在想什么呢?

"我知道你在日记里写的人不是我。"

"日记?"江萌一惊,没等她反应,夏亮宇便继续开了口。

"嗯。符昕雅把你的日记给我看了。"

"她怎么能……"江萌心中愤懑又委屈。她没料到符昕雅会做得这么过分。

夏亮宇静静地看着她,沉默了许久,抬起眼笑着问:"所以,让你有'那种'喜欢的人,那个被你写在日记里的'X',是谁?"

江萌愣住,一时没办法回答。

"你不认识的。"她微微垂头。

"好吧。"

"无论如何,萌萌,一定要记住,永远要保护好自己。还有你心里的秘密,也记得保护好它,别让它变成别人用来伤害你的武器。"

夏亮宇又说:"那几本日记我都帮你取回来了。等活动结束,我给你送过去。"

江萌咬着唇,有些尴尬地点点头。

"你这是什么表情?"夏亮宇无辜地解释,"除了符昕雅翻给我看的那一页,其他的我可都没打开看过!我保证!"

她笑了,如释重负,眉眼弯弯地向他道谢:"谢谢你,亮宇哥。"

谢谢你帮我保守了秘密。

# 【第十四章 - 当下】

谢谢你,许澄光。谢谢你让我能够有机会感受到,当下每一刻的你。

晚上回到大姨家,江萌推开门,发现大姨和大姨夫都坐在客厅里,面色不豫,神情格外严肃。符昕雅垂着头站在一边,眼圈红红的,眼里蓄着泪。

"我没想到事情会闹得这么严重……那几个混混不是我找来的,我只找了他们其中一个,是那个人他非要小题大做……对不起。"符昕雅抽噎着向他们解释认错。

江萌收回视线,只觉得疲惫,换了拖鞋,拎着书包走进了书房。

她坐在书桌前,正准备写作业,便传来敲门声。

她转头,看见符昕雅被大姨推进来。

大姨朝符昕雅使了个眼色,伸手带上了房门。符昕雅蹑手蹑脚地走到她身旁,别别扭扭地对她说:"我不该乱拿你的日记,对不起。我也不应该找人堵你,害你和林老师受了伤。对不起。"

江萌盯着数学练习册上的函数公式,解题思路被打乱,却自始至终没有抬头。

"学校已经给我处分了,让我留校察看。

"你看我胳膊上的伤,就是被你那个朋友沈冰清给抓的!

"还有许澄光,他把我桌子踹倒了。

"程勇也不跟我说话了。

"我到底要怎么做,你才能原谅我?"

江萌终于转过身,仰起头静静看着她,问:"你真的需要我的原谅吗?

"其实我一直都不明白,你为什么从小就讨厌我?

"就只是因为亮宇哥?"

符昕雅扁着嘴,不情愿地点头承认。

江萌:"我喜欢的人不是他。

"就算是，这也不应该成为你伤害别人的理由。

"你既然这么喜欢他，为什么不去问一问，他喜不喜欢你？"

"我不敢。"符昕雅说，"但现在他知道了，所有人都知道了……知道我喜欢他。"

"你知道他今天跟我说了什么吗？

"他说，原本我在他心里一直很优秀。但因为今天这件事，他不会再认我这个妹妹了。以后我们再见面，也不用打招呼，就当互相不认识。"

符昕雅说着，嗓音里带了哭腔，眼泪顺着脸颊一滴滴滚落下来。

她用力抹了把脸，紧接着说："但我不会放弃的。

"不管你们原不原谅我，我都会向你们证明，我不是你们以为的那种人。

"从今天开始，我会让你看到我的改变。"

符昕雅忍住哽咽把话说完，转身推开房门走了出去。

江萌目光落在她骄傲倔强的背影上，记忆的神经被轻轻触动。

这才是符昕雅真正该有的样子，她想。

十一国庆假期，江萌回了趟姥姥家。她拖着行李走进门，发现亦风哥竟然也在，正坐在客厅一边看电视一边帮姥姥择菜。说来奇怪，爸爸去世后，奶奶家的亲戚们几乎没再和姥姥有过来往，只有亦风哥每次放假回家都会拎着一大堆东西来看望姥姥，也会带很多礼物送给她。

亦风哥曾经告诉过她，永远不要拿命运的不公来质疑和苛责自己。

午后的房间里，她坐在书桌前写作业，江亦风拿起她的文言文试卷，将手机摄像头对准古诗文阅读的位置，"咔嚓"拍了张照。

"你干吗？"她惊讶地问。

"问你们林老师一道题。"

"我会做。"她无奈地道。

"我知道，我不是不会嘛。"

江萌无语，放下笔问他："你怎么会有我们林老师的微信？"

"我跟她要的啊。"江亦风语气里满是理所当然，"不然还像你一样，不加微信，只写日记？"

江萌脸颊涨红，瞪了他一眼。

"我也有他微信的。"她在心里默默反驳。

不过，日记也很重要。

江萌抬眼看他，注意到他正在发微信和林老师聊天，唇角轻轻上扬，笑得格外开心。

"哥。"她拽了下他的袖子。

"嗯？"江亦风回神。

"你喜欢林老师吗？"她停顿片刻，在稿纸本上写下这句话递给他。

江亦风从手机屏幕上移开视线，凝神注视着她写下的问题，安静了几秒钟，诚恳地点了点头。

"嗯。我喜欢她。"他郑重地回答。

"她代课结束就要回北京了。"江萌告诉他。

"那正好，我也回北京，到时候可以开车载她回去。"江亦风轻松自然地说道。

"哥。"江萌默默看着他，神色尤为认真，"如果她也喜欢你的话，你一定要对她很好很好。"

江亦风一愣，随即弯起眉眼笑了，面带笑意俯身凑到她面前，伸出手指和她拉钩盖章。

"我保证。

"无论她喜不喜欢我——

"我都会对她很好很好。

"一言为定。"

江萌也笑起来，笑容真诚灿烂，心中却忽然泛起了酸涩。

她发自内心地羡慕亦风哥的勇敢和坦荡，他不需要林老师向前走一步，就愿意主动向她走九十九步。

而她呢？

如果在未来的某一天，许澄光已经向她走了九十九步，她大概依旧不敢向前迈出哪怕一步，站在他面前大大方方地问他："许澄光，你喜欢我吗？你会永远喜欢我吗？"

她连说出"喜欢"都不敢。

又怎么敢在"喜欢"前面加上"永远"。

十一假期过后，很快迎来了期中考试。考试结束当晚，郑老师告诉同学们,下周林老师就要回北京了。

许澄光提议为林老师举办一场欢送会,下了晚自习,江萌来到超市找他,和他一起在超市对面的烧烤店吃夜宵。

"萌萌,你是不是……还在难过?"见她情绪低落,许澄光开口问她。

"我不喜欢离别。"她说。

"我也不喜欢离别。"许澄光低喃道,"可人生就是一个不断在经历离别的过程,就像我们虽然只有十六岁,却已经和太多人离别过了。"

透过他的一番话,江萌的记忆恍惚回到了他们十二岁那年的夏天。

她和他在暑假的补习班里偶然相遇,又匆匆离别。

这样仓促短暂的相遇和离别不受她的控制,发生得猝不及防。他们主导不了每一次的相遇与分离,却最终通过各自的努力,为自己争取到了一次和对方重逢的机会。

她想,如果当初她没有考上实验中学,或许她真的有可能再也见不到他了吧。

"我相信,只要我们还想再见到一个人,未来就一定会和他再见面的。"许澄光说着笑了起来,笑容澄澈明亮,"林老师不是要回北京吗?如果她以后留在北京工作,等我考上大学去了北京,就一定会去找她。而且在未来的两年里,我也会一直给她发消息的。

"我会努力不让她忘记我。"许澄光坚定地说道。

江萌静静凝视着眼前的少年,从他的脸上读到了她从未在其他人身上见到过的执着和纯粹。

少年无惧无畏,像阳光下晶亮的海水,闪耀着温暖纯净的光芒,足以将一切烦恼与忧愁洗刷得清透明亮。

"萌萌。"

"嗯?"

"你有想去的大学吗?或者……有没有想去的城市?"

"我也很想去北京。"江萌看着他的眼睛,唇角绽开了微笑。

"真的吗?太好了!"许澄光兴奋大喊,没忍住猛地站了起来,惹得周围的顾客纷纷侧目,神色讶异地打量他。

江萌脸颊泛红,抓着他的袖子让他赶快坐下。

他乖乖坐回座位,还在笑,笑容里冒着傻气。

"萌萌,我好开心!"他说。

她看着他,唇畔笑意更深,心中涌起的情绪却越发汹涌微妙。

许澄光,我也好开心。可我没有你那么乐观,也没有办法做到像你一样对未来那样充满信心。

她时常忍不住去想,等到两年后,他真的还会记得他们如今的诺言吗?他们会一直是朋友吗?

江萌觉得,至少现在,她和许澄光已经是朋友了。

可她仍然不敢确定,未来他们会不会一直是朋友。

如果有一天他不再这样一次次地主动靠近她了,她猜测自己不会去找他问清楚原因,甚至不会主动去接近他。

她一直都是这样,默许着自己在他人心中的分量一次次发生变化,一声不吭地承担着他人做出的每一次选择——每一次决定抛下她的选择。

她习惯了被抛下。

她从来没有权利抛下别人。

然而此时的她不曾想到,几年之后,当远居国外的许澄光乘飞机跨越大洋彼岸重新出现在她面前,泪眼蒙眬地委屈着开口,说出的第一句话却是问她:"你为什么要一声不吭地丢下我?"

…………

"许澄光,你想过以后吗?"她抽离出渐渐飘远的思绪,突然问他。

许澄光疑惑不解:"我们不是一直在说以后的事吗?"

好像是这个道理。

江萌笑了,又改口问:"那你觉得,当下和以后,哪个更重要?"

"如果一定要选一个的话,我会选当下。"

许澄光语气认真:"当下永远最重要。"

"我会去筹划未来,但这只占据了我很小部分的时间。我觉得自己大部分的时间和精力,还是会专注于把当下的每一件事做到最好。

"比如我也在担忧离别,但我觉得眼下最重要的,是把明天的欢送会准备好。我希望可以让林老师感受到我们的真心,送给她一场令她难忘的欢送会。"

"嗯!"江萌点头赞同。

"我刚刚发信息跟林老师说,萌萌一直在难过,她真的很爱很爱你。

林老师说,她也很爱你。"许澄光笑盈盈地把手机递给她看。

江萌接过他递来的手机,眼眶酸涩。

谢谢你,许澄光。

谢谢你愿意帮我把我的心意传递给林老师。

谢谢你可以帮我说出那些我无法说出口的话。

以及——谢谢你让我明白,当下比以后更重要。

让我不再担心和恐惧分离,而是更愿意去紧紧抓住现在最想要抓住的人,去努力做好当下自己能够做好的事情。

让我能够有机会感受到——

当下每一刻的你。

## 【第十五章 - 闻毓】
我觉得，或许我们都应该再勇敢一点。

时光匆促流逝，寒冬褪去，天气日渐转暖，时间来到高二。

高二上学期，随着学习强度加大，各类学科竞赛陆续展开。学校为鼓舞学生士气，举办了一场以"梦想"为主题的团日活动，并要求每个班级重新设计板报，由班主任组织本班学生开展同主题的班会活动。

经过在各班的试听评选，校领导最终决定由高二（1）班在大礼堂为全校师生进行本次主题班会的活动展示。

这次班会活动的两名主持人分别是许澄光和谢泽阳，班会主题需要围绕"梦想"这一话题展开。在和同学们讨论之后，许澄光将班会的主题命名为"To Win the World"。

To Win the World.

去赢过这个世界。

江萌第一次看到这句话，是在她和许澄光一起为林老师准备欢送会那晚。那一晚，许澄光用手机播放了一个视频给她看。

是几年前高一（1）班元旦演出的录像视频。

视频里，曾经的市理科状元叶风学长回到母校演讲，把"To Win the World"这句话送给了一班的学弟学妹。叶风学长对他们说，这句话是在他们读高二那年，林老师送给他的。

看着视频里的叶风学长神采飞扬的模样，江萌不禁对叶风学长和林老师的青春过往心生好奇与向往。

实验中学历届优秀学长学姐们的照片依旧张贴在教学楼大厅的光荣榜上，她知道，照片中的每一个人都拥有着独属于他们自己的校园回忆。

他们在这里留下了最为深刻难忘的青春印迹，然后各自走向了更大更广阔的世界。实验中学的三年时光，汇聚成了他们身体和血液中的一部分。

离开实验中学的日子里,他们奔波忙碌于大大小小不同的城市,变成了不同工作岗位上闪闪发光的大人。

时光如流,每个人载舟而过,一些人站在彼岸回望过去,一些人坐在这叶小舟上憧憬未来。

未来。

江萌忍不住开始去想象他们的未来。

未来,某个人是不是也会像叶风学长一样,在毕业多年后重回母校,为学弟学妹们讲述自己青春年少时的故事。

他的青春故事里,会留下属于她的一笔吗?

素笔白描,勾勒出淡淡的花蕊,在浓墨渲染的画卷上留下一抹痕迹。

一抹不同于其他任何景色的痕迹。

让他在多年后回望青葱岁月时,只一眼便可以记起。

舞台上响起舒缓悠扬的背景音乐,江萌收回思绪,看见许澄光和谢泽阳举着话筒站在舞台中央,两人互相配合,说完了一大段激情洋溢的开场白。

"光光,谈到'梦想',我特别想知道,你的梦想是什么?"开场白说完后,谢泽阳突然转头问许澄光。台下的观众们立刻目光炯炯,专心等待着他的回答。

"我的梦想嘛……"少年故作神秘,挑眉笑道,"保密。"

"嘘——"观众席上顿时传来不满的唏嘘声。

"其实相比于未来的梦想,我更想聊一下对当下的规划。因为有一个……朋友,她曾经问过我,觉得当下和未来哪个更重要。"

他话音刚落,江萌心中猛地一颤,本能地抬眼望向他。

"举个例子,比如刚才在我出发之前,数学练习册上有一道立体几何题,第二问我没做出来。说实话,现在我的脑子里就和有字幕一样,那道题一直在我眼前飘啊飘的……把我搞得特别烦。"

台下哄笑成一团,江萌也忍不住笑了。

"有时候我会觉得,与其去谈论梦想,倒不如谈一谈该怎么解决这道一直飘在我脑子里的数学题。通往梦想的道路,必定是由无数场考试、无数道题目铺就而成的,这是我们谁都无法改变的事实。

"同样,我们是否能在未来的某一天实现自己的梦想,也是由我们当下正在度过的每一天来决定的。华罗庚曾经说过——'日累月积见功勋,山穷水尽惜寸阴'。"

听到这里,江萌不禁有些惊讶。这句名言是她当初在"新生入学感受"那篇作文中引用过的,没想到他竟然把它背了下来。少年说完,不动声色地看向她,一副求夸奖的得意表情。她垂眸笑了,悄悄伸出手,朝他竖起大拇指。

"所以,"许澄光收回目光,低声笑了一下,继续面向前方正色道,"所以,我不想去说自己的梦想是什么,我只想做好每一天自己该做的事情。我相信,在十年后,我一定可以很骄傲地告诉大家,我实现了我的梦想。"

雷鸣般的掌声中,江萌默默注视着台上的少年,不由自主地湿润了眼眶。

毋庸置疑,少年身上一直发着光。

虽然有些时候,他身上吊儿郎当的傻气会遮去他一部分锋芒,但每当他站上舞台,面向人群,少年周身散发出的锐气和锋芒便再也遮挡不住。

她的眼前下意识闪过每天傍晚时分她路过一班教室时看到的画面。

落日黄昏,微风轻拂,树木枝叶茂盛生长,伸进墨绿色的玻璃窗。夕阳的光影打在少年伏案的肩膀上,白色校服衬衫浸润在金辉里,他一边转笔一边哼着歌,却目光沉着,胜券在握。

朝朝暮暮,日出而作,日落而息,好似人世间最寻常的循环,他却像一簇永不熄灭的烈火,灼灼生光,哪怕身处暗夜,也依旧炽热地燃烧着自我。

"关于'梦想'这个话题,我想聊的就这么多。"很显然,活动进行到了主持人和台下观众之间的暖场互动环节。许澄光手握话筒,目光开始向台下扫视,"有没有同学愿意上台来和大家分享一下自己的梦想呢?最好能告诉其他同学,自己的梦想是什么。"

台下顿时寂静无声,大家显然都不好意思当着这么多人的面谈自己的梦想。

"一般到这种环节,不都是提前找个人当'托儿'吗?"沈冰清纳闷地问,"难道光光没找?真是随机提问啊?"

江萌收回思绪,心中隐约觉得不妙。

她有预感,他又要把她从人群里揪出来了。

果然,不出她所料,许澄光把目光停留在她身上,笑着说:"那就……高二(16)班的江萌同学。

"请上台,在我身后的黑板上写出你的梦想。"

"你俩是提前说好的吗？"沈冰清好奇地问江萌。

江萌皱眉，无奈地摇了摇头。

"没事，去吧萌萌！听说回答问题的同学可以收到一个主持人亲自准备的小礼物，没准有惊喜！"

她点点头，认命地走上台，从许澄光手里接过粉笔，悄悄瞪了他一眼。

少年却只是笑。

江萌抬起手臂，指尖轻颤，在黑板上写下一句话：

"我想成为一个讲故事的人。"

思索片刻，她又补充了一句："如果没办法开口'讲'的话，那就'写'吧，写故事也可以。"

她继续说："我听说，表达自己不一定要通过语言来表达，写出的文字也可以用来表达自己。"少女笔尖轻颤，浅浅微笑，"我想写出有温度和意义的文字与故事，通过文字来表达自己，传递出自己微小但独特的力量。我想写少年的梦想与荣光，写自由的灵魂，坚固的信仰，写赤诚浪漫的爱，和盛大灿烂的远方。"

"好！"

程勇带头鼓起了掌，沈冰清也立刻拼命鼓掌，台下瞬间掌声雷动，欢呼叫好声响彻整个礼堂。

心中的梦想得到鼓舞和肯定，江萌愣愣地看着台下，唇角绽开笑意，感受到了无尽的温暖与动容。

以前她总是羞于启齿，更不可能有如今的勇气，能够泰然自若地将自己遥不可及的梦想公之于众。

她是怎样做到的呢？

她想，大概是因为，此刻他就站在她的身旁。

因为和他离得太近，她不知不觉被他身上散发出的意气和光芒所诱惑和吸引。他心中那份旺盛的生命力，也根植在了她的心脏里。

"小礼物送给你。"许澄光笑着伸出手，递给她一个红色的幸运符，"我亲手做的。"

他不动声色地凑近她，压低嗓音在她耳边说："萌萌同学，祝你梦想成真。"

他的声音很轻，像一阵风钻入她的耳畔，吹进了她的心里。

江萌耳郭泛红，用手指轻轻摩挲幸运符外面的塑料保护套，发现它热热的，带着少年掌心的余温。

自从互动环节开始，他好像就一直在紧紧攥着这个幸运符，时不时用余光看一眼掌心，神情里流露出少有的紧张忐忑和小心翼翼。

主持这样一个大型的班会活动都应变自如的许澄光，居然会因为想要在台上送给她一个小礼物而变得无所适从。

江萌想着，垂下眼睛笑了，抿起唇角，把温热的幸运符揣进了校服口袋里。

班会活动结束后，江萌站在洗手间门外等沈冰清，突然听见身后传来一个熟悉的喊声。

"萌萌！"许澄光上气不接下气地跑到她面前，站稳后，急切地开口，"我有话对你说！

"虽然你可能会觉得我很傻，特别不切实际，但我还是要说！

"我想让你成为一个讲故事的人，是'讲'，不仅仅是'写'！

"我希望你可以实现你的梦想！

"我不知道需要付出多少努力，但无论付出什么，我都一定会让自己做到。不管是心理学还是医学，只要是能帮到你的，我都会去学去看，尽最大的努力去研究出解决办法。我从来不相信所谓的命运，更不觉得人生中存在绝对无法攻克的难关。我不信命，更不希望你被命运束缚。我不知道现在的对手是命运还是医学上的难关，但无论对手是什么，我都只想让你赢！

"萌萌，你相信我！你一定要等着我！"

江萌怔怔地望着他，鼻尖泛酸，眼眶也开始发热，眼中毫无察觉地盈满了泪光。

"我们走吧，萌萌！"沈冰清走出洗手间，挽起她的胳膊。

"光光！"程勇抱着篮球赶来，一把勾住许澄光的肩膀，"走啊，别回班了，直接打球去！"

氤氲的泪意被突然出现的两人截断，她看见许澄光站在原地，正目不转睛地看着她，一直在等待她的答复。

她含笑望向他，目光温柔坚定，用力地点了点头。

少年眼睛骤然一亮，脸上瞬间扬起了喜悦的笑容，兴高采烈地转头对程勇说："走！走！打球去！"

"这么开心啊？"程勇得意地挑眉，"看来我今天带球过来，果然带对了！"

江萌向他们挥手道别，跟沈冰清一起往教学楼走，没走多远，身后再次响起一个喊声。

依旧是许澄光的声音。

不过这一次，他没有喊她的名字，而是在……喊口号。

"我一定会赢过这个世界——"

他的声音响亮震耳，旁边的程勇被吓了一跳，捂着胸口发火吼道："许澄光你干吗？开班会开魔怔了？"

周围的同学们纷纷侧目，偷笑着指着许澄光窃窃私语。沈冰清拉紧了江萌的手，加快脚步说："萌萌，咱们快走！我不想让别人知道我认识他！丢死人了！"沈冰清目不斜视，脸憋得通红，"像个傻子！"

江萌笑了，被沈冰清牵着手越走越远，却依旧眼睛发酸，忍不住频频转过头去看他。

少年不好意思地挠了挠头，唇角却是上扬的，一直在看着她笑。

好像是有点儿傻，她心想。

不过，好像也真的很热血，很真诚。

很可爱。

期末考试前夕，中学生单科竞赛入围决赛的名单公布。谢泽阳、许澄光和程勇分别是初赛成绩的前三名，被学校安排去北京参加竞赛集训。沈冰清刚好需要代表学校去北京参加一个唱歌比赛，和他们同乘一辆车。

课间，江萌在座位上整理刚收上来的语文作业卷，看见郭雪瑶从教室门口一脸兴奋地跑了进来。

"怎么了？"她抬头问。

"刚刚外面晃过一个人影，好像是闻毓！"郭雪瑶凑到她面前，神秘兮兮地说。

"闻毓？"

"就是韩校长的干外甥女！她堂姐是咱们学校14级的校花闻灵，光荣榜照片墙上长得特别漂亮的那个!

"听说她跟咱们同岁,从小就一直在国外上学,现在已经保送 G 大了!"

"而且我还听说,她和闻灵一样,长得也超级好看!可惜我没看到正脸!"

"刚刚她从窗户外面经过,咱们楼里好多男生都跑出去看她了!"

"萌萌,你干吗去?"

江萌笑了,站起身,向她挥了挥自己手里的卷子。

"好!你快去送卷子!"郭雪瑶催促她,分享八卦的兴致未消,"等你回来,我接着跟你说!"

江萌抱着卷子走出教室,路过开水间的时候,肩膀突然被人从身后拍了一下。

"同学你好!"一个没穿校服的女孩出现在她面前,礼貌地向她询问,"请问你知道高二(1)班怎么走吗?"

女孩一头浅棕色长发散在肩侧,眼睛也是浅棕色的,五官甜美大气,穿着米白羊绒裙和一双长筒皮靴,身形格外纤细高挑。

好漂亮。

看到女孩惊艳脱俗的长相,江萌忍不住在心里感叹,猜测她应该就是郭雪瑶口中的闻毓。

她伸手,指向走廊前方高二(1)班的班牌。

"居然就在前面!我都没注意到!"闻毓惊讶道,向她道谢,"谢谢你!"

江萌微笑摇头。

闻毓走到一班的后门,然后,叫住一个从教室里出来的男生问:"请问许澄光在吗?"

江萌脚步顿住,心脏猛地一颤,下意识地抬头看向那边。

"他去北京参加竞赛集训了。"男生答道。

"啊……好吧。"闻毓表情有些失落,接着问,"那你知道哪个是他的座位吗?"

"就你旁边这个。"

"OK!谢谢!"闻毓说着,把一个装满书的帆布手提袋放在了许澄光的座位上。

"小毓?"徐老师抱着教案从走廊尽头走过来,见到闻毓,脸上流露出惊喜的神色。

"徐老师!"闻毓立刻飞奔过去,扑进徐老师的怀里,满脸喜悦地说,"想死您了!"

"你怎么来这儿了?"徐老师笑吟吟地问她。

"当然是特意来看您的!"闻毓提起眉梢,洋溢着笑容补充道,"顺便给许澄光送点儿东西!"

两人亲昵地拥抱,热情地寒暄。江萌指尖收紧,抬起脚步,抱着卷子匆匆走向年级办公室。

一整天,江萌的心一直乱糟糟的,像一个无端被攒成一团的毛线球,找不到露出的线头,让她毫无头绪,拆解不开,只能任由它乱着。

放学的路上,她走在街边,无意中撞见闻毓从街角的奶茶店里走出来。闻毓正一只手拎着奶茶,另一只手举着手机打电话。

"你什么时候去的北京,居然不告诉我!真不够意思!"

"你突然回国,不也没告诉我嘛。"许澄光的声音从听筒里传出来。

江萌捏着书包带的指尖收紧,下意识地脚步一颤。

"你要的书我都帮你借到了,给你放座位上了。"

"真的?太好了!万分感谢!"

"这么开心?看来我功劳不小,什么时候请我吃饭?"

"你要是不着急,再等我两天?"

"我急,明早的飞机。"闻毓耸耸肩,语气勉强地说,"这顿饭你先欠着吧。对了,最近你妈还在琢磨让你出国的事呢,说真的,你自己小心点儿……"

"萌萌?"江萌正听得出神,听见身后有人叫她的名字。

"用不用我骑车载你?"夏亮宇推着自行车走上前。

江萌礼貌地微笑,摇了摇头。

"上车吧,别客气!这么冷的天,你要是不答应,我可就得推着车和你一起走了!"

"好,谢谢亮宇哥。"

江萌坐上自行车后座,双手轻轻捏住了夏亮宇身上羽绒服的边缘。她动作拘谨,夏亮宇一边骑车一边跟她说话,她心不在焉地听着,目光依旧紧紧注视着路边还在和许澄光通话的闻毓。

不知道他们在聊些什么，她看到闻毓时不时露出笑容，偶尔又似乎被他气到，恨不得马上冲到电话另一端去打他的样子。

两人之间熟稔默契的举动彰显着长时间累积沉淀下来的友谊，她想，他和闻毓，应该是关系很要好的朋友吧。

又或许，不仅仅是朋友。

"最近流感严重，记得多穿点儿。好好吃饭，少熬夜，注意休息。"自行车在小区单元楼外停下，临别时，夏亮宇嘱咐她道。

"你不上去坐坐吗？"江萌问他。

夏亮宇仰起头，朝大姨家的落地窗看了一眼。江萌顺着他的视线望过去，捕捉到一个一闪而过的熟悉身影。

夏亮宇勾唇露出苦笑，摇了摇头。

江萌欲言又止，听见夏亮宇催促她："还不上去？不冷啊？"

她只好转身上楼。

江萌走进门，一抬眼就看见了重新站回窗前的符昕雅。

听见她进门的动静，符昕雅迅速转过头，一脸审视地盯着她问："你真的不喜欢亮宇哥？"

又来了。

江萌心中无奈，问她道："你到底要我说多少次？"

"那'X'是谁？你别想随便编一个什么明星来糊弄我！"符昕雅不依不饶。

江萌静静地注视着她，许久没有回答。

脑海中挥之不去的闻毓的身影让她忽然在某一刻和符昕雅共情，她像是没经过大脑一样，不假思索地用手语对符昕雅说："如果我喜欢的人你不认识，那么就算我告诉你他是谁，也没有任何意义。

"如果我喜欢的人你认识……你难道就只认识亮宇哥这一个姓氏拼音首字母是'X'的人吗？"

符昕雅呆呆地愣住了。

江萌眼睫颤抖，心中涩意翻腾，蔓延开一片酸楚。

眼眶发热，眼里雾气弥漫，她不知道自己为什么突然会这么想哭。

或许是因为符昕雅对她喋喋不休的逼问。

又或许是因为，那个烙印在她脑海中的名叫闻毓的女孩的身影。

闻毓是真的很好看，她想。

笑起来的样子好看，礼貌问路的样子好看，拥抱徐老师的样子好看，边走路边打电话的样子……更好看。

自从她和许澄光相识以来，除去见面的时间，他们之间不是发微信就是开视频聊天。每次开视频的时候，都是她一直在听着他说。因为他把手语掌握得过于熟练，久而久之，她好像已经渐渐忘记了，他也是个正常人，而且还是个性格那么开朗活泼的正常人。

和这么安静沉闷的她待在一起，他真的有那么开心吗？不会感觉到麻烦或者不舒服吗？不会觉得，其实两个人之间还是打电话聊天更轻松、更有趣吗？

比如，在和闻毓聊天的时候，他应该会轻松快乐许多吧。

江萌来到房间，把笔袋和练习册从书包里取出来，正要拉开笔袋的拉链，动作一顿，眼前不由自主地浮现出了一个人的样子。

——"真的吗？你也想去北京？太好了！"

——"萌萌，我好开心！"

——"虽然你可能会觉得我很傻，特别不切实际，但我还是要说！"

——"我想让你成为一个讲故事的人，是'讲'，不仅仅是'写'！"

——"我希望你可以实现你的梦想！"

——"萌萌，你相信我！你一定要等着我！"

鼻腔灌满酸涩，她视线模糊，泪水在眼眶里打转。

为什么喜欢上一个人，会让人这么开心，却又这么难过呢？

我喜欢你，你也喜欢我，多么直接简单的命题，实践起来却多么不容易。双向的喜欢需要两个人共同做出决定，可我没办法猜测和左右你的决定。

因为我只是我，我不是你。

她拿出手机，抑制不住想要给他发条消息，指尖停顿在微信聊天界面上，输入的文字删删改改，最后只发送了一句：集训还顺利吗？

她把手机的提示音调到了最大，见他没有立刻回复，于是把手机放在一边，翻开练习册开始写作业。

一旁的手机始终没有发出任何声响，她的心越来越乱，每做完一道题就忍不住按亮屏幕看上一眼，可直到她把所有作业全部写完，他还是没有回复她。

她抿紧双唇，指尖掐进掌心，凌乱的思绪变得越发混沌纠结。

是因为还在和闻毓聊天吗？所以没有看到她的消息。或者看到了她的消息，但因为还在和闻毓聊天，所以抽不出时间来回复她。

是这样吗？

"萌萌，小雅！我给你们煮了馄饨！出来吃点儿！"大姨的喊声从厨房里传来。

江萌抹了抹眼睛，放下手机，起身走向厨房。

"萌萌，碗太烫了，先别端！"见她来了，大姨马上嘱咐她。

她却出神没有听到，下意识伸手帮忙去端馄饨，手指被猛地一烫，瓷碗"啪"的一声摔碎在地上。

"哎哟！没烫着吧？"大姨看了看她的手。

"小雅！快去给你妹妹拿个烫伤膏！"大姨焦急喊道，见她正要蹲下身去捡地上的碎瓷片，连忙上前阻止，"萌萌，你别动！放着我来！你快去沙发上坐着，把烫伤膏涂上！"

"对不起。"她低垂着眼睛，心中满是歉疚。

大姨手上的动作顿住，抬起头，伸手摸了摸她的发顶。

"一个碗没端住而已，怎么又开始道歉了？家人之间不用总是道歉。知道吗，萌萌？"大姨语重心长地对她说。

她努力忍住哽咽，朝大姨点了点头。

"你刚才想什么呢？我妈都说了让你别端，你愣是听不见。"客厅沙发上，符昕雅不情不愿地把烫伤膏递给江萌，见她双手的手指都被烫得通红，神色一顿，冷着脸主动帮她拧开药膏的盖子。

"谢谢。"江萌接过烫伤膏，微微仰头，含住了眼泪。

"你喜欢的人是许澄光，对吧？"符昕雅静静看着她，突然开口问。

江萌心脏倏地一颤。

"我会帮你保密的。"符昕雅语气淡淡，"你爱信不信。"

符昕雅忽然笑了，不解地问她："你什么眼光啊，喜欢许澄光那么傻的？"

江萌也破涕为笑，用手背抹干眼泪。

"所以，他最近一直在忙着研究什么'应激障碍症'的治疗方法，是为了你？"

"什么？"

"今天闻毓来我们班了。你可能不认识闻毓，她是许澄光在国外的一个朋友。她往许澄光座位上放了好几本心理学和医学的书，说是许澄光跟她要的。程勇和谢泽阳都不在，她跟我说，等许澄光回来，让我告诉他一声。"

原来是这样。

乱成一团的毛线球被符昕雅的一番话牵引出线头，让她终于理清了头绪，心中的一团乱麻就这样被轻轻解开了。

江萌笑着向她道谢："谢谢。"

符昕雅没说话，把烫伤膏塞进她手里："你拿去接着用吧，用完别忘了还我。"

江萌回到房间，看到手机屏幕上显示了一通未接的视频电话。

她调整好情绪，对着镜子整理了一下衣领和头发，拨回了视频。

视频很快接通，许澄光神情疲惫，在对面长叹了口气："唉，刚刚程勇跟我把清清和老谢送去医院了。"

"他俩怎么了？"她神色焦急，用目光询问。

"清清脚崴了，老谢比较严重，腿伤了。不过现在两人都没事了，你放心吧。"他解释说。

"没事就好。"她催促他，"你快休息一会儿，是不是累坏了？"

"我没事。"许澄光盯着屏幕仔细看了看，眉头蹙起，问她，"你的手怎么了？"

江萌一怔，立刻把烫伤的双手藏到了身后。

"你还藏起来了？"许澄光气得不行，着急地说，"快给我看看，手怎么这么红？"

江萌微笑摇头，就是不给他看。

许澄光："你要是再不给我看，我可就给丁峻明打电话了！让他过去帮我看！"

她无奈，只好把手放回屏幕前，向他解释："刚刚不小心被烫到了，已经上过药了，没事的。"

"很疼吧？"他沉默片刻，拧着眉轻声问她。

她摇头："不疼。"

"那怎么哭了？"他问。

江萌注意到手机屏幕上自己泛红的眼睛，一时无言以对，下意识地埋下了头。

"上过药了？"他接着问。

她点头。

"下次小心一点儿，好不好？"他放缓了语气，用商量的口吻对她说。

她再次点头。

"给你看一个东西。"手机镜头被他突然调转方向，一个圣诞许愿球出现在了她的手机屏幕里。晶莹剔透的球体中光影交叠，雪花般的微粒纷纷扬扬，飘落在小雪人和圣诞树上，看着格外温馨梦幻。

"我偷溜出集训基地买的。"他笑着说，"提前祝你圣诞快乐！萌萌！"

他接着说："他们仨说想等在北京过完圣诞再走，我买了提前回去的票，平安夜当晚就能到学校！到时候我去你们班，把这个给你带过去！

"这几天按时上药！见了面我要检查！"

他严肃地补充道："以后不许再这么不小心了！"

江萌向他点头，眼中含着泪光，忍不住破涕为笑。

挂断视频后，她依旧把目光久久停留在手机屏幕上，回想起自己由于他没有及时回复消息，而在心里上演了一出纠结复杂的内心大戏，无奈地露出了苦笑。

第二天清早，江萌上完药把烫伤膏还给符昕雅，顺便在便利贴上写下一句话，并将这张便利贴粘在了烫伤膏上。

她写道——

"我觉得，或许我们都应该再勇敢一点。"

## 【第十六章 - 流星】

无论未来我们能不能继续在一起——我都还是很想对你说,许澄光,谢谢你。

高二下学期,暑假开始前,学校布置了一项暑期社会实践任务,要求所有同学在假期里选择一个地点参加社会实践调研,并以小组为单位形成一份实践报告,开学后上交。

课间,许澄光跑来十六班,问江萌和沈冰清要不要和他一起去L市做实践调研。

江萌答应了他。

这并不是她第一次去L市,几年前,江亦风邀请她参加自己的大学毕业典礼,她就去过L市一次。

那天江亦风带她去了海边,对她说,大海波澜壮阔,吞吐万物,可以包容人们心中的一切烦恼和忧虑。

其实她对海的感情一直很复杂。

或许是因为她的爸爸妈妈曾经在海岸上定情,两人连婚礼都是在海边举办的。婚纱照摄影师说海上的婚礼最为精彩浪漫,可爱情和命运的走向却从来不受人控制和决定。

人生无常,爱情也是易碎的,或许大海早已将无数信誓旦旦的诺言冲刷褪色。

晚上她回到大姨家,打开手机微信,把自己打算和同学一起去L市参加社会实践的消息告诉了江亦风。

江亦风打来视频电话:"正好,你们林老师最近休假,要去L市见一个朋友。你们可以和她一起去。"

"真的吗?"江萌惊喜,"太好了!"

她犹豫地问:"哥,你和林老师……你们……是谈恋爱了吗?"

"你看我朋友圈了没?"他问。

江萌："学习太忙了,一直没看……"

"现在去看。"

"好。"江萌退出聊天页面,点开他的朋友圈主页,一眼就看到了头像上方的封面背景图。

背景图照片里,是林絮站在一棵银杏树下手捧银杏叶的侧影。

江萌抿起唇角笑了,心上一暖,有说不出的开心。

她比画一句:"真好。"

江亦风:"你呢?"

……又来了。

她不想再理他了。

"我去学习了,拜拜。"江萌挂了电话。

她把手机放在一边,翻开练习册,笔尖停顿在纸面上,思绪突然有点儿乱,心脏也"怦怦"跳个不停。

她放下笔,不由自主地再次拿起手机,打开微信,忽略掉江亦风发来的"问号"表情,将联系人列表一直向下滑,最后,点了一下许澄光的头像,接着点进了他的朋友圈主页。

她发现他换上了新的朋友圈背景图,是一张一班的所有同学和林老师一起站在教室黑板前的大合照。而他头像下面的个性签名,一直都是那句他最喜欢的"To Win the World"。

她出神片刻,退出他的朋友圈,起身从书架上将她最近刚买回来的一本文集取了下来。

加缪的《夏天集》。

几天后就是他的生日,她想把这本文集作为生日礼物送给他。

她用指尖缓缓摩挲着文集的封面,恍惚中,再次忆起初三那年,他曾经在《中学生优秀作文选》中推荐过的那句出自这本文集的名言。

"我身上有一个不可战胜的夏天。"

她拿起笔,将文集轻轻翻开,在扉页上写下了一段想要送给他的话。

To 许澄光:

愿你身上不可战胜的夏天,可以帮助你赢过这个世界。

To Win the World.
生日快乐。

江萌

许澄光，谢谢你带我看过一次夏天。

谢谢你让我懂得，即使拥有着不完美、不顺利的人生，也应该心怀孤勇，向命运亮起锋芒，破釜沉舟地去实现自己心中的梦想。

祝你生日快乐，愿你一生自由勇敢，不惧颠簸，成功站上远方的山巅。

永远意气风发，永远张扬热烈。

永远都是蓬勃夏日里，那个最明媚耀眼的少年。

这次同去 L 市的一共有六个人，除了江萌、许澄光和沈冰清，还有谢泽阳、程勇和林絮。由于他们票买得晚，高铁票已经售罄了，几个人只好乘坐火车卧铺去往 L 市。

深夜里，在火车上，林絮询问江萌有没有不舒服，江萌摇头，猜测是江亦风提前告诉了林絮她可能会晕车。儿时的绑架经历让她再也无法长时间忍受大巴车里的温度和气味，每次只要乘坐大巴车长途出行，她就会感到恶心和眩晕。但坐火车还好，她并没有觉得自己的身体出现什么不适。

却没想到林絮问她的话被许澄光无意中听见，于是他一直跟在她的身边，没过一会儿就要观察一下她的脸色和表情。坐在一旁的林絮笑了，跟许澄光开玩笑说："难怪徐老师说你像个'男妈妈'。"

许澄光挠挠头，难为情地也笑了。

江萌拿他没办法，心里却暖烘烘的。眼看车窗外夜色渐深，她向许澄光示意说："我有点儿困了，想去睡觉。"

"好！"许澄光说，"我也想去睡了！"

"你们睡不睡？"他转头问其他人。

谢泽阳正抱着电脑写社会实践的选题报告，闻言摇了摇头。

正在和程勇一起打牌的沈冰清也摇头道："程勇我俩先不睡。"

"萌萌你俩先去睡吧。"林絮对许澄光说。

"好，那老师您也早点睡。"许澄光站起身，扭头嘱咐另外三人，"你们三个！别熬太晚了！"

紧接着，他看了江萌一眼，美滋滋地说："去睡觉！"

江萌点头，起身去爬通往上铺的扶梯。许澄光站在她身后，仰头见她已经顺利坐在床铺上，才安心地转身去爬另一边通往自己床铺的梯子。

"睡觉喽！开心！"

"萌萌晚安！"

"林老师晚安！"

"还有下面不睡觉的那三位！晚安！"许澄光躺在床铺上，闭上眼睛盖上了自己的小被子，嗓音里含着笑说。

"不是，在火车上睡个觉而已，他那么高兴干吗？"程勇一边甩出一对"2"，一边纳闷地问沈冰清。

"可能是因为快看见海了，比较兴奋。"沈冰清悠悠回答，顺手甩出了一对"大小王"。

"阳哥……"程勇盯着她甩出的"大小王"，缓缓偏过头，抱起身旁谢泽阳的手臂崩溃哀号，"我不跟她玩了！她怎么每次牌都这么好啊……把把赢我……"

"运气实在太好了，对不住了兄弟……"沈冰清得意扬眉，向他勾勾手说，"快点儿！愿赌服输，不许耍赖！"

"好吧，那你轻点儿。"程勇委屈巴巴地扁着嘴，把脑袋凑到沈冰清面前，又一次被她弹了下额头。

谢泽阳坐在一边，双手始终飞快地敲击着电脑键盘，没应声，却不知何时已经翘起了唇角。

江萌趴在床铺上探头，弯着眼睛看了一会儿三人之间的有趣互动，又挪开视线，望向了躺在自己对面床铺上的少年。

少年睡姿乖巧，一双长睫在眼下覆上整齐的阴影，轻浅的呼吸声规律而平缓，看来已经陷入了梦乡。

下面这么吵，他居然能够完全不受影响，这么快就睡着了。

江萌心中困惑，却也放下心来，面对着他侧身躺下，把头轻轻枕在臂弯里，眨着眼睛肆无忌惮地偷看他，不用担心会被他发现。

午夜时分，月光似一缕薄纱悬挂在车窗外，昏暗的车厢摇摇晃晃，如同薄纱掩映下的摇篮，让人忍不住觉得自己正处在梦境之中。

少年如梦，因为时常会在她的睡梦中出现，所以此时，当他这样近距离地安睡在她面前,反倒让她拥有了一种不真实的感觉。

人群嘈杂的车厢里,他们是众多乘客中的两位,是一行伙伴中的两人。然而这一刻,他们隐藏在迷茫的夜色之中,近得仿佛身边只剩下彼此。

她眉目弯弯,眼中流露出温柔的笑意,不知不觉地看着他出神了许久。

怎么会有这么好看的人呢?

她想起郭雪瑶曾经跟班上的好多女生一起探讨过,说他们年级长得帅的男生不多,丁峻明算一个,加上十四班的夏亮宇,还有一班的那对学霸同桌——谢泽阳和许澄光。女生们兴致勃勃,开始讨论起这四个人里哪个长得最好看。

"一班那两人我就不想多说了,每天满脑子只有学习,白长了那么一张脸。"一个女生无语道,"有一次食堂开饭晚,大家排队排得烦了,说打饭阿姨最喜欢许澄光,让许澄光站第一个,阿姨准能早开饭!

"结果找半天没找到人,一班有人说,许澄光和谢泽阳这两人还在教室里做题呢,说做不完就不吃饭!"

一群女生哄笑起来,江萌心中蓦地一软。那天她吃完午饭,走在回教学楼的路上,刚好看见许澄光和谢泽阳正结伴一起去往食堂。两人不知在聊些什么,许澄光忽然垂头笑了一下。或许是正午阳光的加持,江萌忽然觉得他的笑容好看得过于刺眼,像极了电影慢镜头,明明只是短暂的一瞬间,却在她的视线中被无限拉长,甚至清晰地烙印在她的脑海里,再也无法消散。

她的青春记忆中,存放了太多关于他的电影慢镜头。那些慢镜头代表着她心动的瞬间,每一幕都绝无仅有,千金不换。

只有他拥有着会让她心动的模样。

所以在她的眼里,他最好看。


火车到站后,程勇提议他们一起去海边吃烧烤,晚上搭个帐篷住下,第二天一早可以在海岸上看日出。

他们乘地铁来到海边,吃完烧烤后,天色已经渐暗,林絮去了市里的朋友家,他们各自回到帐篷中休息。

临近零点,江萌没有睡意,索性从帐篷里起身,披了件外套,坐在岸边的长椅上独自吹风看夜景。

明天就是许澄光的生日了,她想在零点的时候给他发送一条生日祝福短信，等过了零点再回去睡觉。

"江萌妹妹？还没睡？"程勇不知何时走出了帐篷，来到了她身边。

江萌点头，问他："你怎么也还没睡？"

"明天是光光的生日，我给他准备了惊喜。"程勇说。

"需要我帮忙吗？"她问。

"不用！我找了阳哥！他和我一起准备就行！"

"我给他订了蛋糕，还准备了蜡烛和烟花。待会儿我打算在沙滩上把蜡烛摆成他名字拼音的首字母缩写，然后等零点一到，我就把烟花给点着了！"

程勇兴奋地问："怎么样？还不错吧？"

江萌含笑点头："特别用心。"

程勇不好意思地笑了，挠挠头说："光光是我好兄弟嘛！"程勇认真补充，"而且他值得。虽然他看上去傻呵呵的，其实他特细心，也特别会照顾人。他对朋友也好，把朋友看得跟学习一样重要。而且他这个人活得真实、简单，人品又正，反正就……特别好。"

江萌静静望着他，心尖轻颤，眼中满是动容。

值得被爱的人，本身就拥有会爱人的天分，所以也会被来自他人的爱包围环绕，永远生活在爱里。

光打在他身上，阴影接近不了他，那么干净、那么明亮。

他一直都是这样的许澄光。

真好。

"江萌妹妹，你要不要先回帐篷休息一下？过会儿到了零点，阳哥我俩去叫你！到时候你带着沈冰清一起出来，咱们给光光过生日！"

"好。"江萌答应道。

江萌回到帐篷躺了一会儿，没过多久，外面就传来了动静。

她把身旁的沈冰清叫醒，两人一起走出了帐篷。对面不远处的帐篷里，许澄光同样揉着惺忪的睡眼走了出来。

"大半夜的什么事啊？这么神秘……"他含糊地嘟哝着，话没说完，海上一道白亮的弧线骤然划破了天际。

伴随"嘭"的一声巨响，一簇簇烟花在夜空中重重叠叠地绽放，仿佛溅开的七彩水墨，在漆黑的幕布上肆意涂抹渲染，将整个夜空绘成了一幅绮丽斑斓的梦幻画卷。

沙滩上，摆放成"XCG"三个英文字母形状的蜡烛在暗夜里迎风舞动，摇曳着温暖宁静的光芒。

暖黄的烛光中，谢泽阳把生日蛋糕从帐篷里端出来。几个人围在生日蛋糕前，热烈地拍手鼓掌，一起为许澄光点燃蛋糕上的十七支蜡烛，并大声合唱《生日快乐歌》给他听。

少年憺在原地，烛光映照着他的脸庞，描摹出他含笑的眉眼。

江萌一边拍手帮大家打节拍，一边站在人群中安静地注视着他。

眼下的氛围这样温馨幸福，热闹鼎沸，不禁让她在心里感受到了融融的暖意。可沙滩上晃动的烛光和密集的人群也会让她有一瞬的鼻酸——

原来，他的生日一直都是这样度过的。

和她过生日的时候是那么不一样。

江萌对自己生日的回忆并不多，似乎从很小的时候起，因为和符昕雅的生日只差了一天，她的生日便被并入了符昕雅的生日里。

她没有朋友，可符昕雅的朋友却有很多。

符昕雅每次过生日都会开生日派对，叫上自己所有的朋友。派对房间里会有一个属于江萌的座位，然而整个房间里却没有一个来为她庆生的人。

与其说这一天也是她的生日，倒不如说，她更像是在和符昕雅的朋友们一起给符昕雅过生日。

她不喜欢这样的生日派对，可盛情难却，越长大，她越是没有资格拒绝。因为妈妈说过，她们欠了大姨家的人情。

人情是最还不起的东西。

"萌萌，快收红包！"沈冰清碰了下她的肩膀，将她的思绪拉了回来，"光光在群里给咱们发红包了！"

江萌拿出手机，打开微信群聊，看到许澄光发了一个大红包。她点开红包，收到了一百元钱。

这个家伙。

这种最为朴素直接的感谢方式，估计也只有他能想得出来。

"寿星，许个愿！"程勇把金色的生日帽戴在他头上，乐呵呵地说。

少年闭上双眼，双手合十，在为自己许愿之前，很大方地为身边的每一个朋友都许下了一个愿望。

轮到给江萌许愿时,他突然不说话了,匆匆跑来她身边。

"欸,光光!你怎么还说悄悄话啊?给我们江萌妹妹许了什么愿啊?还不让我们听!"程勇一脸坏笑地问他。

"你们先吃蛋糕!"许澄光对程勇喊道,又把沈冰清从她身旁拉走,"你也去吃蛋糕!"

沈冰清无奈地离开,没和他计较。

"萌萌。"他凑到她面前问,"你的生日是什么时候?"

"我的生日……在冬天。"她答,"还早。"

"那你以前的生日都是怎么过的?"他接着问。

江萌一怔,停顿片刻,含糊道:"就……和大家一样。许愿,吃蛋糕。"

"还有吗?"

她摇头。

"待会儿结束了,你等我一下,我带你出去一趟!"他说,"有惊喜送给你!"

江萌诧异,没等她反应过来,就听见程勇朝他们喊:"你们俩悄悄话要是再不说完,蛋糕可就全被沈冰清给吃光了啊!"

"程勇!"沈冰清气急打他。

程勇拔腿就跑,沈冰清端着蛋糕追在他身后,脚下一滑,差点不小心跌倒。江萌注意到,正想提醒她,看见谢泽阳已经快步上前将她扶稳。

沈冰清定在原地,呆呆地望着眼前的少年,手中的蛋糕托盘摔在了沙滩上。

"我的蛋糕掉了。"沉默半晌后,沈冰清闷声道。

"没事。"谢泽阳笑了笑,"我把我的给你。"

江萌忽然感觉他们两人之间的气氛有些微妙,回过神来,又相信这种感觉不过是一种错觉。

因为沈冰清曾经无数次对她说过,不喜欢谢泽阳。

而谢泽阳呢?

他几乎从来没有在任何人面前提起过沈冰清。

"沈冰清!你小心点儿行不行!"许澄光在旁边喊了沈冰清一声,偏头对她说,"我们也去吃蛋糕。"

江萌点头,和他一起朝他们走过去。

热热闹闹的庆生活动结束,众人一起打扫完卫生,江萌回到帐篷,把提前准备好的生日礼物装进背包。

"走啦,萌萌!"许澄光抱着一个黑色的塑料袋从帐篷外出现,探着头小声喊她。

她拎着背包起身,注意到他神秘兮兮的举动,不禁笑了,好奇地问:"你手里拿的是什么?重不重?"

"不重,我要保密!"他跟她卖关子,"先不告诉你!"

"好吧。"

"那咱们现在要去哪儿?"

"也保密。"

江萌无奈地笑了,不再追问,默默地跟着他走。

很快,他们来到了一片无人的海岸。夏日的夜晚,繁星碎落人间,海水幽蓝深邃,浪花在月光下翻涌浮动,泛起闪烁的涟漪,如同潮汐在拥抱月亮。

岸上夜阑人静,虫鸣起伏,远处是绵延无尽的群山,近处高楼耸立,几米开外有一家亮着灯光的小商铺,商铺门口的小型音箱正在播放着空灵舒缓的轻音乐。

"萌萌,你在这儿等我一下。"许澄光说着,抱着怀里的袋子跑远了。

没过一会儿,猝不及防间,噼啪一阵声响传来,夜空中无数朵烟花炸开,海平面再次被流光溢彩的火焰照亮。火花在空中划下弧线,绽放出耀眼的光芒,如同千万颗流星坠入黑夜,令人心驰神往。

江萌怔怔地仰起头,思绪在一瞬间陷入了停滞。

今天明明是他过生日,他却跑来这么远的地方,单独为她放了一场盛大璀璨的烟花。

为什么呢?

许澄光?

你为什么……要对我这么好呢?

"我跟程勇要的!他买了不少,我把没放的都给要来了!"少年呼吸急促,笑容飞扬明亮,迅速跑回到她面前说。

江萌笑了，眼睫低垂轻颤，伸手帮他擦掉了手指上沾到的沙土。

他一愣，不好意思地笑了起来。

江萌帮他擦完手，仰头去看海上的烟花，发现许澄光正侧着头静静地凝视着她，目光专注而温柔。

她耳际一阵发烫，下意识微微别过脸，想要避开他灼热的视线。似乎察觉到了她表情的不自然，少年立刻收回目光，也仰起头去看烟花。

"开心吗？萌萌？"他望着烟花问。

她重重点头。

他们身后的不远处，音箱里的轻音乐突然被切换成了一首流行歌。

是岑宁儿的《追光者》。

> 如果说，你是海上的烟火，我是浪花的泡沫。
> 某一刻，你的光照亮了我。
> 你看我，多么渺小一个我，因为你有梦可做。
> 也许你不会为我停留，那就让我站在你的背后。
> 我可以跟在你身后，像影子追着光梦游。
> 我可以等在这路口，不管你会不会经过。

夜风微凉，烟花在天幕中闪烁，海上月影浮动，水光潋滟，这个夏天美好得仿佛一场梦境。

江萌眼中渐渐湿润，虚幻的幸福总是透露着不真实，让她忍不住觉得，或许她正在经历的一切都只不过是上天营造出来的一种假象和幻觉。

而此时此刻，站在她身边的许澄光呢？

他是真实的吗？

"萌萌，我有话想对你说。"他看向她开口，笑容明朗灿烂，将她的思绪牵引回来。

"刚刚准备许给你的愿望，我没有告诉你。

"我想现在对你说。

"我想对一岁的萌萌宝贝说，祝你出生快乐，希望你可以平安健康地长大。

"我想对两岁的萌萌宝贝说，多笑笑，多看一看这个世界，有很多人在爱着你。"

……

"我想对十二岁的萌萌小朋友说,这个世界或许没有那么好,但勇敢的人一定会更幸运。你很勇敢,萌萌。"

……

"我想对十五岁的萌萌同学说,复习辛苦啦!中考加油,考上市实验绝对没有问题。相信自己,你真的特别棒!"

他一个接一个地说下去,江萌的视线越来越模糊。湿凉的海风不断灌入她的鼻腔,她鼻间酸痛难忍,泪水早已蓄满了眼眶。

"最后,我想对十七岁的萌萌同学说,谢谢你,认识你真的很开心!我希望可以和你一起变成更好的大人,我还希望,你可以梦想成真!"他看着她的眼睛,语气认真而郑重地说道。

江萌偏过头,双手捂住脸,泪水在颤抖的呼吸间汹涌而出。

"萌萌……"见她哭了,许澄光神色无措,焦急地问,"你怎么了?"

他连忙找出纸巾递给她。江萌接过纸巾,将眼泪擦干,红着眼睛破涕为笑。见她露出笑容,他这才放下心来。

"谢谢你。"

她取出装在背包里的文集,递到他的手里:"生日快乐。"

"《夏天集》!"少年眸光倏地一亮,激动地喊道,"萌萌,谢谢你!我真的特别喜欢!"

"你喜欢就好。"少女笑容温软,打手语问他,"我们现在要回去吗?"

"再等等。"他说,"沈冰清说今天晚上有流星。"

他看了眼手机,喃喃自语道:"都几点了,怎么还没有流星啊……"

许澄光话没说完,江萌突然拽了一下他的手臂。他抬起头,顺着她手指的地方望了过去,霎时,一道银亮的弧线刺破了寂静的夜空。

仲夏夜的海边,月光倾泻,流星划过天际,晚风吹过少年的侧脸。

"萌萌!快许愿!"他兴奋地说。

她闭上眼睛,双手合十,对着流星默默许下了自己的心愿。

她希望时间能过得快一点,让她可以和他一起去更远的未来看一看。

或者,时间过得慢一点,永远停留在这个夏天。

她的心愿伴随着起伏的心跳声一起隐匿在潮汐海岸,而她的耳畔,响起了少年的呼喊。

"亲爱的流星！请你一定、一定、一定要听到我的心愿！

"我请求你——

"一定要帮我实现我的心愿！"

"许澄光。"她看着他，笑意盈盈地说，"你的愿望一定会实现的。"

"你知道我许了什么愿望吗？"他偏头，注视着她的眼睛，轻声问她。

"我知道啊。"江萌笑眼弯弯，伸出手指一一给他列举，"考上北京最好的大学，学习你最喜欢的医学专业，你妈妈不会再强迫你出国，未来你会成为一名特别厉害、特别伟大的医生……

"应该……没有了吧？"

许澄光认真地看着她，缓缓摇了摇头。

"所以，还有什么？"她疑惑地问。

"这些都不是我许的愿望。"他说。

"啊？那你许了什么愿……"

"这些愿望都不需要借助流星来实现，靠我自己就可以实现。"他接着说。

"好吧。"江萌无奈地笑了笑，"知道了。"

"你好烦。"她瞪了他一眼。

许澄光却忽然笑了，温柔的眼底盈满了笑意，忍不住抬起手，揉了揉她在海风中飘扬飞舞的头发。

等他终于笑够，收敛了表情，目光落向远方的海岸线，才终于轻轻开口："我希望流星帮我实现的愿望，是你能够早一点开口说话。

"虽然我同样有信心，可以自己找到办法，但我等不及了，也一刻都不想再等。

"萌萌，你真的是一个特别好的女孩。

"我希望你可以永远开心快乐，自由自在地去实现自己所有的梦想，不被任何东西影响和束缚。

"如果流星真的可以让我实现愿望的话，那我什么都不想要。

"我只希望——它能让你梦想成真。"

江萌怔怔地看着眼前的少年，鼻腔被酸涩浸透，视线瞬间一片模糊。

她不知道该怎么去形容自己当下的感觉。

偶尔她会陷入恍惚，会因为感受到了他对自己的在意和偏爱，所以本能地觉得自己和他离得很近。

可每当她回神清醒过来，揭开了这张貌似触手可破的面纱之后，她又会恍然发现，他们之间其实依旧离得很远。

他们之间还是远的。

远到她不敢去想象自己和他的未来，远到她害怕当有一天他想谈恋爱了，想找一个人共度一生了，那么他选择的那个对象会不会是她。

如果他遇见了别人，选择了别人，她又该怎么办呢？

她能够清晰地感受到自己一颗心的沉沦，如果下面是深不见底的冰洞，一颗鲜活的心脏就这样沉溺其中，越陷越深，该有多冷、多疼。

可她控制不了自己的这颗心。

因为在当下，在和他一起相处的每一分每一秒，她都只能够感受到幸福和快乐、温暖与感动。

许澄光，你喜欢我吗？

你可以告诉我这个问题的准确答案吗？

无数次哽在喉中的问话，再一次呼之欲出，又再一次被她强行压回心底。

最终的最终，她也还是只能眨着被泪水浸湿的眼睛，在心里无比真诚地对他说一句："许澄光，谢谢你。"

无论未来我们能不能继续在一起。

我都还是很想对你说，许澄光，谢谢你。

谢谢你蓦然降临在我平淡孤寂的青春里，赠予了我一场盛大而欢喜的奇遇。

## 【第十七章 – 游乐园】
我们的十七岁,很好很好。

第二天清晨,几人一起乘坐大巴车去市郊参加社会实践。

大家昨晚都没怎么睡,车子刚开动一会儿,程勇熟睡的鼾声便响了起来,沈冰清也侧头枕着江萌的肩膀迷迷糊糊地陷入了梦境。

江萌和沈冰清座位的斜后方,谢泽阳正坐在窗边抱着电脑打字,许澄光则窝在谢泽阳旁边的座位上打游戏。

江萌已经很久没有坐过大巴车了。

上车前,她本以为儿时在大巴车上的痛苦记忆可以随着时间的流逝慢慢淡去,然而当车内充斥的汽油味再次灌入鼻腔的那一刻,她还是本能地产生了想要剧烈呕吐的冲动,头也在车厢的震荡摇晃中开始疼痛发晕。

她从椅背上直起身,垂着头紧紧抓住了座位的把手,仿佛一个溺在深海里的人,无助而绝望地抓住了从岸上抛下来的唯一救生索。

"怎么了?"许澄光抬眼注意到她的反常,连忙放下游戏机,走过来焦急地问,"不舒服?"

她摇摇头,却不自觉地将唇瓣咬得干涩发白,额上冷汗涔涔,肩膀也抑制不住地一直在颤抖。许澄光神色紧张地扶住她的肩膀,单手探上了她的额头。

"我没事。"她仰起头,艰难地用手语告诉他,"应该就是有点晕车。"

"你回去吧,我缓缓就好。"

他却没肯走,转过头对谢泽阳说:"老谢,方不方便换个座?你过来跟沈冰清一起坐。江萌不舒服,我陪她待一会儿。"

谢泽阳闻言起身,抱着电脑来到她的座位旁,许澄光则扶着她坐在了谢泽阳靠窗的座位上。

他伸手把车窗打开:"吹吹风,看看会不会好一点儿。"

"好,谢谢。"她说,"你接着打游戏吧。"

他没接话,脸色一直不怎么好,蹙眉看着她问:"晕车怎么不跟我说?早知道我就不约这个车了。"

"对不起。"江萌垂头道歉。

"不是……我没有怪你,我只是不想让你不舒服……"他急忙解释,话语里满是自责懊恼,最后竟也垂头低喃了一句,"对不起。"

江萌身体一颤,心中震动,眼眶浸润了湿意。

他为什么要突然道歉呢?

这本来就是她自己的事。

"到休息站了!停车休息十五分钟!"司机的喊声从驾驶位传来,大巴车很快停下。

"走,咱们下车。"他抬眸,放轻声音对她说。

江萌点头,被他扶起身走下车,在休息站找了个靠窗的位置坐下。

"是不是还剩半个多小时的路程,咱们就到了?"许澄光问坐在他对面的谢泽阳,嘱咐他,"你跟他俩说一声,我和萌萌不上车了,我骑车载萌萌过去。"

"好。"

谢泽阳上车后,江萌沉默片刻,主动向许澄光解释:"其实我害怕坐大巴车,和小时候经历过的一场意外有关。我就是因为那场意外,才不能开口说话的。"

她喝了口他递来的温水,将纸杯捏得微微变形,犹豫了许久,终于放下纸杯,决定对他敞开心扉。

她一直不想在他面前袒露那段令自己不愿回首的童年经历,它太过残忍和沉重,凝固在她的身体里,熔铸成了她性格中的一部分——她不希望被他看到的那部分。

然而如果永远不能做到坦诚,不能交付出一颗完整的真心。

她又该如何和他相处下去呢?

她感觉到了他们之间关系的微妙变化,少年横冲直撞,带着一颗滚烫的心脏不断贴近她,她总是下意识地后退躲闪,怕自己不能回馈给他一颗拥有着同样温度的真心,怕自己心上阴凉的地方会让他感到冰冷……

所以他的心意才总是扑空，一颗真诚炽热的心脏无处安放。

她不能再这样做了。

江萌抿紧双唇，用手语将儿时的伤痛回忆一五一十地讲述给他听，并向他解释了自己患上应激障碍症的原因。

"经历完那场意外，我开始特别害怕坐大巴车。不光是大巴车，所有速度特别快的东西，我都很害怕。"

"对不起。"她说。

"干吗要道歉？"许澄光说，"我也晕车，我也不想坐！"

"你看！这儿刚好有自行车可以骑，我骑车载你！"他指着停在路边的几辆共享自行车，扬起眉兴奋说道。

江萌点头，见他握着车把走近，从座位上起身，来到了他的自行车后座旁。

"高一开学那天晚上，我看到你和程勇一起骑车回家。那天你急着回家看球赛，骑得特别快。"她浅笑回忆道。

"今天我可不敢骑那么快。我自己骑快点儿无所谓，万一车倒了，大不了摔一跤。你在车上不行，我得稳妥！"少年语气认真地说。

她心尖一颤，笑意加深，坐上车后座，用指尖抓紧了他腰侧的衣襟。

他果然没有骑得很快，车速平稳轻缓，柔和湿润的风轻轻扑在她的脸上，她的大脑渐渐放空，不再像刚刚在大巴车上那样闷重眩晕，而是清爽舒服了许多。

江萌缓缓闭上眼睛，心中积压的苦痛似乎正在被风一点点地吹散。她一直不知道自己究竟该怎样从童年的痛苦中得到解脱，她只是在痛苦中一遍遍地告诉自己，一定不要变成别人的负担，一定不要给别人添麻烦。

却没有想到，她竟然遇见了她的幸运星。

或许从相识之初，在他不经过老师的允许擅自跑到讲台上替她解围的时候，她的幸运星就已经降临了。

你知道吗？

能够遇见你真的很幸运。

我最好的光光哥哥。

社会实践结束后，返程前一天，在程勇的强烈提议下，他们一起来到了 L 市一个有名的游乐园。

刚走进游乐园大门,沈冰清就兴奋地喊:"我想坐过山车!还有跳楼机!你们谁要一起?"

"我我我!"程勇立刻举手。

"萌萌,你要不要试试?"沈冰清问她。

江萌为难地摇头:"清清,我不敢玩。"

"妹妹别怕!去试试呗!"程勇极力劝说她,"真没有想象中那么吓人!有我们几个陪着你呢!试一下!"

江萌抿抿唇,犹豫着答应:"那好吧……"

"程勇。"许澄光突然淡淡开口,语气不佳。

"嗯?"

"过山车我坐过好几次了,今天我想玩点儿没玩过的。"他说。

"没玩过的,啥呀?"程勇疑惑地问。

许澄光环顾了一下园区四周,没什么表情地开始列举:"旋转木马、小飞象,还有……碰碰车。"

程勇无语:"你直接说小孩玩啥你玩啥得了呗!"

"对啊,我就想玩小孩玩的,不行?"许澄光理直气壮地反问。

"要去你自己去!"程勇一脸嫌弃地摆摆手,"我要坐过山车!"

"我跟你去坐过山车!"沈冰清对程勇说。

"你呢?老谢?"许澄光问一直没说话的谢泽阳,"过山车还是旋转木马?"

谢泽阳看了他一眼,沉默不语,默默地走到了程勇和沈冰清的身边。

"OK!"许澄光说,"那萌萌跟我走。"

江萌走在许澄光身侧,没忍住问他:"你真的想玩旋转木马吗?"

许澄光点头。

"萌萌。"

"嗯?"

"不用总是事事考虑别人的感受,先把自己照顾好,好吗?"

江萌一怔,微笑着摇头:"没关系的。"

她继续做手语:"虽然如果去坐过山车,我可能会回忆起一些不太好的画面,但人总要学会直面痛苦,不能总是逃避……"

"可我不想你记起那些事。"许澄光脸色冷了下来,像一个正在任性赌气的小孩子,垂下头低声道,"永远都不想,一点都不想。"

江萌愣愣地看着他,心脏蓦地一暖,如同暴晒在阳光下的沙漏,有滚烫的细砂在心间流淌下来。

这就是被关爱的感觉吗?

自己的每一丝情绪和感受都被另一个人捧在心上,小心翼翼地呵护对待,不允许被自己说它们不重要。

原来,被关爱和在意的感觉,是这么温暖、这么好。

"好。"她笑着答应他,抬头看了看,提醒他道,"我发现了一个很严重的问题。"

"什么?"

"刚刚有两个队伍从后面超过了咱们,咱们如果不快点儿过去的话,估计要排好久好久的队。咱们快走!"许澄光一把牵起她的手,飞快地跑了起来。

这是江萌第一次来到海滨城市的游乐园。

记得小时候,她只是在姥姥家小区附近的绿岛公园里玩过一些简单的娱乐设施,小学毕业后,她再也没有玩过任何娱乐项目。

大海是温柔的,灼灼盛夏里,充满湿凉气息的海风是大海仁慈亲昵的抚摸,拂去了空气中的燥热,还给人们一丝舒适与清爽。

耳边是潺潺的流水声,小朋友们清脆欢快的嬉戏吵闹声,过山车上传来的此起彼伏的尖叫呼喊声。这些声音伴随着他们奔跑的脚步逐渐变得遥远,唯一越来越强烈的,是她的胸腔里咚咚作响的心跳声。

她的目光落在自己被他紧握的手上,忽然觉得目的地已经不重要了,如果可以,她希望他们可以一直这样漫无目的地向着前方奔跑下去。

没有终点,便不会有分离。

他们所拥有的全部,就只是两只手紧紧交握住的永恒。

可时间永远不会给人暂停它的机会,没过一会儿,他们就来到了旋转木马的检票处。

前面是一队穿着明黄色校服的小学生,他们融进这群黄色的"小蜜蜂"里,变成了两枝显眼的彩色花朵。

"累不累？"两人跑得呼吸急促，许澄光一边大口喘气，一边帮她轻轻拍着背顺气。

江萌抬眸含笑望向他，摇了摇头。

一个小男孩突然转过头，盯着他们看了一会儿，开口说："哥哥，你和这个姐姐长得都好好看！"

"谢谢弟弟！"许澄光笑着摸了摸他的头。

站在小男孩前面的小女孩也好奇地转过了头，问许澄光："哥哥，你和姐姐多大了？"

"我和姐姐，都是十七岁。"他答。

"哇！"小女孩兴奋地说，"那再过一年，你们就要变成大人了！"

"哥哥，你们的十七岁，好吗？"小女孩忽然眨着眼睛问他。

听到这个问题，江萌一时有些恍惚。

他们的十七岁，好吗？

学习任务繁重，暑假很短，开学就是高三，注定会更加紧张忙碌的高三……高三结束，是至关重要的高考，高考后是离别，是无法预料的人生新路口……

这些似乎都算不上"好"。

可此刻的她却是开心幸福的，并没有觉得现在的生活有任何不好。

为什么呢？

她想，大概是因为她遇到了一群很美好的人。

他们是她最珍贵的朋友，陪伴在她的身边，和她一起面对所有算不上"好"的事情。他们一起上学，一起旅行，一起抱怨，一起努力，一起应对挑战，一起迎接未来……

因为他们的存在，她好像，真的很喜欢她的十七岁。

她正出神，突然被身旁追逐打闹的小朋友不小心撞了一下。许澄光迅速扶住她，动作自然地站到她身后，双臂环在她的肩侧，将她护在了自己身前。

江萌感觉到自己的后背几乎紧贴着他的胸膛，少年的下巴时不时触碰到她的发顶，她脸颊绯红，心跳一片混乱。

她转身仰头看他，刚好和他目光相撞，对上了他一双清澈含笑的眼。

过分明亮灿烂的笑容，让她微微眯眼，有些无法直视。

她匆匆垂头，红着脸去看路面上摇摇晃晃的树影，努力调整着自失了频率的呼吸和心跳。

"哥哥？"

小女孩的声音再次传了过来。

周围嘈杂的人群队伍忽然有刹那的安静，世界沉寂下来，仿佛在和小女孩一起等待着少年的答案。

少年垂眸望向自己身前的少女，眼底流露出温柔的笑意，随后笑盈盈地抬起头，认真而笃定地对小女孩说——

"我们的十七岁，很好很好。"

不是"没什么不好"，也不是"还算好"，而是"很好很好"。

清风拂过水面，两岸绿树成荫，头顶骄阳如画。

此时此刻，夏日炽烈明媚，正是属于他们彼此的——

很好很好的十七岁。

队伍终于排到他们，检完票，两人在两匹挨着的小马上坐下来。铃声响起，木马开始缓缓向前转动，许澄光的手机突然传出视频通话的提示音，他打开手机，按下了接通键。

"光光——我不该鄙视你。"程勇脸色苍白，在视频里苦着脸哀号，"我再也不想坐过山车了！"

"我刚下来就狂吐，阳哥也被折腾得够呛！沈冰清实在太猛了，一点儿事都没有！"

"玩不了还逞能。"许澄光叹了口气，问程勇，"他俩呢？"

"阳哥还是不舒服，好像中暑了。他说想去餐厅里坐会儿，沈冰清说要陪他去，让我自己接着玩。"

"你要不要过来坐旋转木马？"

"水上旋转木马，周围全是水，海风吹在脸上特别舒服。你等着啊，我给你直播一下。"许澄光说完，把手机镜头对准四周转了一圈。

"感觉还不错！"程勇说，"你俩先玩！我正好走到电影院门口了！我想先去看个《猫和老鼠》，等看完我就去找你们！"

"OK！"

许澄光说完挂断视频，偏头看向身边的少女。

女孩正专注地打量着园内的风景，明眸清澈，脸颊白里透粉，温婉灵动，宛如"出水芙蓉"。他莫名想起这个词语，又想起《爱莲说》里写的莲花就是芙蓉，香远益清，亭亭净植，纯净得纤尘不染，真的很像她。

他看得出神，没能忍住，举起手机对准她，"咔嚓"拍下一张照片。

伴随着他按下拍摄键的一声轻响，江萌一怔，目光落在他的镜头上。

"你怎么偷拍我？"她嗔怪地问。

"因为好看！"他迅速把手机递给她，兴冲冲地问，"你看，是不是特别好看？"

江萌眼睫颤动，唇角轻轻弯起。

她从小到大很少出门旅行，也不常给自己拍照，这张照片于她而言，是真的很珍贵、很特别。

更重要的是……这是他给她拍的。

她问他："要不要我也帮你拍一张？"

"好！"

"先等一下。"许澄光从她手里接过手机，"我来拿吧！"

"萌萌！"他忽然转头喊她的名字，"看镜头！"

她怔怔抬头，注意到他笑容满面地高高举起手机，身体向后倾斜，镜头里同时出现了他们两个人的脸。

江萌望向他手中的镜头画面，展颜一笑，很配合地学着他的样子比了个"耶"。

许澄光忽然侧头看她，她脸上一烫，见他收回眼神，手机传来"咔嚓"一声轻响。

"拍好了！我发给你！"

许澄光美滋滋地端详着手机屏幕，越看越开心，激动地对她说："萌萌，这是我们的第一张合照！"

江萌眼睫湿润，噙着笑点了点头。

"以后还会有很多很多张。"少年将视线落回屏幕中的照片上，眉目越发温柔，脸上带着笑意，轻声说道。

检票口附近的音箱正在播放一首歌，是郭静的《下一个天亮》。

等下一个天亮，把你偷拍我看海的照片送我好吗？

我喜欢我飞舞的头发，和飘着雨还是眺望的眼光。

用简单的言语，解开超载的心，有些情绪是该说给懂的人听。

你的热泪比我激动怜惜，我发誓要更努力，更有勇气。

江萌静静凝视着眼前的少年，视线变得模糊，鼻腔再次被酸涩填满。

他一直都是这样，永远简单纯粹，赤诚坦荡。她不禁开始反思，和他相比，她真的做到了足够坦诚吗？

显然她并没有做到。

就像眼前这个傻瓜，即使他拥有着再大胆热烈的性格，却也还是经常会在她面前表现得小心翼翼。

一向最简单直白的许澄光，好像已经被来自她的弯弯绕绕困住过许多次，可他却还是选择了勇敢坚定地走向她，哪怕她一步都不曾主动迈出过。

她一直都不肯告诉他自己的心意，带着剧烈的胆怯和强撑起来的自尊心，却终于发现，或许自己这样做，于他而言本就是不公平的。

旋转停止，他们跨下木马，准备去往下一个游戏地点。

"玩得开心吗？"她问他。

"嗯！特别开心！"他笑着说。

"光光。"她突然停步，抬眸望向他，"我们去坐过山车吧！"

许澄光一怔。

"我真的很想坐。"她补充道。

"你……身体没关系吗？"许澄光神色担忧，很快摇头否决了她的提议，"程勇和老谢都挺不住，还是算了，咱们不玩了！"

"你是不是不敢坐？"江萌眨眨眼睛，仰着头质问他。

"我当然敢！"许澄光立刻反驳。

"那我们去坐！"江萌笑起来，拉起他的手调转了方向。

许澄光一路被江萌牵着，脸上一直挂着担忧的神情。直到被她拉到过山车的座位上坐下，他猛然站起身说："还是算了。我不敢坐！萌萌，咱们不坐了！"

江萌默默看着他的举动，心中柔软，生出无尽动容。

这样的许澄光，一点儿都不像他。感情里的付出应该是双向对等的，不能一直只是他在让步和付出。

或许，她真的应该再勇敢一点。

"我没事的，真的。"她笑着说，"光光，我也很想做一次很勇敢的事。"
她问："你可以陪我一起吗？"

"好。"许澄光坐下来，答应她说，"我陪着你。"

开始的铃声响起，过山车攀上斜坡，在升至高处时，疾速颠倒旋转，如同离弦的箭一般，呼啸着一路向下俯冲。在气流的迅猛冲击下，似有刀片划过脸颊，人们的心脏快要跳出胸膛，震耳欲聋的尖叫声和呼喊声齐齐淹没在风中。

江萌双目紧闭，用力屏住呼吸，在心里跟随周围的人群一起大声呼喊。

她感受着自己狂跳的心脏，在过山车的轰鸣疾驰中，被高高地抛起，直直冲入浩渺云端。不知不觉，她发现自己的手掌早已被人紧紧握住，掌心密切贴合，任气流再猛烈强大也冲击不开。

江萌视线缓缓上移，落在身旁少年的侧脸上，思绪不受控制地一点点飘远。

光光，你知道吗？

曾经的我总是在想，如果你可以走得慢一点儿就好了，因为我担心自己会追不上你。可现在我却不再这样想了。你尽管迎着时光阔步向前走，无限去接近你的梦想，而我也会更加努力地追上你的脚步，更加勇敢地去奔向自己的梦想，奔向你。

我想和你一起成为更好的大人。

我想和你并肩去往更高更远的地方。

我想成为那个会被你喜欢和坚定选择的女孩。

我一定会更加努力、更加勇敢。

我们一言为定。


"萌萌，刚刚在上面，你在想什么？"

他们从过山车上下来，许澄光把刚买来的矿泉水拧开瓶盖递给她，问她。

"我在想，过山车并没有想象中那么可怕。只要我们愿意变得更勇敢。"

"嗯！"许澄光说，"你要是喜欢坐，以后我们可以经常坐！"

"你确定吗？"江萌想起他刚刚伏在垃圾桶上想吐又吐不出来的样子，拆台地问他。

"我努力……"他挠了挠后颈，垂着头不好意思地说。

"光光。"她问，"暑假我们要不要一起去市图书馆上自习？"

"好啊！"他脸上满是惊喜，立刻激动地答应。

"萌萌，你初一那年……有没有来过我家超市？"许澄光犹豫片刻，忽然开口问她。

江萌一愣，抬眼看向他。

"你肯定记不清了，是啊，都过去多久的事了……没事，我就随口一问，你忘了就……"他连忙解释，注意到她点了点头。

"那你还记得那天……"

"记得。"江萌说，"那天你的手被划伤了，我给你留下一盒创可贴。"

许澄光露出笑容，笑得特别开心。

"我还记得，我那天买了一瓶龙井绿茶。

"记得你给一个来买菜的爷爷抹了零。

"还记得……你不会写《骆驼祥子》的'祥'。"

"我会写！"许澄光猛地抬头，委屈巴巴地反驳。

江萌被逗笑，眼眶有点湿，眼中有泪光闪烁。

原来他竟然都记得。

"还有一件事，我想问问你。"江萌说，"不过我猜你一定已经忘了。"

"什么事？你说！"

"六年级毕业的那个暑假，在补习班里，有一个叫江汐的女孩。她成绩不好，还不能说话，有个男孩在他们还不认识的时候，就在课堂上帮她解了围。

"后来，他送给她一瓶龙井绿茶，帮她教训欺负她的人，为了给她集齐生肖卡片，吃了好多个面包。他们分别之后，他找到了当时他们没有收集到的最后一张卡片，把卡片寄给了她，还给她写信，说祝她梦想成真。"

许澄光默默听着，表情怔怔的，眼角渐渐有些泛红："你竟然记得这么清楚……"

"所以，你是不是忘了？"她问。

"我没有！"许澄光说，"我早就想起来了，但我一直没敢对你说……符昕雅说我那时候挺烦人的。

"高一我们刚认识的时候，你总躲着我。

"我以为你讨厌我。

"我害怕如果我提起来，你会更讨厌我……"

"我为什么要讨厌你？"她纳闷地问，"你一直都对我很好，从小到大，一直都是。

"我从来都没有讨厌过你。

"谢谢你，光光哥哥。"

许澄光笑了，像有什么话要说，却最终什么都没有说，只是傻笑。

江萌看着他，在心里默默做了一个十分重要的决定。

因为不能开口说话，她一直深陷在自卑的泥潭里，始终不敢对他表达出自己的心意。

现在，她想要努力尝试着去改变自己。

她会努力去寻找可以治愈应激障碍症的方法，等到她能够开口说话的那一天，她要站在他面前，大声喊出他的名字，自信坦荡地对他说出那句"我喜欢你"。

因为遇见他，她终于找回了自己阔别已久的勇敢，也看清了自己真正想要成为却还没能成为的模样。

曾经，她总是活在命运的重压下，他人的眼光里。

现在，她想战胜命运，无惧流言蜚语，坚定地去成为最好的她自己。

她坚信，她一定可以赢过这个世界。

就像他一直坚信的那样。

## 【第十八章 – 意外】
她不会再往前走了，即便她再喜欢他。

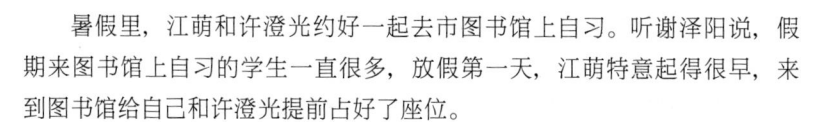

暑假里，江萌和许澄光约好一起去市图书馆上自习。听谢泽阳说，假期来图书馆上自习的学生一直很多，放假第一天，江萌特意起得很早，来到图书馆给自己和许澄光提前占好了座位。

然而，许澄光却一直没有来。

江萌忍不住发了一条微信消息给他，始终没有收到回复。

她莫名有些担心，从座位上起身，走进楼梯间，给他打了个视频电话过去。

过了许久，视频终于接通，屏幕上出现的人却不是许澄光，而是程勇。程勇所在的地方，是澄光超市的收银台。

"许澄光呢？"她写下一行字问程勇。

"他……"程勇表情不太自然，揉了下眼睛说，"我们昨晚一起打游戏来着，打得太晚了，他还睡着呢！"

江萌点点头，仍然觉得不太对劲。

"妹妹，要是没什么事的话，我就先挂了哈！"程勇紧接着说。

江萌正准备答应，突然听见视频中传来一声痛呼。

"你要拿什么直接告诉我，我帮你拿！"丁峻明急躁的声音依稀可辨，"程勇，你能不能管管他？都这样了还一个劲儿折腾……许澄光，你还想再去医院一趟是吧！"

江萌心跳猛烈一颤，瞬间急了，继续写字问程勇："许澄光怎么了？"

"真没事儿妹妹！他在睡觉呢，他……"程勇神色为难地向她解释，看见视频里她的眼圈红了，一时语无伦次，慌了起来。

"妹妹，你别哭啊！

"别哭别哭！"

程勇举着手机朝超市里的房间跑了过去,边跑边喊:"光光!我编不下去了!你自己说!"

手机视频里,许澄光脸色苍白,见了她,想勉力扯出一个笑容来,却疼得倒吸一口凉气,笑得有些僵硬。视频镜头不小心晃了一下,刚好晃过他缠满纱布还在渗血的手臂。

江萌静静地看着屏幕,鼻尖酸楚,眼泪忽地落了下来。

"萌萌!别哭!"许澄光见她哭了,也顾不上疼了,连忙对她解释,"我没事,就是不小心受了点小伤!真的一点事都没有!不信你问他俩!"

"我马上过去。"她抹了把眼泪,立刻挂断了视频。

江萌迅速回到座位收拾好书包,一路飞奔到澄光超市,看到了坐在收银台前的程勇。

"怎么回事?"她问程勇。

"唉,就是今天早上,有几个人来超市找碴儿。光光和他们打了一架,受了点伤。"

"他们为什么找碴儿?"

"因为……"程勇眼神游移,欲言又止,最后艰难地开口,"你还是别问了,妹妹。"

他垂眸,小声补充道:"光光不让说。"又说,"咱们去看光光吧!他在里面休息呢,我带你进去……"他说着站起身,却被江萌紧紧拉住了手臂。

她双眼通红地凝视着他,执着地等待着他的答案。

程勇手臂一颤,喉结滚动,眼眶竟也有些湿润。

"算了,我不瞒着你了。"程勇叹了口气,开口道,"妹妹,你还记得高一上学期,堵你的那群人里,有个花臂男不?就是当时带刀要划你的那个。

"那件事结束之后,光光带着我们几个去找过他一次。光光当时没太控制住情绪,你别看他看着瘦,打起架来劲儿一点都不小!要不是老丁和我拦着,差点出事!

"后来那个人三天两头就来找光光的碴儿,但他战斗力一般,不是光光的对手。今天早上,光光自己一个人在超市,他找了几个狐朋狗友过来,光光没应付过来,被他们把胳膊伤了。"

江萌默默听着,指尖紧抠着裙角,身体止不住地颤抖,泪水早已铺满了脸颊。

她喉咙哽咽,着急地写字说道:"他从来没和我说过这件事,我一直都不知道……"

"没事的妹妹,别急!"程勇连忙找到放在柜台上的纸巾盒,抽出两张面巾纸递给她,柔声安抚道,"是光光不让我们告诉你的,他怕你担心!刚刚我看你实在着急,没忍住就跟你说了。你一定要帮我保密,万一被光光知道我就完了!"

江萌含着眼泪问:"他还会再找碴儿吗?"

"应该不会了,没事。"程勇说,"他要是再敢找人过来,我直接报警。"

她点点头,擦干眼泪走进里面的房间,看到许澄光正坐在书桌前看书。

见她来了,他立刻抬起头,高高挥起没有受伤的那只手臂,朝她绽开灿烂的笑容。

她眼睫眨了眨,视线蒙胧,眼眶再次被泪水浸湿。

傻子。

为她做了这么多,却什么都不肯告诉她。

手臂都已经这么疼了,却还要冲她笑。

她真的值得他这样做吗?

他为什么要这么做呢?

"还疼吗?"她盯着他手臂上渗血的伤口,鼻腔酸涩,用手语问道。

许澄光依旧笑着看她,抿唇摇了摇头。

她鼻尖再次一酸,咬紧双唇,努力忍住了眼泪。

"明天我来超市学习。"她对他说,"我来陪你。"

"不用!我明天跟你一起去图书馆自习!这点伤完全不受影响,我用左手翻书就行!"

"不行!"江萌急道,"你必须休息!不能去图书馆!"

许澄光一愣,随即笑了,没忍住伸手揉了下她的头,乖乖答应:"好,我不去,听你的。"

"哎哟……"程勇从门外走进来,凑到少年身边,夹着嗓子学了一句,"我不去,听你的。

"什么时候变得这么听话了,小光光?"

程勇扒着他的肩膀坏笑,迎上许澄光的一记肘击,终于有所收敛。

江萌脸上一热,继续对许澄光说:"明天我给你带早饭。"

"我点外卖就行,你想吃什么?我明早一起点了。"许澄光道。

江萌摇头:"不行,你得清淡饮食。本来我也要每天做早饭的,多做一些而已。"

"你亲手做的?"许澄光眼睛一亮。

"嗯。"江萌点头。

"好!"许澄光抿着唇笑,"那我不点了,我等你给我带!"

他激动得不行,兴奋间不小心扯到手臂上的伤口,疼得龇牙咧嘴,但还是止不住笑。

"他都这样了,还这么高兴?"

"他高兴啥呢?"丁峻明拎了一壶开水回来,见到许澄光的样子,一脸诧异地问旁边的程勇。

程勇故作深沉,缓缓摇头:"不懂,很诡异。"

"你傻乐啥呢?许澄光?"丁峻明往玻璃杯里续上开水,把杯子递给他问。

"你不懂。"许澄光仰头喝水,翘着唇角慢悠悠道。

第二天一早,江萌做好早饭,拎着保温袋来到澄光超市。

许澄光刚给自己换完药,见她走进门,立刻站起身,把她手里的袋子接过去。

"手臂好点了吗?"她问。

他笑眯眯地点头。

"我看看。"江萌让他在椅子上坐下,然后俯身凑近他,小心翼翼地去拆他右侧小臂上的绷带。

少女指尖冰凉柔软,不经意触碰到他的皮肤,让许澄光呼吸一顿,手臂微微轻颤。江萌的动作也紧跟着一顿,马上抬眼问他:"我弄疼你了吗?"

许澄光和她对视,不太自然地轻咳了下,摇了摇头。

"那我小心一点儿。"她继续检查他的伤口。

"你先吃饭。"检查完毕,她轻轻抬头,垂落的发丝滑过他的颈侧,"等吃完饭,我帮你再换一次药。"

"好。"许澄光脖颈发烫,下意识地伸手摸了摸,随后迅速转身去拿柜台上的保温袋,"我们一起吃!"

餐桌旁,江萌咬着三明治,注意到许澄光握着勺子喝粥的动作停住,盯着门外的一个方向看了很久。

"怎么了?"她正想顺着他的视线看过去,被他开口阻止,"萌萌,你先去房间里。"

江萌一怔,还没反应过来,就已经被他拉着站起身。他牵住她迅速朝里面的房间走,她这才意识到,一定是又发生了危险。

"又有人找过来了?"她问。

许澄光没说话,眼神冷得辨不出情绪,打开房门让她进去。

"没事。"他轻声安抚她,"你先在里面等我。不要出声,萌萌。"

随后,她看到他紧紧关上了房门。门外传来他把房门反锁的声音,以及一群混混粗鲁刺耳的叫骂声。

她心急如焚,拼命地拍打房门,一遍遍地用力转动被锁住的门把手,却自始至终无济于事。

眼泪不受控制地夺眶而出,大颗大颗顺着她的脸颊不断滚落。

慌乱之中,她在房间的柜子里发现了一个工具箱,看到里面有一把斧子。她立刻拿起斧子,扑到房门前,对准被反锁住的门把手重重砸了下去。她不知道自己究竟砸下去多少次,双手的手背伤痕累累,十指和掌心传来灼烧撕裂般的疼痛,她疼到双手几乎麻木,却浑然不觉,只知道自己一定要把门砸开。

外面来了那么多人,可他只有一个人。

她不能让他一个人去面对那些人。

更何况,那些人还是因为她而找上他的……他为了保护她而惹上他们,现在他又为了保护她,把她反锁在房间里,独自去面对危险和伤害……

他为什么要这么傻?

为什么呢……许澄光?

眼泪仿佛汹涌的洪水,止不住地倾泻而下,模糊了她的视线。

门外传来的打斗声惊心动魄,每一声都击打着她的心脏,让她的一颗心变得鲜血淋漓,支离破碎。双手疼痛难忍,她却强忍着疼痛,拼尽全力越砸越重。终于,门把手被她敲断,她迅速丢下手中的斧子冲出房门。

她刚跑出房门,就被站在门外的两个混混钳制住了双臂。

她泪眼模糊,咬紧牙关费力挣扎,目光紧盯着超市柜台的方向,注意到一个混混搬起椅子砸向了柜台。许澄光在一旁踹倒一个混混,听到身后柜台处发出的声响,慌忙转身,发现混混正欲再次砸向柜台上一本封面被砸得残缺破损的书——她在他的生日那天送给他的《夏天集》。

少年眸光一凛,迅速去拿放在柜台上的书,却不料被他踹倒在地的混混在他身后踉跄起身,双目猩红,从裤袋里摸出了一把刀。

"小心!"在混混握着刀扑向他的瞬间,江萌瞳孔骤缩,嘴唇颤抖,下意识用尽全身力气冲他焦急呼喊。

眼前的画面混乱而模糊,她没有听到自己发出任何声音。

她竟然忘记了,她发不出声音。

她竟然忘记了,她早就已经发不出任何声音了。

混混手里的刀扎在少年按住文集的手背上,鲜红的血流汩汩涌出,蔓延扩散,将残缺破损的文集封面浸染得血红湿透。

少年疼得脸色煞白,额头上渗满汗水,踉跄着向下跌落。

耳畔响起轰鸣,世界仿佛静止了。眼前的画面定格成永久的一瞬,和幼年时她看到的某一幕渐渐重叠。

胸口涌出鲜血,倒在地上的爸爸。

手背涌出鲜血,倒在柜台上的许澄光。

小时候,因为突然说不出话,她没能提醒爸爸。

这一次,同样因为说不出话,她没能提醒许澄光。

从小到大,从九岁到十七岁,整整八年,她居然毫无长进,一直都这么没用。

她居然现在才意识到,自己是这么没用。

所以,你执意要来超市陪伴和保护他的意义是什么呢?你有什么资格和能力想要来保护他?你不仅什么都做不了,还会给他添很多麻烦,变成他的拖累和负担……

他的右手……

被扎得那么深,流了那么多的血……

他还要写字，还要高考，还要成为医生……

握笔的手，考试的手，拿手术刀的手……

如果不能再运用自如了，他该怎么办呢？

他可是许澄光。

他是那个站在舞台上自信飞扬，比夏日的骄阳更加耀眼明亮的少年。

是那个她整日许愿希望他可以年年岁岁顺遂平安，永远不会遭受到哪怕一丁点儿最微小的伤害的少年。

现在，他在她面前跌落而下，倒在了一片血红中。

目光渐渐失焦，她眼前一黑，失去了意识。

"妈妈，我可以不学手语吗？如果不去特殊学校上学，我觉得其实学会手语也没什么用。就算我用手语说话，周围的老师和同学也看不懂，还是写字给他们看比较有用。"

"不会的，有些简单的手语，只要你做出来，别人就能看懂，比写字简单方便。"妈妈说，"而且其他人也可以学习手语。如果你遇到了自己的好朋友，也许，他们会为了能看懂你想说的话，愿意主动去学习手语。"

"会有人愿意和我做朋友吗？"

"当然。小汐一定会遇到一些愿意为了小汐而去学习基础手语的朋友。如果再幸运一点儿，小汐或许还会遇到一个愿意为了小汐而把手语学得比小汐还要好的人。如果小汐可以遇到这个人，我想，我应该就不会再怨恨命运。"

"有的呀，这个人是妈妈！"

妈妈笑了，眼含泪光，语重心长地对她说："有妈妈还不够，还要有一个这样的人，一个……这样的男孩子。"

九岁的江萌眨着眼睛望着妈妈，似懂非懂。

能把手语学得比她自己还好……

这得是一个多么聪明的男孩子啊。

而且还是为了她才把手语学得这么好——

怎么可能会有这样一个人。

如果真的有，那他该多傻呀。

她想着，没忍住笑了，妈妈却泪眼婆娑，一边抚摸着她的脸颊，一边

165

轻声低喃道:"会有的。我们小汐长大后,一定会遇见一个这样的人的。"

"许澄光初中学了三年手语,他还报班了呢,每个周末都去学。他自己攒钱交的学费,他妈不给他交学费,还说他有病,纯是没事闲的,浪费时间去学这种东西。我们班同学也全不能理解。但他完全不在乎别人怎么想,学得特起劲儿,在手语班里跟在学校里一个德行,听说最后考试还拿了第一。"

高一开学时,符昕雅告诉她。

"下午好啊,江萌同学……告诉你一个秘密,其实我会手语。所以你可以用手语和我说话,不用一直写字……那个……我不是会手语嘛,我觉得我们俩一定能成为很好的朋友!"

后来,少年含着笑意对她说。

高二寒假,她给妈妈发送了一条信息:妈妈,告诉你一件事。我好像……遇见你说的那个人了。

妈妈问:哪个人?

她回复:就是那个……把手语学得比我还要好的男孩子。但我不知道,他学手语是不是为了我。

妈妈:那你怎么不问问他?

她回复:我不敢。

"那就等以后,等以后哪一天你敢问了,再去问他。"妈妈笑着发来了语音。

她打字询问"妈妈,你过年会回来看我吗",停顿片刻,将这行字删掉,输入新的内容:妈妈,你最近过得开心吗?

妈妈:嗯。

她绽开笑容:那就好。

突然,许澄光的视频电话邀请出现在手机屏幕上。

她打字:妈妈,我同学给我打视频了,我接一下!

她发完消息,退出聊天对话框,按下了视频接通键。

"我在鼎汇丰!中午吃火锅怎么样?锅底想要哪个?清汤、番茄还是麻辣？想吃多少种都行！几个锅底我都能整！"少年在屏幕里笑盈盈地问她。

"辣锅！辣锅！不辣还吃什么火锅！"程勇从他身后探头喊道。

"没问你。"许澄光转头瞥了他一眼。

"不是你说的几个都能整吗？"

"妹妹！麻辣！麻辣！"程勇边摆口型，边向她打手语。

江萌笑了，眼睛湿润发烫，点头对他说好。

梦境昏沉，过往的记忆片段零零碎碎，如同一块块分散的拼图，拼凑着浮现在她的脑海中。

手背传来刺痛，她缓缓睁开眼，发现自己躺在医院的病床上，少年疲惫憔悴的身影出现在她的床边。

她意识回笼，猛然坐起身，慌乱去查看他的右手。

"别动！"许澄光哑声喊道，"手上有针头，别碰掉了。"

她的手背被他用左手用力按住，她注视着他垂在身侧裹满纱布的右手，视线模糊，泪水滚落下来，身体抑制不住地剧烈颤抖。

"怎么了？"许澄光顺着她的视线落到自己的右手上，连忙说，"别担心，医生说没事，能恢复。"

许澄光说："当时警察很快就赶到了，我除了右手没受什么伤。倒是你，差点没吓死我。以后不能再做这么危险的事了。"

她点头，压抑住哽咽，什么都没有说。

这一刻，她似乎才终于彻底清醒过来，可以清晰地回忆起发生在超市里惊心动魄的每一幕，也清晰地回忆起，她在危急关头在心里做出的每一个决定。

此时此刻，她已经在心里做好了决定。

她好像，不能再继续往前走了。

不是因为她心中的感情不够宝贵珍重，而是因为它太宝贵，太珍重，所以……

她不愿再上前。

她不愿意再次成为那个在危急时刻给不了他任何帮助的人。

她也同样不愿意再次成为那个只会让他涉险、变成他的负担和拖累的人。

她不愿意。

"萌萌……"

"你回去吧。"他话没说完,她微笑着向他示意,"我想睡一会儿。"

"你睡吧,我不走。"许澄光单手扶着她躺下,帮她掖上被角,站起身说,"药太凉了,我去找个水瓶,灌上热水帮你暖手。"

少年离开后,没过多久,江萌听见门外走廊上传来一阵刺耳的对话声。

"我不出国!"

"你自己留在国内,手伤能治好吗?你别以为我不知道你是为了谁!就那么普通的一个小姑娘,还是个有心理障碍不能说话的!你是魔怔了吗?许澄光?你要让她毁了你吗?"

"妈!这是医院,你别说了行吗?"

"那你跟我回家。"

"我不回!"

"行,既然你不回,咱俩就在这儿谈。这次我不可能妥协,这个国你非出不可。要不然我现在就把工作辞了,每天在家看着你,直到你把手治好……你还想当医生,就你右手的这个后遗症,以后考大学都不知道会怎么样!"

江萌听着,心脏被狠狠揪紧,疼得她快要喘不过气来。她用力按住心口,眼底一片通红。

他的手……竟然伤得这么严重吗?

他为什么要骗她呢?

又是怕她担心,所以瞒着她。

可是他自己要怎么办呢?

许澄光,你为什么从来都不肯考虑你自己呢?

她和他之间,好像一切的相交线全部都是错轨。她忽然在想,如果他没有认识她就好了,如果他们根本没有重逢就好了。

他们本来就不属于同一个世界。

一切都是错的,都是她痴心妄想,不肯悔改,咎由自取。

可为什么要让他来承担这一切的后果呢?

不应该是这样的。

他的人生，不应该会变成这样的。

走廊里的说话声渐小，女人踩着高跟鞋离去，门口传来门把手转动的声音。

她连忙胡乱抹了把眼泪，紧紧攥住被角转过身，闭上眼睛，忍住再次汹涌而出的泪意，努力控制着自己不断颤抖的身体。

她把头埋进枕头里，枕巾濡湿一片，泪水顺着眼角源源不断地滚落。

"哪里普通了？明明一点都不普通。"她的身后，少年的声音轻轻响起，嗓音虚弱，语气却带着平日里惯有的骄傲和不服气。

江萌眼泪决堤，颤抖着肩膀剧烈抽噎，鼻腔堵塞得不能呼吸，她大口喘着气，用尽全力装睡，只是为了不用睁开眼去面对他。

心中却又那样不舍，总是忍不住想要转过头，再去看一眼他。

她想要好好地再去看上他一眼。

在她下定决心和他正式道别之前。

翌日清晨，江萌发现自己收到了一条微信好友的添加申请，对方给出的验证消息是"许澄光妈妈"。她指尖一颤，犹豫许久，还是按下了通过键。

对方很快发送一条消息过来：*江萌你好，我想请你吃个饭。今天中午，在你们学校附近的饭店，你看可以吗？*

女人在医院走廊里吼出的刺耳话语依旧盘旋缠绕在她的心间，仿佛一把悬空的刀，一次又一次地扎进她的心里，不停地翻滚搅动。每扎下去一次，她便撕心裂肺地疼上一次，脑海中的思绪也变得更清醒一分。

她准备拒绝，看到对方再次发来几条消息。

许澄光妈妈：*有一些关于许澄光的事，我想和你聊聊，也想寻求一下你的帮助。*

许澄光妈妈：*我是真的很爱他，也是真的很想关心他。*

许澄光妈妈：*你可以帮帮阿姨吗？*

江萌最终收回了打算拒绝的念头，回复了一句"好"。

中午，江萌来到她们约定的饭店，和女人面对面坐在一起。

"你好，江萌。我是许澄光的妈妈。"女人率先开口。

江萌点头，不自觉地握紧了手中的玻璃杯。

"我知道你是光光的好朋友。

"这次我约你见面，其实是有件事想请你帮忙。

"我想让你帮我劝一下光光，让他答应跟我去国外读书和治疗手伤。

"那天超市里的监控……我调出来看了一下。

"谢谢你愿意来给他送早饭，陪他写作业。

"我看到他把你关进了房间里，但当时他有危险的时候，你从房间里冲出来了。

"可惜你说不了话，不然他的手可能……

"他非要去拿的那本书，是你送给他的吧？我看到扉页上有你写的祝福语。"

江萌胸口闷窒，指尖紧紧扣住杯壁，身体抑制不住地颤抖。

"你别多想，阿姨真的没有要怪你的意思。毕竟光光从小就乐于助人，有同情心，你又正好是个特殊同学。而且你自己的客观情况在这儿摆着，我知道，你肯定是特别想帮他的，只是没有办法……

"你们马上高三了，这个时期对于你们的人生来说非常关键，直接决定你们能上一个什么样的大学。其实不瞒你说，我有心仪的学校和专业想让他读，也有让他在大学毕业之后马上结婚的打算。

"他有一个好朋友，是个小女孩，和他关系处得还不错。那个女孩叫闻毓，不知道你有没有听说过。她在国外上学，我想让光光也去读她上的那个高中。

"医生说光光的右手，需要治疗和恢复，也需要有人照顾。把他接到我身边，我也能安心些。

"当然，忙肯定不能白帮。

"有没有什么是我能帮你做的？我听说你家里……"

听说我家里很困难？

所以要给我一笔钱？

江萌在心中苦笑。

眼前发生在她身上的桥段，她不知道在电视剧里看过了多少遍。开一个条件，或者说，开一个数字，然后拿着这笔钱，离开我的儿子。

故事里家境悬殊的男女主人公爱得撕心裂肺，难舍难分，男主角的妈妈束手无策，所以只能私下找到女主角，试图用金钱的诱惑来拆散这对苦命鸳鸯。

可她和许澄光之间，还远没有走到这一步。

曾经她告诉自己要勇敢地向前走，主动走向他。可直到昨天，直到当她站在那里，亲眼看着那把刀扎在他手上，她拼了命想要提醒他小心，却发不出任何声音的时候，她就已经在心里做了决定。

她不会再往前走了。

她不会再一次成为危急时刻下，那个帮不上他任何忙的人。

即便……她再喜欢他。

江萌咬紧双唇，眼泪无声地淌过脸颊，被她不动声色地用手擦干。

她转过身，从背包里找出纸笔，握住笔开始写字。

女人明白她的意思，没有开口催促，静静等待她写完。

    您今天约我见面，说想和我聊一聊许澄光。作为他的朋友，我想和您分享一些我的想法。

    关于您的请求，我不能答应，因为我需要尊重他自己的选择。

    您是他的妈妈，一定希望他可以越来越好。这个"好"字该怎么定义呢？我想，它大概包含着平安、健康、优秀和快乐。他非常优秀，这一点毋庸置疑，我猜，他从小到大，一定一直都是您最大的骄傲。您也一定希望他可以快乐地生活，所以我希望您能够给他一个机会，让他放手去做自己想做的事，去实现他心中的梦想。

    我知道，您有您的心结，可他也有他的执着。他是一个很有自己想法的人，目标明确、积极努力、乐观勇敢，可以把自己想做的事情完成得很好。或许在您眼中，他任性又不服管，总是在背离您为他规划好的航线，但他是他自己人生的掌舵者，能够清晰地设计出最佳的航程路线，也始终具备着应对和抵抗一切风浪的能力。

    他是我最敬佩的朋友，也是我始终向往想要成为的人。

    十七岁的我们的确还小，言语稚嫩，想法也不够成熟，但我们很快就会一起变成大人。不知道当您回望十七岁的自己时，是否会愿意选择相信她，愿意肯定她的梦想，愿意给她一个独立做出人生选择的机会。

    我相信，您一定会愿意，因为青春只有一次，每个人也只会拥有一个十七岁。

对于他来说也一样，当下的每一刻，都是他无法重来的青春，也是他现在所拥有的最珍贵美好的时光。

所以，我希望您能够答应，让他在宝贵的青春时光里闯出属于自己的一片天地。我相信，凭借他的天赋和能力，这片天地必定会精彩辽阔，而在这片天地里闯荡，他也一定会更加快乐。

无论他是否决定出国，我以后都不会再去打扰他。

您所担心的那些问题，我心中亦有数。和您一样，我也由衷地希望他好。

最后，我想跟您提出一个请求。他照顾别人格外细心，照顾自己却粗心很多。希望您可以督促他遵循医嘱，积极配合治疗，恳请您一定要帮助他尽快把手上的伤治好。

——江萌

女人将整篇文字读完，内心震动，惊讶地抬眸望向对面安静沉默的少女，目光中流露出难以置信。

江萌收起纸笔，微笑着起身，向女人点头道别。

江萌走在回家的路上，神经麻木，泪水不知不觉模糊了双眼。仿佛电影倒带重放般，她的脑海中不受控制地浮现出她和许澄光之间过往发生的种种画面。

他们之间的关系，好像只差一步，却偏偏走错了这一步。

一步走错，满盘皆输。

可是，到底为什么呢？

为什么上天一定要这样对待她呢？

为什么要把这个世界上最珍贵美好的东西展现给她看，然后再收回手说，看，你根本不配得到它。

从小到大，她早已习惯了命运的恶作剧，上天一向喜欢捉弄她，成千上万次地向她释放出恶意与嘲弄。每一次，她都没有被命运击垮，没能让命运得逞。

然而这一次，命运得逞了。

她终于被击垮了。

空中突然有雨滴坠落，她没带伞，缓慢仰头间，暴雨已倾盆。

四周的人们纷纷飞奔躲雨，道路上水花飞溅，她站在暴雨中，思绪变得恍惚，仿佛连奔跑躲雨的力气都不再有。

湿咸的雨水渗进眼睛里，她的眼睛很酸很疼，她觉得自己好像哭了，又好像没有哭。她只是觉得累，找到路边的一块空地，抱住膝盖缓缓地蹲了下去。

她不想回家，她只想在这里淋雨。

可惜雨水能冲刷掉她身体的疲惫，却冲刷不掉她心里的回忆，更冲刷不掉占满她回忆的那个人。

没有任何办法能冲刷掉那些回忆和那个人。

她把头埋进膝盖，紧紧按住心口，在雨中放肆抽泣。她的头顶，一把伞蓦地罩了上来。

她怔怔抬头，看见了焦急赶来的大姨。

"怎么了萌萌？"大姨蹲下身，满脸心疼地把她搂进怀里，"出什么事儿了？跟大姨说，大姨帮你解决，不哭了……"

她抽噎着不断摇头。

她没办法对大姨说，她的心空了，这颗空掉的心好疼好疼，疼得她快要撑不下去了。

可她不知道该怎么办。

她不知道该用什么东西来把它填满。

那个能把她的心填满的人，从今以后，就要彻底地消失在她的世界中了。

当晚回到家，她发起高烧，大姨要带她去市医院输液，她无论如何都不肯去。大姨无奈地妥协，让她吃了退烧药，几天之后，高烧终于退去。

她很少这样任性，几乎没有拒绝过大姨提出的任何要求，然而这一次，她任性了一回。

她知道自己不能去市医院。

那里潜伏着和他有关的回忆，是她现在不能去触碰的东西。

一旦触碰到，她的病只会越来越重。

"她已经退烧了,现在在睡觉……你能别再往我家打电话了吗?许澄光?我说了她很好,病也快好了。她最近眼睛不舒服,不想看手机。你俩有什么事以后见面聊,行吗……好,我最后拿一次。你如果再订外卖过来,我直接送给骑手吃。"

符昕雅在客厅里挂掉电话,拎着一个草莓蛋糕走进她的卧室。

"许澄光给你订的。"她把蛋糕放在床边,见她没反应,提起蛋糕说,"你不吃是吧?不吃我扔了。"

"别!"江萌猛然起身,把蛋糕抢进怀里。

"瞧把你给吓的。"符昕雅扯起唇角笑了,"我建议你别这么憋着了,有什么话还是和他说清楚比较好。

"说实话,我从小学开始就一直和他同班,还是第一次看见他对一个女生这样。"

符昕雅走后,江萌抱着蛋糕,垂眼间,泪水早已滴落在包装盒上。

眼泪伴随着她拆包装盒的动作一次次地滑落,她喉间一哽,终于再也撑不住,把蛋糕放在一边,埋进被子捂住脸失声痛哭。

之后的几天里,许澄光没有再打电话过来。

通过微信群和朋友圈,江萌看到不少同学议论,说许澄光很快就会出国了。

空气闷重,她在房间里待得窒息,索性开始继续去市图书馆上自习。她把自己关在图书馆,要么把手机调成静音塞进书包,要么直接关掉手机把它扔在家里。

她什么都不想去想,她只想专心学习。

可是,不看手机她就能专心吗?

人头攒动的图书馆里,到处是许澄光的影子。不光是图书馆,在往返图书馆的路上,在街角的超市、饭店、奶茶店,没有一处地方没有他的影子。

连迎面拂过的风里,都带着少年骑车飞驰而过的气息。

她该怎么专心?

她又该怎么忘记?

江萌盯着眼前空白的作业本,眼中浸满酸涩,视线糊成了一片。

发现自己完全学不进去，她匆忙抹了把眼泪，拿起笔和本子站起身，准备出去透透气。

却没想到，刚走出图书馆大门，她就和一道熟悉的身影迎面相撞。

少年依旧身穿白衣，立在夕阳黄昏的光影里，衣角在风中飞扬，像她抓不住的一场梦。

"萌萌！"他见到她，立刻将她仔细打量一番，下意识伸手去摸她的额头，"病好了吗？还难不难受？"

她心跳紊乱，立刻本能地后退一步，避开了他的手。

似乎没有料到她这样强烈的抗拒反应，他的手僵在了空中。

"我决定出国了。"沉默许久后，他终于收回手，轻声开口。

"我妈同意让我学医了，但我得答应她，出国去治手伤。"他继续道。

她愣在原地，一颗心空落落的，被他的话戳破了一个洞。剧烈的疼痛从洞口倾泻而出，如同疯长的荆棘，一根根侵入她的四肢百骸，让她痛到心脏发麻，浑身战栗，整个人都快要被吞噬。

她不知道自己为什么会这么痛。

不是在那天发生危险的时候，她就已经在心里做好决定了吗？

不是在那天见过他妈妈之后，她就已经预料到最后的结果了吗？

为什么已经这么多天过去了，她还是不肯接受，不肯死心，不肯放手？

到底为什么呢？

良久的沉默后，终于，她挤出一个微笑，垂眸在本子上写了两个字：

"恭喜。"

她没办法用手语对他说出这两个字，生怕只要自己抬头和他对视，脸上挤出的笑容就会立刻消失。

这是她第一次发现，原来人在微笑的时候，在对另一个人说恭喜的时候，心也可以这么疼。

"我会想办法回来的，我还要和你一起去北京上大学。"他声音颤抖，急声对她说。

她依旧不敢直视他，低垂着头，缓缓地打手语："好……你先把手伤治好。"

"萌萌！我……

"没事了。"少年似乎有话要说，却没有说下去，而是忽然笑了笑。

她抬起眼睛，发现他笑得勉强却用力，像在努力笑给她看。

"图书馆空调温度低，你病刚好，记得披个毯子，或者穿件外套。好好吃饭，好好睡觉。这段时间要多休息，不要熬到太晚，照顾好自己。回去自习吧。"他移开视线，故作轻松地说。

"好。"江萌点头，同他挥手道别。

她懂得他欲言又止的原因。

他有他自己的苦衷，他给不了她承诺，他们还太过年轻。人生中的太多事情，他们自己做不了主。

她都懂得的。

所以，她没有做出任何挽留。

狂风骤起，吹动少年的衣衫，也吹开了他们之间的距离。

江萌转身，几步踏上台阶，脚步倏地顿住，眼泪终于再忍不住。她仰起头，任泪水一滴一滴淌落下来，在脸颊上一点点风干。

她忽然在想，这一面过后，未来，他们应该就不会再见面了吧。

那么漫长又遥远的未来。

如果再也见不到他的话，她该怎么办呢？

想到这儿，她匆忙回头，用模糊的视线去捕捉夕阳下少年单薄落寞的背影，没忍住动了动喉咙。

她没有开口喊他。

她发不出声音的，这次她终于记得了。

所以即便回了头，她也依旧什么都做不了，只能无能为力地目送着他的背影逐渐消失远去。

光光哥哥，你知道吗？

你和我，我们一直都是不一样的。

在我心里，你一直都是一个特别厉害的人。从小到大，我生活得小心翼翼，因为我害怕命运，害怕它会给我带来不幸。可当我遇见你的那一刻，我几乎笃定地相信，你是一个可以战胜命运的人。

无论命运多么喜怒无常、多么翻云覆雨，你都不会害怕它。

你说，人生或许不够完美顺利，但一定要拥有对抗人生难关的勇气。

你说，每个人的身上都有一个不可战胜的夏天。

你站在哪里，光就在哪里汇聚。我知道，即便远赴异国他乡，你未来的人生道路也一定会风光旖旎，繁花似锦。

可我和你不一样。

我还没有成为一个可以打败命运的人。我依旧弱小，不仅帮助不了他人，还需要被他人帮助和保护。

可我还是想要变得勇敢和强大，因为你曾经竖起大拇指对我说过，我也是"这个"。

泪水滑过眼角，是咸咸的味道。她轻轻闭上眼睛，在泪光中绽开微笑。

光光哥哥，能够在青春里和你相遇，是我人生中最大的幸运。

因为你的出现，我不想放弃去战胜命运。

如果未来有一天，我真的可以战胜它，那我一定会去见你，亲口告诉你我的心意。

如果我做不到的话……

我希望，你可以慢一点忘记我们的回忆。

只要你会一直记得我。

我想，我应该就不会太难过。

## 【第十九章 – 车站】

仲夏夜的海边，那个对着流星大声许愿，说要和她一起长大的十七岁少年，早已在时光的河流里消失不见。

 

许澄光离开后，很快高三开学了。

整个年级换上了全新的课表，考试科目以外的其他课程全部取消，每天的自习课几乎都会有老师进教室讲题或者安排考试。郑老师在黑板旁边挂上了一个醒目的高考倒计时牌，课间的教室里，嬉笑打闹声渐小，更多的同学会选择继续埋头做题或者趴在桌子上补觉。

于江萌而言，除了这种无可避免的紧张氛围，她的日常生活和以前相比，似乎并没有任何不一样。

她照常上课下课，看书做题，大脑被新学期陌生晦涩的知识点充斥得满满当当。

只有在大课间跑操的时候，她才会思绪放空，下意识地转过头，发现一班带队的体委由许澄光变成了谢泽阳。

她的跑步速度加快了许多，已经很久没有出现过掉进一班队伍里的情况了。

而她的长跑能力之所以可以提高这么多，多亏了高一那年许澄光每个周末在体育馆对她的陪伴。

她测八百米那天，他手臂上搭着她的外套，站在终点线双眼含笑地望着她，大声对她喊："萌萌，加油！你是'这个'！"

两年的时间过去，当时的声音和画面依旧在她的脑海中清晰可见，让她有一瞬的恍惚，仿佛这个少年一直都还在她的身边。

他一直还在，从不曾离开。

江萌眨了眨眼，视线渐渐变得模糊，眼前歪斜的塑胶跑道变成了破旧电视机的雪花屏，让她无法再看真切。她的双腿像灌了铅一样沉重，意识被急促的喘息声一次次地向下拖拽，她机械麻木地不断跑下去，仿佛只要她不停下来，那些汹涌如潮水一般的回忆便不会追赶上她。

她不能被那些回忆追上。

因为那些回忆会吞没掉她近乎所有理智和平静的思绪，残忍得让她想哭。

跑完操回教学楼的路上，她刚走出操场，突然被几个陌生的男生迎面拦住。领头的男生是十五班新转来的，听说前段时间在隔壁学校打架被退了学。他被身后几个男生推搡到她面前，嬉皮笑脸地对她说："江萌，认识一下呗。

"我觉得你长得还挺好看的，交个朋友怎么样？"

江萌垂着头没吭声，绕开他们继续往前走。

"这么不给面子啊？好学生！"男生上前抓住她的手臂，手劲儿很大，扯得她皮肉生疼，让她挣脱不开。

"把手给我放开！"一道凌厉的声音从她身后传来。

江萌下意识地呼吸一紧，回过头，看到了大步赶来的丁峻明。

丁峻明一把将男生的手扯掉，将她拉到了自己身后。

江萌思绪恍惚，有一瞬间，她不知道自己刚刚在想些什么。

"以后再让我看见你碰她，小心我揍你！"

男生显然对丁峻明有所忌惮，带着一群小弟悻悻离开了。

"没受伤吧？"丁峻明关切地问她。

"没事。"江萌揉着手臂向他道谢，"谢谢你。"

"江萌。"丁峻明皱眉看着她，突然开口，"如果再有人敢欺负你，或者说了什么难听的话……反正，如果有任何人做了任何让你不开心的事，你都一定要告诉我。

"我会保护你。"

江萌怔怔的，打手语疑惑地问他："为什么要……保护我？"

因为我答应许澄光了。

因为许澄光临走前拜托我，让我务必帮忙保证你的安全，不能让你受到任何伤害和委屈。

但他不让我告诉你。

丁峻明喉咙滚了滚，最后还是决定信守承诺，于是只好含糊地反问她一句:"我们是朋友,不是吗?"

他又笑了笑问:"还是,一直只是我在自作多情?"

江萌点头,又马上摇头。

"而且我不是一直都对你挺好的嘛,除了高一刚开学那会儿有点浑。"丁峻明挠挠头,接着说道,"更何况沈冰清早就警告过我俩了,说一定不可以欺负你,必须对你嘎嘎好!就为了这个事儿,她已经三番五次地威胁过我俩了!"

"你俩?你和……许澄光吗?"江萌迟疑地问。

"对啊。"

"以前,你们读初中的时候,许澄光有喜欢的人吗?"她试探着问他。

"许澄光?他没有。"丁峻明说,"他只喜欢学习,他谁都不喜欢。

"不过喜欢他的人倒是不少。想想也正常,就他那个成绩和长相,从小到大,追他的女生不可能少。

"当时我们一中的校花,关霓,她语文成绩特别好。许澄光不是语文不好吗?就总拿着语文卷子去问人家问题,还天天跟人家借语文笔记抄。关霓以为许澄光喜欢她,结果他跟人家说,他不早恋,是她误会了。"

江萌默默听着,喉咙逐渐发紧,眼睛也越来越酸。

所以,在他心里,她是第二个关霓,还是沈冰清嘱咐过的一个必须要照顾的朋友?

他之所以一次又一次地主动接近她,对她那么好,不过是出于这两个原因的叠加,是这样吗?

"你怎么了?"丁峻明盯着她,表情有点慌乱,急道,"江萌?你哭了?"

江萌摇摇头,泪水不知不觉从脸颊滑落。

"你……"丁峻明欲言又止。

她笑了笑,抹了把眼泪:"我这次语文考得太差了……"

丁峻明嘴角一抽,深深地叹了口气。

"姐姐,我的命也是命……你说这话的时候,能不能稍稍考虑一下我这个语文考四十多分的人的感受?"

江萌破涕为笑,道歉说:"对不起。"

"他和闻毓,关系一直很好吧?"她接着问。

"你认识闻毓?"丁峻明有些惊讶,"你怎么知道闻毓的?是许澄光跟你提的？"

她摇头："听说的。"

"感觉到了，你们这些学霸是不是在考不好的时候，八卦欲都特别强烈？

"许澄光他妈在国外有企业，认识不少有名的投资商，闻毓她爸就是其中一个。她擅自做主，给许澄光和闻毓安排了个婚事，类似于那种……商业联姻。

"不过许澄光和闻毓这两人谁都不买账。他们俩根本完全不来电，处得和哥们一样！"

"嗯。"江萌应道。


暑假里，许澄光出国后不久，江萌经常会偷偷去翻看他的微博。他没有更新动态的时候，她会去浏览他的关注和粉丝列表，就这样一不小心通过闻毓的大号微博，发现了她的微博小号。

闻毓很少在大号上活跃，小号里的内容却极为丰富。

不到一个月的时间里，闻毓在微博小号上发布了不少照片，几乎每一张照片中都有许澄光的身影。

在教室讲台上用英文做课堂展示的许澄光。

捧着一袋零食仰头去看街头雕塑的许澄光。

傍晚时分蹲在路边捡起一片银杏叶的许澄光。

如果他们两个人根本不来电的话……

那么闻毓又怎么会在社交平台的小号上发布这么多和他在一起的照片呢？

她不禁回忆起高二那年，她在马路上看到的闻毓和他打电话时的样子。闻毓笑得那样开心，而他从听筒里传来的声音，也是那样自然亲昵。

而且，更重要的是，他们的确很般配。

哪里都合适，哪里都般配。

般配到让她忍不住觉得，如果许澄光未来有了女朋友，那么那个女孩就应该像闻毓那样。

那个女孩，应该生来就和他生活在同一个世界，一路被命运偏爱和眷顾着长大，即使中途遇到了难题或阻碍，也必定拥有着可以战胜命运的力量。

那个女孩……

至少，不应该像她现在这样。

期中考试前夕，每逢体育课上的自由活动时间，她都会抱着政治书或者历史书穿过夫子像附近的花坛，坐在花坛旁边的长椅上背书。

深秋时节，枯黄的银杏叶落满一地，她垂头捡起一片放在掌心，出神间，仿佛看到了他昨天刚在朋友圈里分享过的 M 国的金色落叶。

异国街道上的落叶，哪怕形状颜色相似，也难免充斥着陌生渺远的气息。

可她还是小心翼翼地捧着掌心里的这片落叶，定定移不开眼，仿佛它和他在朋友圈里发过的那片落叶是同一片。

许澄光，M 国街边的落叶，会比我们学校的落叶更好看吗？

你现在过得怎么样呢？

手上的伤痊愈了吗？写字或者拿东西的时候还会疼吗？

你妈妈有再强迫你，让你做你不喜欢的事吗？

你每天都和闻毓在一起吗？

你还会回来吗？

你……还会想起我吗？

如果会的话，为什么……再也没有联系过我呢？

你怎么会是一个甘愿忍受想念却不说的人？

不说，大概是因为不曾想念过。

秋风乍起，吹得满地落叶唰唰作响，沙尘卷入空气，她被迷住了眼睛，伸手用力去揉，眼底变得通红。喉中涌上涩意，她强迫自己收回思绪，将注意力集中在手中的课本上，一遍遍地告诉自己，不要再去想他了。

不要再去想他了，江萌。

可她真的控制得了自己吗？

她只知道她想见他，想听他说话，想看他对自己笑。

她只知道，她每天从早到晚满脑子都是他。

她只知道，她想念他。

想念到无数次在深夜埋头做题的间隙打开手机软件去搜索从 Y 市到 M 国的机票，在心里背熟了每一趟航班的名称和具体信息，仿佛下一秒钟她就要买票，收拾行李，跨过大洋彼岸朝着他生活的城市飞奔过去。

然而，自始至终，她从来没有按下过购票键，甚至不曾给他拨打过一个视频电话，或者发送过一条消息。

她心里很清楚，他们之间，早已不必再有任何联系。

两条平行线短暂相交，又归于平行。他现在的生活很好，不必再被她打扰，给他增添莫名其妙的牵挂和烦恼。

现在的她，首要任务是努力学习，努力熬过高三这一年，考上理想的大学，实现自己的梦想。

至于所有与他有关的念头，她不该有，也不能有。

这些道理，她一直都十分清楚。

可惜，她就是做不到。

无论她身处任何地方，她都会在做任何一件事情的时候不由自主地想起他。

她想知道他过得好不好，现在正在做什么，正在和谁在一起，是不是偶尔也会想起她，就像现在的她一样。

思念如同荆棘一般疯长，狰狞错杂，撕扯着她的心脏，让她日日夜夜备受折磨煎熬，却找不到任何办法能够将它连根拔掉。

情绪难以自控，心脏酸痛难忍，她终于深刻地体会到，原来想念一个人，会是这样痛苦的感觉。

原来，喜欢上一个人，也会是这样痛苦的感觉。

从高二暑假起，沈冰清和谢泽阳一直在市图书馆上自习，持续到高三上学期结束。

江萌没有再去过市图书馆，选择留在学校教室里自习。

周末的教学楼寂静无声，偶尔，在路过走廊大厅光荣榜的时候，她会盯着单科状元榜上许澄光的照片静静出神，用指尖一遍遍地描摹照片上少年清秀俊朗的五官轮廓，直到泪眼模糊，才终于恍然收回手。

又或者，在去开水间接水的路上，她会驻足停留在一班的后门外，望着他早已空空荡荡的课桌，一看就晃神许久。

恍惚间，她好像又看到了那个永远在座位上争分夺秒、专心做题的少年。

他会在扭头看见她时瞬间露出喜悦的笑容，马上放下笔，兴冲冲地跑到她面前，笑眯眯地逗她问："萌萌同学，接完水怎么不回班？来我们班刺探军情?"

或者对她说:"晚上放学要不要一起回家?周末要不要来超市写作业?我给你煮火锅吃!这回不带他们,就咱俩!"

又或者问她:"今天累不累?学习固然重要,但也一定要保证足够的休息!今天晚上咱俩开视频互相监督,争取在十二点之前完成所有任务,然后准时去睡觉!好不好?"

过往的回忆在她的脑海中停留盘旋,历历在目,近得如同咫尺,又远得虚幻无痕,介于深刻的真实和缥缈的虚幻之间。少年出现又离开,仿佛一场梦境,却真实地给她带来了什么,又带走了什么,让她的灵魂被填补了一部分,又被抽走了一部分。

灵魂的缺口需要时间来填补和愈合,至于究竟需要多久的时间,她自己并不知道。

可她相信,时间终会抚平一切的伤口。

她学着光荣榜上少年意气风发的模样,含住眼中的泪光,缓缓翘起嘴角,绽开了一个同样明媚灿烂的笑容。

许澄光,你一定要继续张扬肆意地生活下去,在每一个我看不见的地方。

我会努力不再去想念你。

就像,你不再想念我一样。

高三上学期,期末考试前,听同学说,谢泽阳成功被保送L市理工大学,沈冰清则要去北京电影学院参加艺考。

这段时间气温骤降,沈冰清参加艺考回来时,生病发了高烧。她病好后,寒假很快开始。

江萌收到沈冰清发来的消息,说想约她去"遇见"奶茶店喝饮料,顺便一起聊聊天。

"清清,还是老样子吗?仙草奶绿?"老板娘问沈冰清。

沈冰清摇头:"阿姨,我要一杯冰红茶。"

"萌萌,你呢?"沈冰清问,"龙井绿茶吗?"

江萌一顿,摇了摇头:"和你一样,冰红茶。"

"好嘞!"老板娘答应道,"你们俩先去坐会儿,马上就好!"

餐桌座位上,沈冰清捧着玻璃杯淡淡地开口。

"萌萌，你说，有没有什么办法，可以让自己什么都不去想，心无旁骛地专心学习呢？

"我想全力以赴，努力考上北影。

"到时候我们一起去北京。"

江萌握住她的手，目光温和而坚定，充满了鼓励："一定可以的，我们一起加油。"

高三下学期，高考前的准备工作紧锣密鼓地进行，时间仿佛被按下加速键，每个人都被倒计时牌上不断缩小的数字推动着向前。

一场又一场的模拟考试接踵而至，江萌的成绩稳定在文科前五名，而班上的同学们对理科班排名和分数的讨论早已脱离了往日的谢泽阳和许澄光，变成了如今位列第一名和第二名的程勇和符昕雅。

初夏来临之际，小雨淅淅沥沥，下个不停，高考就这样在阵阵雷雨声中结束。

两天的考试时光平静而短暂，江萌觉得自己发挥得还算顺利，只是不知道为什么，在考完试走出校门的那一刻，她的心里忽然感受到了一种说不出的怅然。

雨季潮湿漫长，夏天像是还没有到来。

校园里传出亢奋激动的呐喊声，考生们甩着肩上的书包在校外的林荫路上喜悦狂奔，热血沸腾，如同一场盛夏来临前的狂欢。

每个人都在迎接属于自己的夏天。

可她的夏天，好像早就已经结束了。

考试结束当晚，江萌在大姨家的房间里收拾行李，准备搬回姥姥家住。

无意间，她翻到了自己存放在一本相册中的十一张生肖卡片，和自己夹在日记本里的那张带有卡通小狗图案的生肖卡片。

这些卡片已陈旧泛黄，那款面包也已停产，就连当年举办集卡活动的那家超市都已经不复存在了，变成了一家全国连锁的保健品专卖店。

不知不觉，时间竟然已经过去这么久了。

是不是只要再久一点，她就可以彻底忘记他？

只要再久一点。

眼睛蒙上雾气，她重重地吸了吸鼻子，把相册和日记一起装进了行李箱。

回到姥姥家,她难得清闲,开始给几家文学类杂志社投稿,赚了些学费和生活费。

六月末,高考成绩公布,她以六百五十分的总成绩,成功被北京S大的中文专业录取。

姥姥特别高兴,马上跑去厨房里忙碌,给她做了一桌丰盛的饭菜。

江亦风和林絮分别打来电话恭喜她,问她要不要提前来北京玩几天。沈冰清激动得不行,约她晚上一起出去吃饭庆祝。夏亮宇也给她发来消息,祝贺她,夸奖她。

一时之间,喜悦的潮水将她彻底淹没,让她幸福得有些眩晕。

然而当贺喜声过去,当她独自坐在书桌前,看着鲜红的录取通知书发呆出神时,心里下意识想到的,却是一个许久没有被提及,却一直深深地埋藏在她心底的名字。

她打开手机微信,指尖顺着联系人列表一路下滑,点开他的头像,进入聊天界面,心跳一颤,指尖倏地顿住。

突然……好想他。

她突然好想他,好想和他说说话。

应该和他说些什么呢?

是要向他报喜,发消息告诉他,光光,你知道吗?我考上了自己最喜欢的大学,我真的好开心!

是应该和他说这些吗?

可是,他真的想知道吗?他又真的会在意吗?

或许,无论她对他说些什么,对于现在的他而言,都只不过是一种打扰罢了。

无论她考了多少分,被哪所大学录取,都早就和他没有任何关系了,难道不是吗?

就在几天前,程勇告诉她,许澄光已经被G大医学专业录取了。

她微笑着想打下"恭喜他"这三个字,眼泪却不受控制地砸落在手机屏幕上,阻断了她的视线。

曾经她以为,等待和思念一定会有终点。

然而这一刻,她才终于清醒地意识到,等待和思念不会有终点。每一个看似终点的转折点背后,是下一场漫长而又无望的等待和思念。

整整一年的时间过去了,只有她还被困在十七岁那年的夏天。

现在的他,要继续留在 M 国,要和闻毓一起去读 G 大。

十八岁的许澄光取代了十七岁的许澄光。

仲夏夜的海边,那个对着流星大声许愿,说要和她一起长大的十七岁少年,早已在时光的河流里消失不见。

暑假匆匆而过,很快步入尾声。

九月开学,江萌没能及时抢到火车票,无奈之下只好选择乘坐大巴车去北京。

她依旧晕车,但她没有别的办法。

夏亮宇考上了中央戏剧学院,开学前同样没有买到火车票,和她一样选择乘坐大巴车。

出发当天,她心中隐隐紧张担忧,害怕自己会坚持不下来。

"确定可以吗?"在去往车站的路上,夏亮宇神色忧虑,"路上估计会堵车,堵太久的话,估计要在车上坐一整天。能坚持住吗?"

江萌点头,恍惚间,想起了一年前在 L 市的那个夏天。

那天她晕车不舒服,他陪着她在服务区下车,然后骑着自行车载她去了目的地。

平时骑车那么快的一个人,那天却偏偏骑得那么慢。

说来也奇怪,明明他已经骑得那么慢了,她抓着他身侧的衣摆坐在车后座上,还是觉得时间过得实在太快。

如果时间可以再慢一点就好了。

如果……时间可以在那个时候永远停下来就好了。

她想着,心中涌起酸涩,鼻尖渐渐泛红。

为什么会这样呢?

为什么她这么久以来的努力一点儿用处都没有呢?

明明她已经这么努力地去忘记他了。

明明她已经这么努力了。

可回忆还是会轻而易举地拆穿她所有的伪装,强行闯入她的心脏,化成一面横插在她心底的明镜,势要逼迫她将自己的心意看个分明。

"萌萌？"夏亮宇唤回她的思绪。

"嗯？"

"我看有几个同学在车站门口，咱们要不要一起过去打个招呼？"夏亮宇问她。

江萌点头答应。

她跟随夏亮宇走向车站大门，见到了几个正在等人的同学。夏亮宇跟其中一个男生寒暄了几句，旁边一个男生突然指着远处大声喊："你们快看！那个是不是许澄光？"

"好像真是！"

"真的假的？光光回来了？"

"不会是特意回来送咱们的吧？天啊！我太感动了……"

几个男生惊喜不已。

江萌感觉到自己的脊背骤然一僵，她思绪停滞，不受控制地顺着他们的视线望了过去。

一个白衣少年熟悉的身影出现在不远处，瞬间占据了她全部的视线。

胸口传来闷痛，喉咙干涩发紧，她的鼻腔霎时被酸涩淹没。

"去打个招呼吧。"夏亮宇在一旁静静注视着她，突然开口对她说。

江萌双手攥紧连衣裙的裙角，陷入犹豫之中。她胸腔里的心跳节奏变得越来越混乱，前所未有地迅速而猛烈震颤着。

注意到他正在朝自己走近，她的掌心里渗满了汗。她正犹豫着该如何去和他对视，和他见了面要说些什么，就发现还有两个人跟在他身后，和他一起走了过来。

一个是丁峻明，而另一个，是闻毓。

在看到闻毓的一刹那，她的心脏倏然一痛。

随后，她慢慢松开了握紧的手指，垂下眼睫，心跳节奏也逐渐恢复平缓。

好像，真的不必打这个招呼了。

真的不必了。

"光光，你怎么过了这么久才回来看我们啊？也太不够意思了！"周围的几个男生向他抱怨。

眼看少年就要走到自己面前，江萌慌乱地抹了把眼泪，匆忙转身避开了视线。她快步走到夏亮宇身边，想跟他说自己先上车，却听见少年在她身后突然开了口。

"萌萌！"他喊她的名字。

那么响亮的声音。

多么刺耳。

江萌身体一颤，脚步僵住，眼眶酸痛，泪水不受控制地颤落。

这样熟悉的声音，只属于他的声音，一直被她保存在手机录屏里的声音，让她思念了高三一整年的时间。

她微微仰头，努力含住眼里积蓄的泪水，随后，迫不得已地转身，绽开微笑，迎上他投来的目光。

她发现他瘦了。

此时此刻的他，比闻毓拍的照片中的他要消瘦许多。不知道是不是刚下飞机的原因，他的双眼里满是血丝，脸上的神情也疲惫憔悴。

不知道为什么，她眼圈泛红，心脏又开始抽痛。

她总是看不得他这样。

分别一年，他们形同陌路，她却长进全无。

少年目光和煦，笑容温暖明亮，朝她竖起大拇指，格外用力地晃动起来，神色认真地对她说："我都听说了！考得特别好！

"萌萌，你是'这个'！

"特别厉害！"

旧时的回忆扑面袭来，如同奔涌的巨浪瞬间淹没她的口鼻，冰冷的海水漫过她的心脏，让她胸口钝痛，几乎快要无法呼吸。

她眨了眨眼睛，不动声色地别过了脸。

许澄光垂头，从身上找出一个白色塑料袋，塞进了她背包侧面的口袋。

"我弄了点儿提神醒脑的药，可以减轻晕车的不舒服。你带着在车上用。

"如果还是不舒服的话，记得把窗户打开。袋子里有一个清凉膏，你可以放在鼻子下面闻一闻。还有晕车贴，贴在耳朵后面的，这个可能效果一般……实在难受的话，就吃那个口服的药！每种药的用法我都在包装盒上标注好了，你直接看就行！

"听说北京堵车严挺重的……如果下高速之后堵得太久，可以提前在附近的地铁站下车，不用坐到客运站再下！我问过司机了，他说可以提前下！

"拿放行李的时候小心手,提不动记得让夏亮宇帮你。"

"车上空调冷,记得把外套盖在腿上,小心别着凉。"

"我好像有点太啰唆了,对不起……"

"总之,开学愉快!萌萌!"

少年始终在笑,脱口而出的话却前言不搭后语,好像很紧张,很局促,很害怕她会不愿意听,或者听完会不高兴。

江萌低垂着头,嘴唇咬得发白,克制着身体的颤抖,眼中泪意汹涌。

"许澄光!你能不能管管丁峻明?他非要拉我走!"许澄光身后,闻毓的声音传了过来。

"上车吗?萌萌?"夏亮宇在一旁问她。

"嗯。"江萌点头,吸了下鼻子,牵起唇角对许澄光说,"我先上车了。拜拜。"

她向他挥手道别。

"好,路上注意安全!"他绽开笑容,同样朝她挥手,"拜拜!"

江萌转身独自走上车,坐在靠窗的座位上。

距离出发还有一段时间,夏亮宇被同班同学叫住寒暄,车厢里空无一人。她努力忍住想要扭头看向窗外的冲动,将车窗的帘子严严实实地拉上。她垂头,想从书包里找出纸巾擦眼泪,指尖不小心碰到侧面口袋里的塑料袋,动作滞住,将袋子取出来放在了双腿上。不知盯着袋子恍惚出神了多久,她才终于把它轻轻打开。

映入她眼帘的,是瓶瓶罐罐种类不一的晕车药,每一种药上都贴好了手写的便笺,清晰详细地标注着它的用法和用量。

令她过分熟悉的字迹,每一笔每一画,都化成了一把把锋利尖锐的刀刃,在她的心间一下接一下地用力剜刺。

那么疼,那么残忍。

她捏紧塑料袋的勒绳,无法再去直视这些药,轻轻把头靠在了车窗上。窗外刺眼的阳光映照出她狼狈的侧影,滚烫的泪水从她的眼角接连不断地滑落,一滴一滴,将白色的窗纱浸湿,染上破碎泥泞的水渍。

为什么呢?许澄光?

你究竟为什么要这么做呢?

为什么要突然回国,又为什么要突然出现在车站?

为什么要对我说这些话?

为什么要送这些东西给我?

明明你都已经决定留在国外读大学了,明明你都已经有闻毓的陪伴了……

为什么还要再来招惹我一次呢?

你到底知不知道,你这样做究竟有多么让人讨厌。

她把头埋进臂弯,双手紧紧环抱住膝盖,终于彻底绷不住,肩膀剧烈起伏,喉咙里发出压抑的呜咽,眼泪如同洪水般无休无止地向下滚落,在她的脸颊上纵横交错。

"总之,开学愉快!萌萌!"

少年清亮的嗓音在她耳边回荡着,和她断断续续的呜咽交杂在一起。

格格不入,像来自另一个世界的幻听。

# 【第二十章 - 想念】

她自作主张，为她的少年写了一次月亮。

大一新生开学报到这天刚好是教师节，江萌办理完入学手续，江亦风带她去学校附近的商场和林絮一起吃饭。

"等你周末没课的时候，我带你出去转转。"等待上菜的时候，江亦风对她说，"北京好玩的地方还挺多的。"

江萌点头。

江亦风并不知道，她已经提前到校住进学生宿舍，和几个室友在北京逛过了好几个地方。颐和园、王府井、恭王府、三里屯……每一处风景都精彩而陌生。

在颐和园，室友无意中和一个外国游客攀谈起来。外国游客说他来自M国，就读于G大，问她们当中有没有谁听说过G大。

江萌在手机上打下一行英文给他看，说自己有一个朋友就在G大读书。

外国游客很惊喜，问她能不能把这个朋友介绍给自己认识。

她尴尬地摇头，向他解释说自己和这个朋友很久没有联系过，也并不熟悉，没办法介绍他们认识。

外国游客失望地耸肩，脱口而出感慨了一句："What a pity！"

太遗憾了。

江萌扯起唇角，回以礼貌的微笑，心口却泛起闷痛，仿佛有密密麻麻的刺扎在她的心脏上。

傍晚回学校时，她握着扶手站在公交车上，透过车窗望向街道上陌生的高楼大厦，忽然鼻尖一酸，红了眼眶。

车窗上映着许澄光的影子，隔在她的眼睛和建筑群之间，夺走了她的目光。

整个城市里，到处都映着许澄光的影子，仿佛一张无形的隔板，将她和整座城市分离隔断。她没办法像室友们一样全心全意地去感受这座城市的精彩风景，体验自由丰富的大学时光。

她的心牵系在了另一个地方。

她正失神，听见林絮的手机响起一声提示音。

林絮拿起手机，低头查看消息。

"怎么了？有工作？"江亦风询问道。

林絮摇头："没有。是我以前的一个学生，他给我发了一个教师节的祝福视频。他在国外读大学，特意在学校门口录了段视频给我。"

"看，许澄光发的。"林絮说完，把手机递给江萌，笑着问她，"你们俩是不是挺久没见面了？"

江萌呼吸一滞，迟钝点头，下意识地接过手机。

她默默注视着手机上正在播放的视频，发现许澄光和以前相比几乎没什么变化，说话时的样子依旧神采飞扬，脸上的笑容还是那么灿烂明亮。

无论是几天前的相见，还是现在手机视频里的他，和从前相比几乎都没有太大变化。

可江萌还是能感受到岁月变迁在他身上留下的痕迹。

即使这个人没有变，可全新的衣裤穿搭，刚刚剪短的头发，陌生的环境场所，无一不在昭示着他们之间客观存在的距离和差异。

整整一年多的分别，足够让两个亲密无间的人变成仅存于彼此回忆中的陌生人。

江萌指尖颤抖，下意识向上滑动了一下手机屏幕，看到许澄光给林絮发来的上一条消息，是不久前中秋节的祝福问候。

她控制不住，还想继续往上翻，却意识到自己行为的不妥，正准备把手机还给林絮，忽然听见林絮对她说："没关系。想看就看吧。"

江萌咬紧双唇，喉咙发紧，带着一丝心事被戳破的羞愧，颤着指尖将聊天记录又往上滑了滑。

她发现几乎每一个大大小小的节日里，许澄光都会发送一条祝福短信给林絮，向她问好，并祝她节日快乐。

偶尔，他会和林絮聊起自己的学业情况，告诉林絮自己哪几门科目考了满分，拿了多少奖学金；参与了学院的哪些科研项目，院里发了多少奖金；

参加了学校的哪些竞赛活动,得了几等奖;在校外的哪些地方做了兼职,赚了多少生活费……

她逐字逐句地看着,下意识地将这些信息一字不漏地印在自己的脑海里。

她始终知道,不论在任何环境中,他永远是他,永远那么优秀耀眼、那么肆意张扬。

他永远都会是她看一眼就心动的模样。

高三这一年,他和林絮互发了很多条消息。

不只是林絮,这一年里,无论是丁峻明、沈冰清,还是谢泽阳、程勇,他们都一直和他保持着联系。

除了她。

只有她和他的聊天对话框里,什么都没有。

他们之间的聊天内容,至今还停留在高二下学期的暑假。分别后的这一年里,他没有主动给她发过一次信息,而她也一样。

仿佛两人之间共同达成的一种默契。

一种以疏离和遗忘为目的而达成的默契。

一年前的那场意外让她看清了自己,也让她看清了他们之间关系的本质,所以她只能选择这样做。

清醒理智、冷静克制、冷淡疏远……好像于她而言,他真的就只是一个越来越陌生的、再也不需要去联系的老同学而已。

可他呢?

他不肯再联系她,又是因为什么呢?

每当产生这个疑问,她都会感受到一种从内心深处滋生的难过,仿佛猛兽的獠牙一点点啃噬着她的心脏,让她心痛到几乎快要窒息。

她会在每一个辗转难眠的深夜里反复点进和他的聊天对话框,退出,再点进去,盯着他在线的标志打上一整段想要问他的话,最终,慢慢平静下来,将对话框里她输入的全部内容删除得干干净净。

她记得,他的妈妈对她说过:"光光从小就乐于助人,有同情心,你又正好是个特殊同学。"

他的妈妈还说过:"我有让他在毕业之后马上结婚的打算。他有一个好朋友,是个小女孩,和他关系处得还不错,那个女孩叫闻毓。"

字字句句都在告诉她,请你离光光远一点。

请你离他远一点。

她一直都很听话,听话到连在彻底推开他之前,她都不曾鼓起勇气问过他一句:"你喜欢闻毓吗?"

你喜欢闻毓吗?

许澄光?

她不曾这样问过他,因为她心里十分清楚地知道,这个问题的答案并不重要。

他喜欢或者不喜欢闻毓,这并不重要。

因为她是个哑巴。

像他那样的人,绝对不可能会喜欢一个哑巴。

或许正因为这样,她才会在每一个思念他思念到全身发疼的夜晚爬下床,一边在网上查找资料,一边努力地去练习说话和发音。

仿佛只要她不再是个哑巴,她就可以马上联系他。

只要她不再是个哑巴,他就会喜欢她,他的妈妈就会认可她。

她想快一点不再是个哑巴。

快一点,再快一点……

可是,好难好难。

无论她多么心急,多么努力,她都还是没办法发出任何声音。

她没有办法。

"萌萌?"林絮的声音传入她的耳畔。

"对不起。"江萌回神,把手机还给林絮。

"你今天怎么了?心不在焉的,有心事啊?"江亦风问她。

她摇头。

林絮神色担忧地看了她一眼,把手机放在一边,没有说什么。

菜很快上齐,三人一起吃饭聊天,开启了全新的话题。

吃完饭,江亦风去前台结账,林絮突然开口,叫了声她的名字。

"萌萌。"

"嗯?"

"再勇敢一点吧。"林絮静静地看着她,语气认真地说。

江萌一怔。

"因为勇敢是有期限的。"

"很可能一旦超出这个期限,就再也来不及了。"

江萌讷讷地点头。

"而且,在心里走了再多步,都不及在现实中迈出一步。感情的事情不能由一个人来完成,即使遇到再大的困难,也应该先向对方确认好答案,再去决定自己放弃与否。

"很多时候,你们之间看似相隔的万水千山,其实只不过是你自己心里的一道坎。"

江萌向她道谢:"我明白了,谢谢您。"

从商场回学校的路上,江萌认真思考了很多。

她想变得再勇敢一点,可客观上的阻碍却一直存在。她明白,自己心里迈不过去的那道坎,一直都是她的应激障碍症。

"萌萌,你不能说话,是小时候的应激创伤导致的,是吗?"宿舍里,室友乔盈盈突然问她。

江萌点头。

"我表哥是咱们学校的心理学博士,他好像对你这个病特别有研究。不过最近他跟导师在国外做项目,可能要下个月才能回国。到时候我找机会帮你问问。"乔盈盈说。

江萌连忙向她道谢。

江萌和乔盈盈在暑假就通过新生群互加了微信,开学后,两人又很有缘分地成为室友。乔盈盈是个热情开朗的女孩,江萌听了她的一番话,心里十分感动。

"对了,我一直想问你,你桌上怎么总有小瓶盖啊?每次喝完饮料,你都不扔瓶盖。

"而且我发现,你真的好喜欢喝龙井绿茶。平时什么饮料都不喝,就只喝它!"

江萌恍惚,目光缓缓落在了书桌笔筒旁边的绿色瓶盖上。

其实她也不知道为什么。

可能仅仅是因为,对于喝空的饮料瓶来说,瓶盖最容易保存下来。她习惯时时刻刻看着它,就像高三一整年里,她每天都会在桌上放一瓶龙井绿茶，不一定喝，但一定要看着它。

只要看着它，她就不会累，不会难过，觉得自己浑身上下都充满了力量。

这瓶小小的龙井绿茶，早就变成了治疗她生活的药。

"可能是因为小时候喜欢喝。"她笑了笑，回答乔盈盈。

"那你还挺念旧的。"乔盈盈说，"我小时候喜欢喝什么，我早就忘了。别说饮料了，就连我小时候喜欢过的人，现在我都没什么印象了。"

月上树梢，晚风轻拂，吹得窗纱翩然飞舞，将她夹在本子里的信纸轻轻吹落。江萌蹲下身，捡起地上的信纸，手上的动作倏地一顿。

信纸上笔迹稚嫩，那一年，他和自己都还那么小。

他们相遇的时间太早，生命一晃，就过了好多好多年。

似乎没有什么东西不会被时间改变。

除非有人愿意把自己困在某一段回忆中，固守着心中的执念，无论如何都不肯向时间妥协。

透过陈旧泛黄的纸页，她又一次看见了十七岁的仲夏夜，那个站在自己身边对着流星大声呼喊的少年。

他说，他什么都不为自己求。

如果流星真的能让人梦想成真，他只希望她可以开口说话。

这是他唯一的心愿。

泪水打湿了纸面，她终于承认，是她自己心甘情愿画地为牢，把自己困在了人生中那个唯一的夏天。

国庆假期开始前，夏亮宇给江萌发来消息，说他们学校举办了一场以"暗恋"为主题的剧本创作大赛，作品被评选为一等奖的参赛者将有机会获得上万元的奖金。获奖剧本也将由业内知名导演拍摄成电影，电影编剧会由获奖参赛者担任。

夏亮宇知道她从小就喜欢写故事，问她有没有兴趣参加这个比赛。

她答应了夏亮宇，在报名网页上扫码填写了报名信息。

不知道为什么，当她看到比赛主题的时候，她的心中五味杂陈。情绪被积压了太久，只需要打开一道小小的闸门，便可以如洪水般倾泻出来，泛滥成灾，将她的脑海彻底淹没。

将心事化成文字，落在纸上，会是一种怎样的感觉？

会减轻她心中的痛苦吗?

她不知道答案,但她想做一下尝试。

她把这个想法分享给沈冰清,得到了对方的鼓励和支持。沈冰清对她说,十一假期想来北京找她玩,问她有没有时间。

她欣然答应,于是她们开始规划出游行程。

沈冰清说自己想去北影看看,假期第一天,她们一起来到北影,在学校门口拍照打卡。

深夜,几个室友邀请沈冰清一起去KTV唱歌。包厢沙发上,沈冰清蜷缩在角落里,仰头喝下一杯酒,凑到江萌耳边悄悄说,自己以前有一个很喜欢的人。

这个人是谢泽阳。

当晚回到宿舍,沈冰清给她看了一本日记。

这本日记里,记录了沈冰清从十三岁到十八岁暗恋谢泽阳的全部心路历程。

"萌萌,你不是说,你最近在写一个电影剧本嘛。如果我的故事可以给你灵感的话,你可以把它写进去……或许,等它真正变成了一个故事,我也就放下了。"

江萌点头说好,然后拿出手机打字,告诉沈冰清,其实她也有一个很喜欢的人。

沈冰清问她这个人是谁,还没等她回答,便迷迷糊糊地睡着了。

江萌拉过沈冰清的手,在她的掌心里,用指尖轻轻地画了一弯月亮。

沈冰清飞回广州后,江萌开始构思剧本创作大赛的故事内容。

她给剧本取名为《清清》。

他们读初一那年,沈冰清和谢泽阳初见。

那时谢泽阳是班里说一不二的班长,而沈冰清却是班里最不服管的"好战分子"。无论如何,所有人都想不到他们之间会产生除了针锋相对以外的任何交集。

沈冰清怎么会喜欢上谢泽阳呢?

江萌起初想不通,可仔细思索后又觉得,其实没什么好想不通的。

或许仅仅是因为,他们两个都是很好的人。

性格相反，吵吵闹闹，各自却都很好很好。

而她自己呢？

她在十二岁那年遇见许澄光，自那时起，便开始了自己少女时代的漫长暗恋。

初中分别三年，她拼尽全力考进实验中学，只是为了能够与他再次相见。

后来他们重逢，彼此不断靠近，他对她那样好，让她觉得只要自己踮起脚尖，就可以触摸到美好未来的幻影。

让她渐渐忘记了，她和许澄光，从来不属于同一个世界。

就像潮汐和月亮，他们看见了彼此，却注定无法共存。

她始终都知道，却还是一次次地纵容自己做着美梦。

直到有一天，她被残酷的现实唤醒。

命运击碎了她的美梦，也将她深爱的少年带离了她的生命中。

她在剧本中写下了沈冰清为她讲述的暗恋历程，也记录下了自己在过往旅程中的思绪万千。

这一次，她终于如愿以偿，成了一个讲故事的人。

她自作主张，为她的少年写了一次月亮。

"萌萌，我表哥回国了。"某天，乔盈盈激动地问她，"你要不要去见见他？"

"好。"江萌微笑着回应。

"其实，解开心结的最好办法，就是直面痛苦。"见面后，乔表哥告诉江萌，"如果实在害怕面对，就去想一想，有没有什么东西能给你带来力量。

"能带给你力量的，可以是一件事，也可以是一个人。"

江萌开始了治疗。

每次的治疗过程都非常痛苦，仿佛一场对身体和心灵的双重凌迟。在密闭的治疗室里，她一次次逃避挣扎，又一次次重新面对。

乔盈盈不忍心再继续看下去，跟乔表哥说要不还是算了。可他却拒绝了，对乔盈盈说，你要相信江萌。

要相信，她一定可以做到。

治疗效果不断推进，治疗结束那天，乔表哥走进治疗室，对她说恭喜。

她绽开笑容，热泪盈眶地向他道谢。

"江萌，我真的很好奇，究竟是什么事，或者什么人，能让你克服这么大的困难，从创伤中勇敢地走出来。"

"他是一个我很敬佩的人。"她开口说，又低声补充，"也是……我喜欢的人。"

乔表哥先是惊讶，而后表情认真地说："如果我是你的话，我一定要亲口把这个好消息告诉他。"

江萌笑了，鼻腔发酸，含泪摇了摇头。

临别时，乔表哥叫住她："你也是一个很让人敬佩的女孩。你很勇敢，也很强大。

"所以不要害怕，一定要亲口告诉那个人，你喜欢他。"

江萌浑身一僵，迟钝地点头，泪水打湿了衣襟。

翌日，剧本创作大赛的获奖名单公布，江萌创作的剧本获得了一等奖。活动主办方联系到她，通知她将采用她的剧本拍摄一部电影，并邀请她担任这部电影的编剧。

她没有想到，这部电影的女主角会由沈冰清来饰演。电影的高中部分将在L市进行拍摄，听导演说，是沈冰清向他推荐了L市作为拍摄地。

正式开拍前，L市电视台邀请她为影片录制一段专访。

录完专访后，她独自去了一趟海边。

"许、澄、光。"她面向大海，轻轻开口，念出他的名字。

你还好吗？

你还记得我吗？

我们还会再见面吗？

如果我不去找你的话，你还会来找我吗？

大概，再也不会了吧。

少年来去匆匆，像一阵风，一场梦。

他是她追不上的一阵风，也是她握不住的一场梦。

手机突然响起提示音，打断了她的思绪。她垂头查看消息，看到同系学姐说学校心理咨询室的公众号开设了一个励志名言推荐的栏目，问她可不可以录制一段语音,向大家推荐一句名言。

她回复学姐说好,退出微信,打开了录音软件。

望着汹涌迭起的海浪,她出神片刻,对着手机话筒轻轻开口——

"大家晚上好呀,我是江萌。

"今天我想和大家分享一句我很喜欢的名言。

"'我身上有一个不可战胜的夏天',出自加缪的《夏天集》。"

## 【第二十一章 - 告白】
我也很想你,光光。

从 L 市回到学校,江萌开始忙碌于期末考试的复习。

熬了几个通宵写完选修课的期末论文,她累得精疲力竭、浑身酸痛。户外天寒地冻,教学楼里空调全开,下午的马原复习课上,闷热的阶梯教室里挤满了人。江萌坐在最后一排靠墙的位置,脱下厚重的羽绒服依旧热得不行,太阳穴一跳一跳地疼,带动着脑部的神经,一下接一下地拉扯着她的思绪。她实在头疼得厉害,恰好老师宣布开始自由复习,她立刻趴在桌上,把头埋进臂弯,闭上了眼睛。

昏昏沉沉中,她好像做了一个梦。

在梦里,她对着一个少年的背影大声呼喊:"光光哥哥!"

少年回头,朝她绽开了灿烂的笑容。

"光光哥哥,这是我的声音。"她也笑了,眼中泛起喜悦的泪光。

光光哥哥,你知道吗?

当我可以开口说话的时候,我脑海中的第一反应,是去念你的名字。

我想让你听到我的声音。

我还想看你竖起大拇指,含着笑意认真地对我说,我也是"这个"。

少年的身影渐渐消失远去,江萌伏在课桌上,泪水滑过眼角,一滴滴渗入了臂弯里。

不知不觉中,下课铃响,她鼻腔堵塞,下意识伸手去摸纸巾盒,突然听见有同学在她耳边说了一句:"萌萌,外面有个不认识的帅哥找你!"

不认识的帅哥?

难道是亮宇哥过来找她了?

她迅速把脸擦干,起身穿上羽绒服,收拾好书包走出了教室。没想到她刚走到教室门口,就猝不及防撞进了一个人的怀抱。伴随着扑面而来的酒气，她被一双手臂紧紧地揽在怀里，白色羽绒服上熟悉的洗衣液香气涌入她的鼻息，刺鼻得让她几乎立刻落下泪来。

依旧是梦吗？

可眼前的这个人把她抱得好紧，箍得她连肩膀都微微发痛，胸腔里猛烈加速的心跳一声接一声地提醒着她，这不是梦。

睫毛被泪水浸湿，她费力地吸了下酸痛的鼻子，哽咽着正欲开口，眼泪却不听使唤地从眼眶里拼命涌出来，一颗一颗，像断了线的珠子争先恐后地向下砸落。

你什么时候回国的？

怎么喝了这么多？

为什么突然来找我？还……抱我。

你知道自己在做什么吗？

你知道你在做什么吗？许澄光？

无数哽在喉中的问话呼之欲出，带着满心满腹的压抑和委屈，却全部被她硬生生地逼回了心底。她强迫自己陷入沉默，生怕只要自己一开口，环绕在身上的温度便会立刻消失。

她还是想再抱一会儿他。

哪怕依旧是幻觉。

哪怕依旧是梦境。

理智被彻底抛在脑后，她借着眼中肆意汹涌的泪水，不顾一切地放任了自己的沦陷和不清醒。

她什么都不想考虑，是梦是醒都与她无关。

她只想再这样抱一会儿他。

她好想他。

泪水源源不断地滚落，她的脸颊紧贴着他的胸膛，肩膀传来痛意，她在他怀中瑟缩颤抖，几乎快要喘不过气来。似乎察觉到她被抱得不舒服，身前的少年骤然晃神般松开她，笨拙而小心翼翼地垂下眼睛，看着她说："对不起。"

一张久违的脸重新出现在她的面前，江萌知道，这是她朝思暮想日夜牵挂的一张脸。

哪怕此刻眼前人双眼通红，眸光晦暗，额发凌乱，她也还是可以一眼就认出来,这是她一直深爱着的那个少年。

这是占据了她青春时代里七年时光的少年。

无论多么漫长的分别,他始终都是她的光,她的执念,她的信仰。

她永恒的心之所向。

江萌鼻尖透红,含着眼泪笑了。

她踮起脚尖,伸手,细心温柔地将他额前凌乱翘起的碎发一点点地捋平,然后微笑着开口,轻声问他:"怎么喝了这么多?难不难受?"

"好久不见呀,光光哥哥。"

在听到少女声音的一瞬间,许澄光猛地抬眸望向她,震动的目光一直停留在她的脸上。他的眼睛红得厉害,一眨眼,眼泪簌簌落了下来。

江萌愣在原地,晃了神。

他哭了。

这是她第一次看见他哭。

原来一向标榜自己从来不哭的许澄光,喝多了竟然会哭。

她连忙从书包里找出纸巾递给他,关切地询问道:"怎么了?"

他接过纸巾抹了把脸,摇摇头,笑着对她说:"没事。

"萌萌,我好开心。"

他破涕为笑,眼中含着泪补充:"我……好想你。"

江萌心跳漏了一拍,湿漉漉的心仿佛一张被打湿的皱巴巴的纸,被他脱口而出的话反复揉搓,变得凌乱又脆弱。

她鼻腔盈满酸涩,心口剧烈抽痛,视线一片模糊朦胧。

"我也是。"她垂眸,低声哽咽道。

"你说什么?"他没听清,立刻追问。

她抬起头,突然想起了林絮曾经告诉过她的那句话。

再勇敢一点吧。

再勇敢一点吧,萌萌。

她注视着他的眼睛,双拳紧握,指节微微泛白,一字一句地认真开口:"我也很想你,光光。"

许澄光的脸上有一瞬间的难以置信,他似乎酒醒了一点儿,又似乎还不太清醒,眼圈红肿,脸上挂满泪痕,哑着嗓音喜悦激动地问她:"可以……再抱一会儿吗?"

江萌笑了，重重点了点头，主动伸出手臂，环抱住了他的腰。

眼前高大的少年像个小孩子一样，轻轻躬下身，将下巴抵在少女的肩上，眼泪止不住地从眼眶中滚落，一滴接着一滴，不断渗入她颈侧的皮肤里。

她心中蓦地一软，整颗心像要被他的眼泪浇个湿透。

"小哭包光光。"她动作轻缓地抚摸着少年头顶柔软的发丝，眼里蓄着泪，宠溺地小声说道。

"嗯。"他没反驳，依旧像小孩子一样，用气音闷闷地应了一声，双手将她搂得更紧。

江萌脖颈发烫，胸口沸腾灼热，心脏猛烈而飞速地跳动着，如同海浪翻涌激荡，几乎快要冲破她的身体，震碎她的胸膛。

她的呼吸由急促变得迟缓，双手逐渐垂落，混沌的大脑在模糊的视线和温热的怀抱中慢慢停滞放空。

时间仿佛静止了。

周围的景象开始倒退虚化，在她的世界中一点点消失不见。

泪水悄无声息地顺着脸颊滑落，她缓缓闭上眼睛，任凭少年的怀抱就这样切断了时空，将她带入一个再也不被任何人打扰的无人之境。

就这样吧，她弯起唇角，从容地绽开了微笑。

她什么都不再想要，也什么都不再需要。

就让时空停下，永远定格在这一秒，凝固成再也不会向前流动的永恒。

于她而言，她已经拥有了她的全世界。

用尽全身力气，紧紧地将它抱住，今生今世，哪怕未来狂风暴雨，地裂山崩——

她都再也不舍得松手。

江萌给许澄光买了一份醒酒汤，又带他来到学校附近的粥铺，点了两碗粥和几份清淡的小菜。

"先简单吃一点。

"你喝太多了，我怕你胃不舒服，不敢请你吃别的。等你恢复过来，我请你吃好吃的。"

"好。"许澄光端着粥，美滋滋地喝了一口。

"怎么突然过来了？都没提前和我说。"她看着他问。

"你不回我消息。"他抬眸,眼神里带了委屈。

江萌一愣,解释说:"我在上课,没看手机。而且……我没想到你会给我发消息。"

江萌说完,气氛陷入尴尬,两人一时无言。

其实她有很多话想问他,只是,不知道该怎样问出口。

这一年多的时间里,你在国外过得还好吗?

手上的伤痊愈了吗?

为什么会瘦这么多?

为什么突然来找我?

你这次回国还有别的事情吗?打算什么时候回去?

你和闻毓……

你……

你喜欢我吗?

你喜欢我吗?许澄光?

"萌萌。"他抢先开口,"我有话对你说。"

"嗯,你说。"

"我想准备一下……等我们吃完饭,我找个地方单独对你说,可以吗?"

江萌怔怔地点头答应。

"我们去哪儿?"吃完晚饭,她问许澄光。

"带你去一个地方。"他故作神秘,笑着说,"先保密。"

记忆恍然倒退回十七岁那年的夏天,那天他也是这样,对她说先保密,拉着她跑去海边,为她放了一场盛大璀璨的烟花。

许澄光约了辆出租车,他们一起上了车。

江萌侧头望着窗外流光溢彩的夜景,心神恍惚,连平时熟悉的街景都开始变得陌生。她没有想到他会这样突然出现在自己面前,陪伴她一起度过在北京的第一个新年。

此时此刻,他们一起在北京。

多像是一场梦。

原来,即便她曾经无数次地告诉自己,不要再贪恋他给予过的温暖,当这份温暖重新回到她身边时,她还是忍不住想要将它用力抱紧。

原来，对于他给予自己的温暖，她依旧如此贪恋。

出租车的音箱正在播放着一首她最熟悉的歌，司南的《冬眠》。

她忽然想起以前沈冰清和她开玩笑说，《冬眠》是实验中学的"休眠曲"。只要《冬眠》一响，学生的心就野了，老师拖不了堂，只能乖乖放人，让大家跑到操场上撒欢儿，迎接幸福美好的午休和大课间。

因为那时候他总是喜欢在校广播站放《冬眠》，所以后来的日子里，她习惯了将这首歌在手机播放列表里单曲循环。校园里，地铁上，街角，车站，每分每秒，她都与这首歌相依为伴，用这样单一执拗的方式抵御着孤单和思念。

思绪渐回，出租车里，忧伤缠绵的女声正轻唱着——

> 故事里的最后一页，过往和光阴都重叠。
> 我用尽所有字眼去描写，无法留你片刻停歇。

我用尽所有字眼去描写，却无法留你，片刻停歇。

她侧过头，正要对上少年的视线，却鼻尖泛酸，轻轻别过了脸。

这一次，你还会再离开吗？许澄光？

像上一次在车站。或者像上上次，在图书馆。

我的确很想和你见面。

可我也真的不喜欢，你每一次的道别。

车子在目的地停下，江萌发现许澄光带她来的地方，是蓝色港湾。

他们穿过人群密集的商业区，一起站在蓝港码头上眺望远方。贝壳剧场顶部的珍珠流动着粉紫色的光晕，亮马河畔灯光如织，霓虹绚烂，美得如梦似幻。

心底的回忆被眼前的景色勾起，十七岁仲夏夜，那个独属于他们两个人的夜晚，潜藏在记忆的湖水中，被迎面的微风轻轻吹动，泛着涟漪重新浮现在她面前。

夜色阑珊，一座座长桥流光溢彩，结冰的湖面宛如一条碧蓝的画船，盛着满天星子与融融月影，让人心神荡漾，如坠梦境。

这是江萌第一次来到这个地方，她没有想到，自己竟然会这么喜欢，喜欢到想要让时间静止，永远留住眼前的风景和身边的少年。

此时此刻，站在她身旁的少年，是她从小到大一直深深喜欢着的少年。

那个让她日夜辗转煎熬思念的少年，此时此刻，重新回到了她的身边。

"萌萌。"他突然开口，轻唤她的名字。

"嗯？"江萌抬头看他。

"我……"他顿了顿，深吸一口气，继续说，"有一句话，我一直很想对你说。"

他看着她的眼睛，话语里满是认真："萌萌，我喜欢你。"

江萌呼吸一窒，手指不由自主地握紧，指甲嵌入了掌心。

"你知道吗？自从高二出国以后，我发现自己一天都没有真正开心过，因为我见不到你。

"我很想你，每天都很想很想。

"我想知道你每天在做什么，和谁在一起，过得好不好、开不开心，有没有照顾好自己。

"我想给你发消息，想给你打视频，想和你见面。我还想回国，想和你一起去北京读大学。

"我就是想和你在一起，一起干什么都行，一起去哪儿都行。"少年急促的语速突然放缓，轻声问道，"你呢？你……有想过我吗？"

江萌呆愣在原地，心跳如擂，猛烈敲击着她的胸膛，在她的耳边轰鸣回响。

时间仿佛静止了。

少年说完便不再出声，用忐忑的眼神静静等待着她的答案。

他需要听到她的答案。

她没有说话，眼眶湿润，视线被雾气覆盖，睫毛剧烈颤动，泪水无声地滚落下来。

"萌萌！别哭……"许澄光慌了，却见她抹开了眼泪，仰起头问他，"既然这么想我，为什么一直都没有联系我？"

"我不敢。"他垂头低喃，"我以为，你有喜欢的人了。而且医生说，我的手伤得比较严重，很可能恢复不到正常使用的程度，要看手术效果……我不知道它什么时候能好，如果它再也好不了，我不能让自己耽误你，这不负责任，我不能允许自己这么做。"

少年没再继续解释,语气急切地换了话题:"不过现在它已经好了!恢复得特别好!什么问题都没有了!"

他捕捉她的眼睛,小心翼翼地开口询问:"萌萌,你有喜欢的人吗?"

江萌静静凝视着他,心口涩意翻涌,认真地点了点头。

少年神色一变,目光暗淡下去:"好……"

他声音里渐渐没了底气,唇角扯了扯,含糊回应道:"对不起,是我太唐突了。"

江萌看着他颓丧的表情,忍不住笑了,眼眶酸痛,再次泛起了泪光。

"他,那个人……他好吗?他对你好吗?"他急声开口,将一番话说得颠三倒四,又紧接着懊恼,"我问的是废话,你喜欢的人,他一定很好,对你也一定很好……"

"嗯,他很好。"她重复着他的话,语气格外认真,"他对我也很好。"

灯光点映出少女温和纯净的眼眸,四周湖水碧蓝清透,整个码头寂静无声。

"你知道吗?他是一个特别优秀的人。我觉得,这个世界上好像没有他做不到的事情。他永远自信勇敢,永远张扬热烈,他站在哪里,哪里就是世界的中心。

"除了优秀,他的身上还有很多其他珍贵美好的品质,我列举不完,也没办法具体详细地描述出来。

"我只知道,在我心里,没有任何一个男孩子会比他更美好。

"我从很早之前就开始喜欢他了。

"我给他写过很多本日记,害怕被别人发现,就用他的姓氏拼音首字母来代替他的名字,他的姓氏拼音首字母是——'X'。"

许澄光眸光一动,喉结滚了滚,像是有话要问,却被她用食指抵在唇边制止。

江萌示意他让自己说下去,目光逐渐变得温柔。

"我和他,已经一年多没见了。

"在这一年多的时间里,我觉得,自己的心脏好像变成了一间空房子,寂静空荡,潮湿冰冷,没有人敲门,也没有人住进来。但我心里明白,其实是我自己不想开门,也不想让别人住进来。

"因为我一直在等他。

"我真的，非常非常地想念他。

"想念到每天晚上辗转反侧睡不着，无数次打开和他的聊天对话框，输入一大段想要对他说的话，再一个字一个字地删掉。

"因为他一直没有主动给我发消息，所以我不敢去打扰他。我怕他会不愿意或者不方便和我说话。

"不过今天，他来找我了，我特别开心。我想问问他，在过去的这一年里，他过得好不好，心中的梦想有没有实现。

"光光。

"这一年里，你过得还好吗？你的梦想实现了吗？"

她轻轻微笑，温柔的目光落在他的眼睛里，清甜的嗓音含了哽咽："我好想你呀。"

许澄光双眼通红，眼睛一眨不眨地怔怔望着她。

江萌在泪光中回望他，吸了吸鼻子，绽开了笑容。

"光光哥哥，我喜欢你。

"从那年夏天开始，直到现在……已经七年了，我一直都很喜欢你，从来都没有改变过。"

她带着笑意把这一番话说完，心中如释重负，感受到了从未有过的快乐。

原来，把这些话全部对他说出来，竟然会让她这么开心，这么痛快。

可他却似乎并不开心。

少年仿佛失了语，从她说出这段话开始，他便一言不发，再也没给过她回应。不回应，眼神里却没有迟疑或拒绝。

夜色浓重，江萌看不清他的表情。

或许他是因为喝醉了，才会突然回国找她，说喜欢她，说想念她，稀里糊涂地再次亲手为她编织一场残忍的梦境，只待他一朝梦醒，让她梦碎成空。

可她没有醉，此时此刻，她无比清醒。

她万分清醒地主动入梦，终于鼓起勇气将自己心中郁积多年的少女心事向他和盘托出，把山一样沉重的思念和喜欢从她的心脏上移开，虔诚珍重地交到他的手中。

这是她给自己青春时代的一个交代。

这是在他们难得重逢之际，她必须要给自己的一个交代。

她静静看着他,忽然很想问一句,那你呢?许澄光?

你需要给自己的青春一个交代吗?

从十二岁到十七岁,那段青涩时光里,我们曾经相伴共度的青春。

少年沉默不语,一阵寒风骤起,他的身形不小心向后晃了晃。

江萌呼吸一紧,发现他状态不对,连忙伸手扶稳了他。

"光光?"她低声唤他,忽然感觉肩头一重,少年将下巴抵在她的肩上,双手轻轻地环上了她的背。

她脊背僵直,呼吸也微微颤抖,却还是担心他没有醒酒站不稳,任由他靠着自己。这样任性又脆弱的许澄光,让她感到陌生,也让她觉得有些心疼。

"这次回国待多久,什么时候回去?"她抚摸着他的背,在他耳边低声询问。

"不回去了。"他闷声说。

"大学不读了吗?"江萌笑着问他。

"嗯。"

江萌松开他,定定地看着他的眼睛,没忍住调侃道:"你真的是许澄光吗?

"那个全世界最聪明、最努力、最优秀也最骄傲的许澄光。

"不会是个假的吧?"她笑吟吟地说着,伸手想要去捏他的脸,却被他一把捉住了手腕。

少年手掌宽厚滚烫,覆上她的掌心,包裹住她冰凉的手指,像冬日里最强劲的热源。

"萌萌,你是不是觉得我是因为喝醉了,才回国来找你,对你说这些话?"

"你本来就醉了。"江萌小声嘀咕。

"我确实喝醉了,但我很清楚我在说什么和做什么。

"我喜欢你。你说,你也喜欢我。"

少年红着眼睛,嗓音干涩沙哑,语气却庄重万分:"所以,我们要不要在一起?"

江萌怔怔地看着他。

"你的意思是……异地恋吗?"她脱口问道,喃喃地说,"……要异地多久？"

"我已经计划好了，会回国读临床医学专业的研究生。给我三年半的时间，我一定会来北京读研。相信我，萌萌。"

没等她回答，少年突然从上衣口袋里拿出一张银行卡，塞进她手中。

"这是我自己的卡，交给你保管。

"在读大学之前，我就已经经济独立了。现在我每学期拿的奖学金、学院发放的科研项目奖金、学校的各种竞赛活动奖金，还有我在校外的医学研究所兼职赚的钱……全部存在这张卡里。"

江萌哭笑不得，开玩笑问他："你要干吗？把你自己卖给我吗？"

"嗯。"许澄光无比郑重地点头，看着她说，"我把自己卖给你。我想把自己的全部给你。"

他扯起唇角，笑了笑说："我早就想这么干了。"

江萌心口颤动，大脑混乱，下意识地收紧手指，指腹被银行卡的边缘硌出了红印。

"银行卡的密码是108711。"他接着说，"我们生日的数字组合。我在纽约住的公寓，门锁密码也是这个。还有之前，市篮球馆会员卡的密码，市实验校园卡的密码……我所有的密码……都是这个。"

她讷讷地问他："你什么时候改的密码？"

"高二暑假，知道你生日之后。"

"你都出国了，会员卡和校园卡又用不上……改密码干什么？"

"我也不知道……"少年挠头笑了，"反正就……把所有的密码都一起改了，不改的话，我心里难受。高三那年，我买了个新手机号，末尾六位也是这六个数字。"

江萌呼吸一颤，突然有什么东西在脑海中炸开。

高三上学期，她几乎每天都能收到一条来自同一个陌生电话号码的匿名祝福短信。郭雪瑶说，肯定是有男生喜欢她又不敢表白，所以才会化身"小迷弟"，用这种方式默默地给予她支持和陪伴。又或者，可能是这个人把某个联系人的电话号码给记错了，这些短信其实并不是发给她的。

高三春节假期，她拨打这个号码，想要弄清楚情况，对面的人接通了，却一直不说话。电话两端陷入诡异的沉默，江萌无奈，只好挂断电话，编辑了一条信息发送过去：您好，不知道您是不是给我发错了消息。您可以再确认一下这位联系人的手机号码,应该是发错了。

对方回复了她一句:没有发错。

江萌一怔,猜测到郭雪瑶说的第一种可能,思索片刻,回道:谢谢你,同学。祝你新年快乐,新的一年学业进步,万事顺意。

对方问:我一直给你发消息,是不是打扰到你了?

她礼貌地回复:没关系呀,谢谢你的好意。

她觉得还是把话说清楚比较好,于是斟酌着补充说:不过,我已经有喜欢的人了。

对方接着问:他……是你身边的同学吗?

江萌指尖顿住,随后回复:嗯。

虽然他已经不在她的身边,可她依旧觉得,这样的形容也没什么不妥。更何况,她只是想给对方一个明确的交代,至于理由中的信息是否足够准确,她想,或许并没有那么重要。

果然,对方没有再回复,也没有再发来过任何消息。

江萌陷入回忆,只觉得荒谬和不可思议。

她无论如何都想不到,这个陌生号码的主人竟然会是许澄光。起初在看到这个电话号码的时候,她只是觉得惊讶——

居然真的会存在一个这么神奇的号码。

她用指尖轻轻触摸手机屏幕上号码末尾六位的数字,连联系人备注都不舍得添加,短信也不舍得删,只是为了能够在手机通讯录里一眼就看到这个号码。

她真的好喜欢这个号码。

现在她才终于知道,这个号码的主人竟然是他。

原来这个号码的出现,并不仅仅是一个浪漫的巧合。

所以当时,她在短信里拒绝他,告诉他说自己有喜欢的人了,是身边的同学,他就再也没有打扰过她,是因为他觉得,她喜欢上了别人吗?

怎么会有人可以这么傻。

江萌的心脏一阵抽痛,她甚至可以想象到他在手机另一端收到信息时的表情,颓丧又落寞,无能为力地低垂着头叹息……

整整半年多过去,他再也没有给她发送过一条信息,只是因为她的一句"我已经有喜欢的人了"。

光光，我们分开后的这一年里，你都在想些什么呢？

会不会觉得，从高一我们重逢时开始，自己付出的真心就从来没有得到过一次认真热情的回应？

这么久的时间里，因为不肯直言表达，因为一次次地选择了退缩和逃避，我们之间，究竟错过了多少呢？

与其责怪他胆小，她想，或许她更应该责怪的，是她自己。

在这段感情中，自始至终，她才是那个真正的胆小鬼。

这一次，他终于鼓足勇气，再次勇敢主动地奔向她，不顾一切地重新来到她身边。

她又凭什么再退缩？凭什么再逃避？

她凭什么？

江萌忽然笑了，笑出了眼泪，泪眼模糊，把银行卡轻轻塞回到他的手里。

许澄光垂头，愣愣地注视着她的动作，眼神懵懂慌乱。

傻子。

江萌失笑腹诽，心中却满是疼惜，眼前水雾弥漫，视线中少年的身影却越发清晰。

"我有一个室友也是异地恋。"她轻声开口，"她和她男朋友每天晚上都会打视频，在纪念日互送礼物，假期里去对方的城市找对方……

"我们应该，和他们差不多就行。

"你觉得怎么样？"

"……好！"许澄光露出惊喜的神色，立刻点头答应，然后伸出手，紧紧抱住了她，把她深深地拥进了怀里。

"我什么都听你的。"他指尖轻抚她的头发，脸颊贴在她的耳畔，颤着声音说。

"有句话好像一直忘了说。"她把下巴抵在他的肩上，双手搂住他的腰，笑眯眯道。

"新年快乐呀，光光哥哥。"

新年快乐——

我的，男朋友。


他们身后，突然"砰"的一声，一道白亮的弧线划过夜空，蓝色的烟花在夜空中盛放,迸发出流星般的闪耀光芒。

"灯光烟火秀马上开始了!"周围有人喊道。

许澄光牵起江萌的手,朝着商业区广场的方向迅速奔跑起来。江萌注意到自己的手被少年紧握着,唇角轻抿,悄悄将指尖穿过他的指缝,与他十指相扣。四周人潮拥挤,摩肩接踵,他们在人海中一路狂奔,心跳与脚步声交错,终于在广场中央停下脚步,喘着气相视一笑。

前方的露天展台上正在播放商场新年主题活动的推广视频,主持人在台上举着话筒,用激昂洪亮的嗓音与台下的观众们展开热情互动。

"亲爱的朋友们!新年快乐!

"现在,我有几个问题想问大家!

"我想问问你们——

"你们去年许下的愿望——

"今年都实现了吗?"

"你们心里喜欢的那个人——

"此时此刻,他/她正在你们的身边吗?"

"如果你们心里还有遗憾——

"现在的你们——

"有信心让自己在新的一年里不再留下遗憾吗?"

广场上,人们大声呼喊,各自回答着不同的答案。

连接话筒的音响突然出现故障,麦克风发出尖锐刺耳的颤音,掺杂在人们的呼喊声中,吵得人耳膜欲裂。

大家毫不在意,热血沸腾,迎着寒风呼出一团团白气,执着澎湃地回答着属于自己的答案。

许澄光却担心江萌的耳朵会不舒服,牵着她穿过汹涌人海,和她一起躲到了远处的琉璃桥上。璀璨烟花下,少年颔首,眉眼含笑,盈满了温柔,伸手轻轻地捂住了少女的耳朵。

少女笑意晏晏,缓缓踮起脚,同样伸出手,将少年的耳朵轻轻捂住。

视线撞入对方的眼睛,他们胸口起伏,心脏猛烈跳动。彼此掌心柔软,灼热而滚烫,如同冬夜燃烧的火焰,温暖得让人无法抵抗。

眼底眸光相映,呼吸紧密交缠,唇瓣缓缓贴近,随后轻轻触碰。

他们在琉璃桥上亲吻了对方。

桥下湖水澄澈宁静，如同一方明镜，映着星河月色，悬于天地之间。喧嚣鼎沸的呼喊声渐渐远去，他们的世界里终于只剩下彼此。

无须回答，无须呼喊。

眼下发生的一切，就是他们两个人一起给出的最好的答案。

## 【第二十二章 – 回响】
我遇见你，就像潮汐看见了月亮。

翌日傍晚，在机场大厅，江萌和许澄光分别。

"我走啦。"许澄光拖着行李箱，依依不舍地说。

"嗯。"江萌笑着冲他挥手。

他耷下脑袋，委屈道："不想走。"

江萌笑了，张开双臂，像哄小朋友一样冲他喊："来，抱抱！"

许澄光目光雀跃，立刻放下行李箱，几步跑到她面前，紧紧地抱住了她，脸颊埋在她的颈窝里蹭了蹭。

江萌伸手抚摸他的后脑勺，在他耳边小声提醒道："再不走可来不及啦。"

"萌萌。"他松开她，突然喊她的名字。

"嗯？"

"登机前，可以……算了，没事……"他语无伦次地说，"我走了……你记得打车回去，上车了给我发消息，路上注意安全……"

"你低一点。"看懂了他的意思，她打断他，轻声说道。

许澄光怔住："什么？"

"你太高了。"她耐心补充，"所以……要低一点。"

他耳根一阵发烫，喉结滚了滚，不由自主地轻轻俯身。

少女踮起脚，双手环抱住他的脖颈，微微仰头，在他的唇上印下一个吻。

闸机口空荡安静，航班信息屏不再闪烁，四周的广播声仿佛突然消了音。从不停息的时间，在猝不及防的一瞬，被一个吻中止了。

许澄光呆呆地愣在原地，一时间失去了反应。

"快走吧。"江萌松开手，脸颊微微泛红，低声催促他。

"……好！"许澄光这才回神，手指下意识碰了下唇角，眼睫颤动，露出了喜悦的笑容。

他唇角含着笑,挥起一只手向她道别,用另一只手去拉行李箱。旁边一个着急登机的男人不小心撞到了他,他被撞得手腕一拐,向前踉跄几步,江萌连忙伸手将他扶稳。

"没事吧?"她焦急地问。

"哎哟!没事吧?小伙子!对不起啊!我赶时间!没撞疼吧?真对不起!"撞到他的男人连声道歉解释。

他摇头,向男人示意自己没事,脸上依旧满是笑意,看着傻兮兮的。

男人诧异地看了他一眼,没再说话,转过身急匆匆地走了。

江萌被逗笑了,嘱咐他说:"你小心一点。"

"嗯,好!"许澄光用力地点头,看着她说,"我得走了。"

"路上注意安全。"

江萌说完,注意到他羽绒服的拉链拉得有些低。

想到室外寒冷,登机前他还要坐摆渡车,她走上前,想帮他把拉链拉紧,指尖刚触碰到拉链,却被他从腰后用力一揽。

他拥着她,手臂的力量锁在她的身上。两件羽绒服紧贴在一起,发出窸窸窣窣的摩擦声。江萌的一颗心被骤然提起,他羽绒服上冰凉的拉链抵住了她的鼻尖,她侧头避闪,顺便避开他低垂的视线。

一颗心猛烈加速,"怦怦"直跳,他们的胸膛紧紧相贴,她猜他一定能感受得到。而此刻的她,也感觉到了他的心跳。

和她一样快的心跳。

江萌讶异地抬头,目光撞进了少年温柔干净的眼睛里。他们的脸离得这样近,几乎可以额头相碰,感受到对方的呼吸。

如同被蛊惑一般,他们不约而同地一起闭上了眼睛,缓缓靠近彼此,让时间再次被一个吻封印。

不同于之前的轻吻,少年一只手捧着她的脸,另一只手托住她的后脑勺,呼吸低沉,动作缱绻,依依不舍地吻着。她被他吻得快要喘不过气,却并没有躲避和推开他,而是任由自己在他的气息中沉溺,仿佛倦鸟归林,一颗孤寂漂泊的心终于找到了港湾栖息。

只有他们彼此知道,这场重逢究竟有多么来之不易。

年少时,他们本能地选择了退缩与逃避,选择了言不由衷和伪装心意。

因为自卑所产生的猜忌和自我怀疑，在分别后的每一分每一秒，转化成了难挨的思念与煎熬，如同一根扎在心上的利刺，日夜不断地反复折磨着自己。

他们都曾经想过再勇敢一点。

然而他们也都知道，想要做到"勇敢"二字，究竟有多么艰难。

幸好，他们没有败给自卑和猜忌，也没有败给命运和时间。

他们重新回到了彼此身边。

从此以后，时光倾覆，倒回轮转，他们一如当年。

像是要释放掉所有累积的思念，又像是要补偿回所有错过的时间，他们唇齿交缠，吻得长久而热烈，带着极致的情动与缠绵，仿佛要把身心交付给对方保管。

直到广播提示音再次响起，江萌推了推他的胸口，他才轻轻松开她，退后了半步。江萌气息不稳地抬头，目光滞住，看到他的眼角有了湿意。

她心中一软，指尖碰上他眼角的泪痕。

"以前，我可从来没见你哭过。"

"我记得高一开学那天，有几个男生说你因为中考没考全市第一，把自己关在家里哭了半个多月。你凶巴巴地对他们说，别造谣，你从来不哭。"

"什么时候开始这么爱哭的？"她问。

许澄光凝视着她的眼睛，哑声开口："出国以后。"

"在国外过得不开心吗？生活得不习惯？还是你妈妈又强迫你去做什么你不喜欢的事……还是手上的伤一直没好，是不是很疼？"

她说着，想去察看他的右手，却被他紧紧握住了双手，裹进宽大温热的掌心里。

"不是，都不是。"

他说："是因为……想你。"

"很想你。"

"萌萌，对不起。"他用力抱住她，声音温柔而低缓，"在图书馆，还有在车站，我不应该就那么突然出现，又擅自道别离开的。"

他轻吻她的额头，向她郑重地承诺："以后再也不会了。"

"我也是。"她在他怀中仰头，手臂圈住他的腰，含着泪小声说道。

光光哥哥，以后我再也不会像以前一样，把所有事情都憋在心里不说，在遇到困难时擅自选择退缩和逃离。

再也不会在你转身离开时,违背心意默许你的离去,不肯开口叫住你。
再也不会自怨自艾,深陷在自卑的泥潭里,对你的热烈靠近置之不理。
再也不会了。
窗外阳光滚烫,世界一片静谧。
更迭流转的时光里,他们终于找回了曾经丢失的自己。
那个本可以更勇敢的自己。

晚上回到宿舍,江萌洗漱完趴在床上,接通了沈冰清打来的视频电话。
沈冰清几天前告诉她,自己已经到达 L 市,开始了电影《清清》高中部分的拍摄。
"萌萌,你看我在哪儿?"
"是高二那年暑假,我们一起去过的那片海岸吗?"江萌惊喜地问。
"嗯!"沈冰清说,话音刚落,眼中闪过一丝落寞。
江萌喉咙动了动,正要开口询问,就听见对方笑盈盈地问她:"你没有什么话想对我说吗?萌萌宝贝?"
"我……有。"她脸颊一红,低声说道。
"对不起,清清。我不是故意一直要瞒着你,我只是……"
我只是一直都太自卑,太不够勇敢。
"干吗道歉!"沈冰清语气认真,"我不怪你,真的,萌萌!我只是在想,如果你能早点告诉我就好了!
"如果你能早点告诉我,我一定会帮你的!这样你就不用吃这么多苦了!
"光光他真的太傻了,特别迟钝,我得替他向你道个歉。
"对不起,萌萌。他来得太晚了,让你等了这么久。"
江萌摇头,眼眶发热,眼泪不知不觉地落了下来。
"清清。"
"嗯?"
"你有去见他吗?去见……谢泽阳。"她吸了下鼻子,犹豫着问道。
沈冰清陷入沉默,缓缓摇了摇头。
"我说过等拍完这部电影就放下的!"她扬起唇角,努力绽开笑容,"我觉得,我马上就要放下啦!

"我再努努力，一定可以做到！"

江萌静静看着屏幕里的沈冰清，眸中酸涩，喉间有了哽意。

一个需要付出努力才能放下的人，真的可以放得下吗？

她又何尝没有做过同样的努力。

"谢泽阳！"沈冰清忽然转身，对着大海大声呼喊，"我一定可以忘记你的！

"你不喜欢我，真的真的很没有眼光！

"错过了我这么好的人，你一定一定会后悔的！"

海风将少女的长发吹得飞舞，沈冰清仰头喝了口啤酒，江萌这才注意到她手里拿着一个冒着凉气的酒罐。

"清清，别喝太多！"她焦急地嘱咐。

"好。"沈冰清打了个酒嗝，笑眯眯地转过头，对着镜头喊了一声她的名字。

"萌萌。"

"嗯，我在。"

"你一定要特别特别幸福，把小时候遭受过的那些不幸和伤害，全部补偿回来！我也要特别特别幸福……"

"好。"江萌注视着她，目光中溢满了温柔，"我们都要特别特别幸福。"

和沈冰清结束视频通话后，紧接着，江萌又收到了来自程勇的语音电话邀请。

"妹妹，恭喜……"程勇似乎也喝了酒，而且喝得不少，说话的声音断断续续，含混不清。

"你怎么喝了这么多啊？"江萌问他。

"我心里难受……你知道吗妹妹，我被人钓了半年，结果今天她和我说，她跟别人在一起了！她不喜欢我，还每天约我一起上自习，让我送她回寝室。我都快不相信爱情了！但今天，我知道你和光光在一起了，我特别开心，现在已经不难受了！"

"付出真心没有错，只是遇到的对象不合适。"江萌轻声安慰他，关切地询问，"你身边有人照顾你吗？一定要注意安全，难受的话喝点儿牛奶，或者看看有没有其他能解酒的东西……"

对面的人呵呵笑了，喃喃地说："妹妹，你怎么和光光越来越像了？"

程勇像是没在意她的嘱咐，自顾自继续说道："妹妹，有好多事，我一直替他瞒着你，都快憋出内伤了。今天正好喝了点儿，我忍不住想把这些事都告诉你。"

江萌呼吸一颤，心脏下意识地收紧，默默地聆听他的话。

"你知道吗？高二暑假，你俩在超市遇上混混闹事那次，那天警察赶到之后，我和老丁也到了。光光当时看见你晕倒了，快急疯了，自己脸色煞白，连站都站不稳，跌跌跄跄地跑过去把你抱起来，说要带你去医院。我和老丁跟在他身后，完全不敢插手。他满手的血，看着特别吓人，血不小心沾到你裙子上了，他就一直拼命擦。超市门口打不着车，他受着伤没力气，抱着你没跑几步就直接摔地上了。然后我看见他哭了。我从小和他一起长大，这么多年了，无论遇到多大的事，他从来都没掉过一滴眼泪。那是我第一次看见他哭。"

江萌双眼渐渐泛红，她咬紧双唇，泪水涌出眼眶，模糊了视线。胸口沉重，仿佛有巨石在心上砸落，压得她快要无法呼吸。

"后来他妈强迫他出国，临走之前，他请老丁和我吃饭，交代我俩一定要帮他照顾好你，像个老父亲一样，絮絮叨叨嘱咐了一大堆事。他说如果咱们一起出去，不能让你坐大巴车，带你一起做什么事之前，必须先问问你的感受。他还让我和沈冰清一起给你过十八岁生日。

"我一直以为你生日和符昕雅生日是同一天，他很认真地告诉我，你的生日不是一月七日，是一月八日。你过生日那天的酒店是他订的，花和蛋糕也是他买的。当时你说这些东西太贵，不让我们破费，我骗你说是我们几个众筹的，其实不是，全是他一个人出的钱。但他不让我说，连沈冰清都不知道这件事。

"高三一整年，他整天和我打听你的考试成绩，每天问我你开不开心，连咱们学校食堂每天做了什么饭他都想知道。高考之前，他还让我把准考证拍给他看，说想看看咱们的准考证长什么样。他说，没能和你一起参加高考，他心里特别遗憾。

"他去G大以后，比以前更拼了，每天从早忙到晚，游戏从来不打，零点之后微信还一直在线。我知道他上进又好强，但总觉得就算读书用功，也不至于把自己累成这样。后来他告诉我，因为他要赚钱，要经济独立，要为未来做好规划,这样才能和他妈谈条件,争取尽早回国,不让他妈再控制他。

"我问他为什么不找你,他说等他手伤好了再说。我当时被气着了,也看不惯他这个性子还能厌成这样,没忍住说了一句,那万一你这破伤就是好不了呢?等它彻底好了,江萌早就和别人在一起了!

"结果他竟然说,如果他这破伤一直不好,那你和别人在一起,也挺好。"

她捂住胸口,无声地哽咽,眼泪止不住地簌簌往下掉。

"我今天看见他发的朋友圈,知道你俩在一起了,又正好喝了点儿酒,就把该说的不该说的一口气儿都说了。

"萌萌妹妹,我把光光交给你了。在我心里,你是一个特别好的人,光光也是。你俩都特别好,特别合适,特别般配。

"看见你们俩得偿所愿,我特别开心!特别感动!

"唔……不说了妹妹,我先去趟厕所!"程勇说完,迅速挂断了电话。

江萌怔怔盯着手机屏幕,恍惚间,早已泪流满面。

她蓦然想起大一开学时去北京的路上,丁峻明给她发来消息,问她为什么要提前上车,为什么不和许澄光多待一会儿再走。她回复说,知道他过得好就够了。

半晌后,丁峻明回说:你怎么知道他过得好?万一他过得不好呢?

她咬紧牙关,忍着心口的剧痛继续回复:那也和我没有关系。

丁峻明没有再回复她。

泪水铺满脸颊,江萌浑身颤抖,不知道自己当初为什么会说出那样残忍的话。

如果他过得不好……

那也和她没有关系。

怎么可能和她没有关系呢?

她不知道,原来一直以来,他所承受和付出的要比她多出这么多。

他什么都不说。

她返回微信主页,想要给他发消息,突然看到朋友圈的消息提示栏第一次出现了 99+ 的小红点。她立刻点开查看,发现许澄光在今晚发布了一条朋友圈,并且 @ 了她。

朋友圈文案是:七年,我终于等到她了。

文案下面有两张配图。

一张图片上是他曾经寄给她的信纸和卡通小狗生肖卡片。

另一张图片上是蓝色港湾的烟火灯光下，他们十指相扣，交握在一起的两只手。

评论区热闹得仿佛炸了锅，几乎每个人都在@她。

程勇第一个评论：啊啊啊啊啊！我嗑的CP终于成真了！兄弟们，快把"许澄光暗恋七年"顶上去！

有人惊讶地问：什么情况？许澄光暗恋七年？

丁峻明回复他 没错，想不到他搞暗恋吧？我属实也没想到。[微笑表情]

沈冰清紧跟着说：+1，怪我对他不够了解。[微笑表情]

有高中同学在评论区里喊：春节回家必须宰他一顿！这么大的事，瞒了咱们这么长时间！

丁峻明立刻附议：必须宰他！赶紧出来！说你呢！@许澄光@许澄光@许澄光

江萌含着眼泪笑了，睫毛上挂着泪珠，眼睛滚烫，心口也一片炙热。

她退出朋友圈页面，手机提示音突然响起，一条来自同系学姐的微信消息弹了出来。

学姐：萌萌，今晚记得更新公众号。

学姐：你学长假期去海边旅游了，拍了张特别满意的风景照，非要让你放在今天的公众号推送里，说你自己取个标题就行。

她回复说好，打开学姐发来的照片，发现照片中呈现的画面，是一片海浪和一轮月亮。

皓月当空，夜色如墨，无边的潮水起伏涨落，被月色镀上粼粼波光，如同细碎的钻石撒落于海上，将整个海面装点得潋滟如画，斑斓若梦。

江萌不禁陷入恍惚。

她思索片刻，打开公众号后台，上传了这张照片，并在文章标题处打下了一句话——

  潮汐看见月亮。

你知道吗，许澄光？

我遇见你，就像潮汐看见了月亮。

自从我们相遇的那一刻起，你便成了我心中可望而不可即的梦想。潮汐因月亮的引力而出现，我亦因你而获得了不可战胜的力量。是你散发出的耀眼光芒给予了我指引，让我得以奔流不息，汹涌澎湃，直到摘下属于自己的那一片温柔月光。

以前，我一直觉得，潮汐和月亮无法共生。

直到今天，我才终于明白。

潮汐和月亮相遇，才是世间最美的风景。

它们相守相望，彼此成全，彼此照亮，终于因爱而得以共生。

# 【第二十三章 – 结局】

十八岁漫长潮湿的雨季终会过去。青涩时光中暗恋的回音与惊喜，藏在触手可及的明天里。

寒假回家，江萌提前买好了高铁票。夏亮宇和她乘同一趟车，两人座位相邻。

"难怪元旦假期约不到你，原来是许澄光过来找你了。他回国，是特意来找你表白的？"夏亮宇笑着问她。

江萌唇角弯起，轻轻地"嗯"了一声。

"萌萌。"他突然喊她的名字，神色专注郑重。

她怔怔抬起头看他。

"一定要幸福。"他语气认真。

江萌依旧怔怔的，觉得他突然转换了神色，这么严肃正经的样子……有些反常。

"我正好还有话想问你。"夏亮宇紧接着说，"怎么一个人去做心理治疗，不告诉我，也不找我陪你？"

"我怕麻烦你。"她不好意思道。

"我们之间，不用怕麻烦。"他说，"你一直都是我最好的妹妹。我可真把你当亲妹妹对待，所以，一定不许再和我见外了！可以吗？"

"嗯！以后不会了，亮宇哥。"江萌弯起眼睛，笑着答应道。

"有点困了，我睡一会儿。"夏亮宇安静地注视她片刻，随后转过身去，靠着椅背合上眼睛。

刺眼的阳光透过车窗打在他的脸上，他眉头微皱，江萌站起身，默默地将车窗的遮光帘拉了下来。

她注意到他的睫毛和身体似乎都轻轻颤了颤，仔细一看，又好像没有颤。似乎是她产生了错觉。

手机微信的提示音突然响了一下，江萌点开屏幕，眉眼弯弯，唇边扬起了温柔的笑意。

许澄光给她发来一张照片,接着发语音说:"我舅特意给你准备的零食大礼包!店里留了一份,等你过来吃。另一份已经快递到姥姥家了!"

她连忙回复:"不用,太多了!"

"没事儿,不多!他说是他的心意,你就收下吧!"他继续说,"他还给你包红包了,说等过年亲自交给你!"

许澄光:"告诉你一个秘密。昨晚我给我舅发了个新年红包,他坚持不要,后来拗不过我,勉强收下了。今天我发现,他把里面的钱全拿出来了,偷偷塞进了给你的零食大礼包里。"

许澄光:"你把钱收下吧!到时候我买点礼物,咱俩一起带给他!"

他顿了顿,认真地道:"萌萌,我很爱你,我舅也是。"

许澄光:"我们都很爱你。"

许澄光:"我们萌萌这么好,永远值得拥有很多很多爱。"

泪水在眼眶中氤氲,江萌鼻尖凝起酸涩,心口滚烫一片。

她吸了下鼻子,轻声问他:"你什么时候回国?"

"大概……或许……你一下车就能见到我?"他又发来一条语音,声音懒洋洋的,语气里满是骄傲得意。

"你提前回来了?"她猛地从椅背上坐直,惊喜问道。

"嗯!我来接我女朋友,"少年嗓音含着笑意,在说到"我女朋友"四个字的时候,故意把字咬得很重,"和她一起回家过年。"

江萌看着屏幕笑了,眼睛烫烫的,睫毛被滚烫的泪水浸湿。

她轻轻关上手机,仰头去看另一侧车窗外的天幕。

天空澄澈,云朵是奶油色的,像软绵绵的冰激凌,融化在空气中,一呼一吸间,仿佛能嗅到香甜馥郁的气息。

她坐了这么多次高铁,居然从来没有发现过,窗外的风景会这么好看。

曾经因为思念,每次回家路上,她总是习惯性地插上耳机,闭上双眼,让熟悉的歌声旋律带着她躲进回忆,重新回到十七岁那年的夏天。

仿佛只有闭上眼睛,她才能和那个让她朝思暮想的少年再次相见。

然而这一次,她在上车后竟然没有听歌,而是始终紧握着手机,时刻留意着屏幕上出现的消息提醒,生怕错过某个人发来的任何一条消息。

思念终于不用再颠沛流离,而是安稳降落在某个人身上,被他伸手用力握紧,珍重妥帖地安放在自己的心里。

光阴辗转,他们终于重新回到了彼此身边。

这一次,他们各自变成了更好的大人,勇敢地夺回了属于自己的人生选择权。

青春的大雨停歇,从此骄阳明媚,晴空万里。他们心意笃定,再也不会同彼此分离。

"萌萌,告诉你一个消息,我谈恋爱了!"

大一下学期,开学后不久,沈冰清突然给江萌打来电话。

江萌心中一惊,下意识地想到了谢泽阳。

"他是我大学同学。"沈冰清补充道。

江萌晃神,收回了思绪。

"他人特别好,和他在一起的时候,我特别开心!萌萌,我觉得,我真的很喜欢他!"

"开心就好。"江萌笑了,"一定要幸福!"

"嗯,我们都是!一定要幸福!"沈冰清嗓音带笑。

光阴如梭,大学时光在每个人的奔波忙碌中流淌而过。

大四毕业,江萌保研到北大的中文专业,许澄光也顺利考上了北大医学部的研究生,来到北京。他们一起在北京租了间房子,拥有了一个属于他们两个人的小家。

听说谢泽阳保研到了清华,暑假结束后也会来北京。而沈冰清则选择去上海工作和生活,她的男朋友肖逸宁刚好是上海人,二人决定在上海定居。

江萌研究生毕业这一年,沈冰清和肖逸宁结婚了。

她和许澄光作为伴娘和伴郎,一起出席了沈冰清的婚礼。沈冰清婚后不久,电影《清清》终于上映。

江萌作为这部电影的编剧,被制片方要求配合参加影片在上映前的宣传和采访工作。她跟随主创团队来到L市,因为临行时走得匆忙,把采访需要用到的文件材料落在了家里。

恰巧几天后许澄光要来L市参加高中同学的婚礼,江萌告诉了他文件夹存放的位置,交代他把材料带给自己。

然而当晚她却突然收到消息，说采访会提前开始。材料还没拿到，江萌有些着急。

"别担心，我想想办法。"许澄光在电话里说。

第二天一早，她收到了一条来自谢泽阳的语音消息。

"我来L市出差了。你要的文件夹在我这里，你什么时间有空，我给你送过去。"

江萌看到消息，心脏重重一颤。

她记得自己的文件夹里放着一本沈冰清曾经写过的日记。

一本写满了谢泽阳的日记。

如果谢泽阳看到了这本日记，该怎么办呢？

那天晚上，她隐约有些忧虑，无意间发现谢泽阳发了一条朋友圈。

谢泽阳平时很少发朋友圈，除了转发学校的活动通知，或者为室友的评奖评优拉票，他几乎从来没有在朋友圈里发布过任何动态。

然而这一晚，凌晨两点，他在朋友圈里分享了一首歌——

李荣浩的《年少有为》。

不知道为什么，江萌有一种直觉。

她直觉谢泽阳一定看到了那本日记。

她也同样直觉，谢泽阳对沈冰清，并非一直没有感情。

翌日傍晚，谢泽阳约她在理工大学附近的一家咖啡馆见面，把文件夹交给她。

"你看到那本日记了？"她试探着问。

他点头。

"我有个问题一直想问你。"她说，"你喜欢过清清吗？"

"我特别想骗你说没有。"他扯起唇角，苦笑了一下，"但我忽然又特别想对一个人说一次心里话。"

他淡淡开口，语气异常平静："我喜欢她，一直都很喜欢。这么多年来，我只喜欢过她。"

江萌愣住了："我完全不知道……"

"所以，我是不是比你藏得更深？"他笑了，调侃她，"毕竟你喜欢许澄光，我早就看出来了。"

江萌沉默许久，问道："高考结束后，你有想过去找她吗？"

"咱们出发去学校那天，在火车站，我犹豫了很久要不要上车去找她。后来看见她的车开了，我就骑车去追那辆车。

"但偏偏一路遇到的都是红灯，我没追上。

"所以我觉得，就这样算了吧。

"或许一切都是天意。"

缘分总是眷顾勇敢者，就像她并不知道，如果当初许澄光没有义无反顾地回国来找她，他们之间是不是也会变成同样的结局。

命运不肯宽宥胆小鬼，只有勇敢者才能突破命运设下的重重阻碍，披荆斩棘地来到爱人的身边。

"你有没有看过一部韩剧，名字叫《请回答1988》？"江萌说，"这部剧里面有一句台词：'搞怪的不是红绿灯，不是时机，而是我数不清的犹豫。'"

谢泽阳神情苦涩地摇头。

江萌："我到北京之后，林老师请我吃了顿饭。她对我说了一句话，我印象特别深。

"她说：再勇敢一点吧，萌萌。

"因为勇敢是有期限的。"

他静静地看着她，唇角扬起弧度："嗯，所以特别为你和许澄光高兴。你们抓住了勇敢的有效期。"

"下一次，勇敢一点。"江萌和他对视，认真地说。

"好。"谢泽阳答道，接着说，"许澄光说，让我带你去海边一趟。他提前飞过来了，说想陪你跨年。他没直接跟你说，估计是给你准备了惊喜。"

江萌无奈地笑了。这个家伙竟然刚下飞机就开始折腾，也不知道休息一下，她心中嗔怪，心疼又感动。

他们打车来到曾经来过的那片海岸，看到了许澄光、程勇、林絮和江亦风。

几个人一起在海边跨年。

沙滩上开了间露天酒吧，白色的尖顶帷帐架在平整光滑的木质地板上，顶端纵横交错的彩灯投下一束束鹅黄的幽光,远远望去,仿佛一座落日余晖下的象牙塔,构造别具一格,神秘而浪漫。

吧台旁边的自助烧烤架前,林絮和江亦风正在忙碌着为大家烤东西吃。其他人想过去帮忙,无一不被江亦风拒绝。

"你们小孩儿等着吃就行,干活的事让我们大人来。"他说。

"你哥可真逗!我高中毕业快十年了,头一次被人叫小孩儿!我严重怀疑你哥是想和林老师过二人世界,让咱们离人家两人远点儿!"程勇在江萌耳边低语。

江萌笑了,还没来得及回话,身旁的程勇就被一个突然出现的少年扯着胳膊拽走了。

"凑这么近干吗?"许澄光瞥了程勇一眼,用眼神发出示意,"串儿都烤好了,赶紧吃去!"

程勇一脸无语,边走边摇头嘟囔:"你们一个两个的,真行。还吃什么串儿啊,吃狗粮都管饱……"随即哭号,"阳哥!我想你……"

海风潮湿清凉,潮汐涨落不息,跨海大桥闪烁变幻着迷离炫目的灯光,仿佛和岸上的人们一同陷入了沉醉。

许澄光拉着江萌在沙滩上坐下,脱下外套罩在少女的肩上,随后双手枕在脑后,长腿伸展,歪头偏向她,目光温柔地凝视她的侧脸。

江萌眼睫低垂,双手合十,对着月光虔诚地许下了自己的新年愿望。

"新年许的什么愿望?"他看着她问。

"说出来就不灵了。"她转过身说。

"谁说的!"少年反驳,解释道,"我就是想知道,你的新年愿望里有没有我。"

"没有你。"她故意逗他,回答得干脆直接。

许澄光不说话了,低垂下头,整个人蔫巴巴的。

"我们交换愿望吧!"江萌嘴角噙着笑,狡黠地眨眨眼,"你先把你的愿望告诉我!"

"我的愿望是……"少年支支吾吾,"明年夏天,你可以……明年夏天,你可以答应嫁给我。"他的声音越来越低,在晚风的呢喃中,低得让人快要听不清。

"好。"江萌笑眼弯弯,望着他认真回答说。

"什么？"少年猛地从沙滩上起身，很是惊讶。

"我答应你了啊。"少女不明所以。

"不行不行！你答应得太草率了！不对不对，是我自己太草率了。这是求婚，怎么能这样？反正不行……"

他一脸慌乱，兀自嘀咕起来。

江萌被逗笑了，无奈地向他妥协："好吧，那算了。我再考虑一下。"

看到他一点一点塌下去的表情，江萌笑得更加肆意。她终于不忍心再继续逗他，轻轻开口转移了话题。

"光光，你猜猜看，我的新年愿望是什么？"她低声问。

海面倒映着月影，两人并肩而坐，双手撑在身后的沙滩上，一起仰着头看月亮。

忽然，一道流星划破天际，却并没有引来惊呼声。众人早已回到帐篷里，摇篮般的海岸异常安静，听不见任何声音。

只剩下少年和少女平缓交替的呼吸声。

"我的新年愿望是，希望未来的自己可以更有勇气。"

少女说完站起身，双手环抱住少年的脖颈，缓慢靠近他的唇，随后，在缱绻的海风中，轻轻地吻了下去。

你知道吗，许澄光？

自从我失去声音的那一刻起，我也同时失去了勇气。是你毫无保留地把自己身上的勇气借给了我，让我能够拥有强大的力量去追求梦想、对抗命运。

现在，我想把自己丢失了二十几年的勇气全部找回来。

然后用加倍的勇气，不顾一切地、万分勇敢地奔向你。

其实，不管你会不会问出这个问题。

我都想要主动走向你。

我想要站在你的面前，亲口告诉你，我愿意。

我愿意永远和你在一起。

我一直都愿意。

少年怔忡了一瞬，而后马上吻住她，珍重而爱惜地吻着。

海水翻涌堆叠，月色洒下薄光，将整个沙滩映照得皎白明亮。少女乌黑的发丝在风中飞扬，他的目光锁在她的脸庞上，双手扣住她的腰，与她气息相融，吻得忘情而缠绵，任由彼此的世界在幽蓝的夜幕下倾倒，和她一起跌落进繁星璀璨的仲夏夜梦境中。

新年的钟声敲响，万籁俱寂的海岸上，这无人知晓的一吻，被晚风与海浪、月光与潮汐一同见证。

他们曾经走失在青春的迷宫中，茫然无措，踟蹰犹豫。幸而兜兜转转，等待寻觅，在经年之后凭借着一腔不曾熄灭的孤勇与爱意，得以和彼此奔赴重逢。

年少时发生的爱情，永远最热烈也最赤诚，如同一场不由分说的宿命。

倘若命运将我们推入黑暗的深渊，倘若缘分的路标无法给我们指引，那么愿我们可以在黑暗中仗剑执刃，冲破命运布下的重重阻碍与荆棘，亲手点亮心间那盏由勇气化成的明灯，借着灯光寻找到青春岁月里遗失的爱人。

年少的盛夏难免会有暴雨雷鸣，雨水渗入生命，蜿蜒成青春独有的纹理与痕迹。

所以不必慌张，不必恐惧。

十八岁漫长潮湿的雨季终会过去。

青涩时光中暗恋的回音与惊喜，藏在触手可及的明天里。

- 全文完 -

## 【许澄光番外 - 女孩】

"老谢,我想江萌了。很想很想。"

"去见她吧。我猜,她一定也很想见你。"

谢泽阳的这句话,让他几欲落泪。

半小时前,他独自从酒店离开,在出租车上订了回国的机票,下车回到家后迅速开始收拾行李。

今天在酒店的聚餐又是他妈妈约了闻叔叔全家一起,两家人再度提起希望他和闻毓可以尽早订婚的事。他心情烦躁,起身准备出去透透气,在走廊里收到手机的微信消息提醒,顺手点了进去,发现是一条 S 大心理咨询室公众号的最新推送。

他几乎一刻不待地打开了这条推送,随后,他看到了一条音频。

声音来源:江萌。

声音来源……声音……江萌。

他的心脏骤然一缩,全身发麻,连呼吸都停掉了一拍。

几乎是抖着手,他点开音频播放键,听见一道甜美悦耳的女声从手机听筒里传了出来——

"大家晚上好呀。

"我是江萌。

"今天我想和大家分享一句我很喜欢的名言。

"'我身上有一个不可战胜的夏天',出自加缪的《夏天集》。

"我相信,人的身体里是有一种不会被战胜的、可以冲破一切的力量的。一旦相信自己拥有这种力量,再去投入行动,就会离成功越来越近。

"毕竟,当命运给我们下绊子的时候,我们得站在自己这一边。"

眼泪像失控一样倾泻而下，"啪嗒啪嗒"地砸落在手机屏幕上。他慌乱地用手把水渍抹干，眨了眨眼睛，努力看清楚播放键的位置，颤着手指将它再次点开。

少女打招呼的声音又一次传出，伴随着那句陪伴他度过整个少年时代的名言和那句他曾经对她说过的话，无比清晰地回响在他的耳边。

"晚上好呀，我是江萌。"

我是江萌。

晚上好。

他忽然不敢再继续听下去了，把手机抵在胸口，卸尽了全身力气，顺着墙面缓缓蹲下，哭着又笑了。

他分不清自己究竟是开心还是难过，连他自己都说不出来，这一刻心里的情绪究竟是怎么样的。

萌萌可以说话了。

这是他第一次听见她的声音，怎么可以这么好听？

全世界任何人的声音都不会有这么好听。

他忽然特别着急，特别无措，特别想给她打一通电话。

他想亲耳听她叫他的名字，他想听她说出"许澄光"三个字。

他还想听她跟他打招呼，听她笑，听她和他说话……他真的，好想好想。

他真的好想好想她。

可是……

可是，他们已经整整一年多没有联系过了。

而且，她有喜欢的人了，她喜欢的人是夏亮宇。

她不喜欢他。

他蹲坐在墙角，颓然无力地盯着手机通讯录里的拨号键，眼神空洞，手指僵硬，久久没有任何动作。只有眼泪还在不断地从通红的眼眶里滚落，他用手背抹了一把，很快又会涌出新的。

他不禁有些恍惚。

从小到大，他还从来没有这样哭过。

他也从没有，这样懊恼和无助过。

好像在阴影里待久了，他真的已经把自己当成一道影子了。

电影镜头里出现过的那些美好画面——恋人之间的奔赴、重逢、告白、拥抱。

影子哪里来的资格去做这些事。

更何况，他们也从来都并非恋人。

他轻扯唇角，仰起头，任泪水再次顺着眼角悄无声息地滑落。

"许澄光，你知不知道你在哭？"不知何时，闻毓突然出现在他面前，神情复杂地静静盯着他看，沉默半晌后，对他说，"回国去找她吧。"

见他没有反应，闻毓将自己的话重复了一遍，语气一反平常，强硬而果决。

她说："去找她。"

"说真的，你没有她勇敢。

"你知道吗？在你决定出国之前，你妈找过她，想让她帮忙劝你出国，还让她和你保持距离。"

许澄光猛然抬头："你说什么？"

"她当时给你妈写了一封信，具体内容我记不太清了。不过你妈不是一直有保留所有纸质信件的习惯吗？你可以现在回家找找看。"

许澄光扶着身后的墙壁，踉踉跄跄地站了起来。

"谢了。"离开前，他转头向闻毓道谢。

"不客气。"闻毓扬起唇角，明艳的五官轮廓隐匿在昏暗的光影中，对着他的背影高声喊，"许澄光！勇敢一点！这么怂，可一点都不像你！"

许澄光打车回到家，在客厅电视柜的抽屉里翻出一张泛黄的纸，纸页上的笔锋流畅大气，是早已印刻在他心底的字迹。

他颤抖着双手将整封信读完，泪水盈满眼眶，情绪剧烈翻涌。

就在那一刻，他突然什么都不愿意再去想了，他只想马上见到她。

他想立刻找到她，当着她的面亲口告诉她，他喜欢她。

就算她会拒绝，告诉他自己喜欢的人不是他，那也没有关系。

他只是想亲口告诉她，他喜欢她。

在回国的飞机上，许澄光酒意未消，恍惚间，脑海中浮现出许多过往的画面。

他忍不住回忆起自己第一次见到江萌时的样子。

他至今都还记得,自己人生中经历的第一次失败,是小学六年级竞选少先队大队长那天,他以几票之差输给了同班的女生符昕雅。

而符昕雅之所以能够在竞选中胜出,是因为她写了一篇让所有评委老师都非常满意的发言稿。那篇发言稿文笔优美,气势磅礴,完全不符合她平时的写作水平。后来,符昕雅告诉他,那篇稿子是她表妹给她修改的。

"你妹上几年级?是咱们学校的吗?叫什么名字啊?"

"不是,她在我老家那边的小学。"

"她叫什么名?"

"不告诉你!"

许澄光对那篇发言稿的作者好奇得不行,却终究没能在符昕雅的口中打探到任何消息。

他似乎已经忘记自己在大队长竞选中惨败的事了。

反倒是符昕雅的守口如瓶,让他失落了好久。


"江汐!你能不能走快点?"

小学六年级暑假的某天,在去往小升初补习班的路上,许澄光看见符昕雅身后跟着一个陌生的女孩。符昕雅走得很快,女孩跟在她身后,追上她的时候,帮她捡起了一个落在她身上的杨絮。

"什么东西啊?"符昕雅皱着眉问。

女孩摊开手给她看。

符昕雅以为是虫子,吓得退后一步大叫出声。

女孩笑了。

不知道为什么,看到这一幕,许澄光也跟着笑了。

他一向不喜欢符昕雅那种任性又跋扈的性格,看她被人捉弄,自然忍不住想笑,可又觉得自己的笑不单单是因为符昕雅被捉弄了,而是因为他觉得,这个叫"江汐"的女孩……很可爱。

她的一双眼睛特别大,不禁让他想到了沈冰清从小就爱买的那些洋娃娃。

怎么会有人的眼睛比洋娃娃的还要大?

而且她的笑容也很纯真、很清澈……

许澄光想不出一个准确的形容词,他语文向来不好。他第一次懊恼为什么自己的语文这么不好,不然,他真的很想马上找出纸和笔,把她的样子描述下来。

用最干净美好的词语,把她的样子描绘在纸上。

补习班教室里,他发现这个女孩总是独自安静地坐在角落,从来不和人说话。

符昕雅说,她这个表妹小时候受过心理创伤,留下了后遗症,不能开口说话了。

符昕雅说这句话的时候,他正在做数学题,忍不住回头看了女孩一眼,又在察觉到她要抬头的时候匆忙转回头,动作不自然地挠了挠后颈,埋下头继续做题。

她应该不喜欢别人对自己的注视和打量吧。

没有人会喜欢被打量。

而且,他相信只要是病就一定能治愈,只是时间问题。更何况,就算她现在暂时不能开口说话,她也还是很可爱。

很可爱,让他忍不住总是想要偷看她。

他想努力找个机会,让她认识一下他。

那天补习结束后,回家的路上,在过街通道里,他看见一个盲人小女孩正坐在路边拉二胡。

他摸了下衣服口袋,想找找身上有没有零钱,耳边突然传来了符昕雅的声音。

"我没带钱,而且我看电视上说了,大街上这种卖艺的好多是骗子!你也别给了!"符昕雅对身旁的女孩说。

女孩固执地摇头,走到小女孩面前,把自己的零钱包塞进她的手里。

"你把零花钱全给她了?"符昕雅惊讶地问,"那你花什么?"

女孩只是笑笑。

"姐姐,太多了!我不要!"拉二胡的小女孩连忙说,却听不见任何回应。

"她不能说话。"符昕雅在一旁解释,"她想给你,你就收着吧。"

"那我更不能要了!"小女孩急声道。

"没关系。"女孩温柔地笑了,写下一段话递给符昕雅,让她帮忙念给小女孩听。

"她说,就像你通过拉二胡赚钱一样,她给你的钱,也是她参加征文比赛赚的。所以不用不好意思拿。"

许澄光看得出神,被身旁的丁峻明拍了下肩膀。

"那是符昕雅她表妹吗?还挺可爱的。看不出来啊,这么有爱心,和你真像。"丁峻明挑眉说道。

许澄光眼睫毛颤了颤,没接话,转头问丁峻明:"带零钱了吗?借我用一下,待会儿到超市还你。"

"要多少?"丁峻明问。

"有多少要多少。"许澄光凝视着女孩离开的背影,目光落回拉二胡的小女孩身上。

第二天,他在超市写作业时,恰巧碰见符昕雅的妈妈来店里买菜。符昕雅的妈妈和舅舅是老同学,两人聊起了家常。

"小汐这孩子,和小雅不一样,听话懂事得过分。而且是个特别不一般的孩子,小小年纪,特别有内秀,还一点儿也不张扬。

"她每天都主动给我们做早饭吃,家务也总抢着干,把我和小雅她爸弄得都不好意思了!"

舅舅笑道:"小汐是不错,小雅也挺好。"

"小雅让我给惯的,实在太任性了!在学校里一点儿委屈都受不了,不管是老师还是同学,谁说她一句都不行!"

"光光。"阿姨走后,舅舅对他说,"你平时在班里,多让着点儿你小雅妹妹,多关心关心她!"

"我不要!"

"你这孩子!"舅舅气得不行。

"她也从来不让着我啊!"许澄光委屈巴巴。

舅舅训斥他:"没有风度!"

许澄光耸肩:"你说没有就没有呗。"

"还有你小汐妹妹。"舅舅转了话茬,"她父母不在身边,自己一个人在外面生活不容易。你在补习班多关心她一下,以后有机会带她来超市玩!"

"OK!没问题!"他高兴地答应。

许澄光没有告诉舅舅,其实就算他不嘱咐自己,自己也会关心她的。他这样做的原因很简单,仅仅是因为他想关心她。

不是出于对一位"特殊同学"的同情和照顾,恰恰相反,他觉得自己很佩服她。在他眼中,她的内心很勇敢,也很强大。

他喜欢勇敢强大的人,所以,他总是发自内心地想要帮助她,想要对她好,甚至忍不住想把自己不曾向他人透露和分享过的秘密心事讲给她听。

因为他潜意识里觉得,她一定能懂得他。

果然,她听完后,弯起眼睛朝他竖起大拇指,指了指他,又指了指自己的大拇指。

午后阳光刺眼,女孩的脸庞映在光里,脸上的笑容比头顶的阳光还要温暖明亮。

她成了他心中一抹不一样的光。

他和她在补习班结束后便没有再见过面。

初一下学期,有个女孩来超市买东西,发现他的手受伤了,买了一盒创可贴送给他。

女孩的脸被厚厚围巾遮住,他思绪恍惚,看不到女孩的样子,却因为女孩一双清澈明亮的大眼睛,莫名觉得这个女孩很像她。

可符昕雅告诉过他,江汐没有在市里读初中。她没在市里上学,又怎么可能会来澄光超市买东西呢?

许澄光怔愣许久,忽然觉得,自己有些想念她。

"舅,你会手语吗?"那天晚上,他问刚出门回来的舅舅。

"手语?我不会。怎么了?"舅舅疑惑地问。

"没事。"他摇摇头,"就是……突然很想学手语。"

"我记得咱们超市附近就有个手语班,你想学的话,我给你出学费!"

"真的?在哪儿?学费不用您出!我自己有钱!"

"你哪儿来的钱?"舅舅笑了,问他,"你觉得你妈肯出钱让你学手语?"

"我当然不指望她。"他说,"我可以自己赚钱!"

许澄光说完,脑海中浮现出过街通道里女孩温柔的笑容,心上一暖,也扬起了唇角。

报名手语班后,许澄光每次放学都最后一个走,留在讲台上抱着教材向老师请教问题。老师好奇地问他:"我特别想知道,你为什么要学习手语?"

"我有一个……妹妹,她不能说话,但我想听到她的声音。"他回答。

"那你已经可以做到了。"老师说,"不用这么刻苦,这么较真。"

"不行!"他说,"我必须把手语学得特别好,因为我想当第一个能听到她声音的人。"

"第一个?"老师笑着问。

许澄光认真地点头:"嗯!在所有人中,用最快的速度,第一个听到她的声音。"

"那你真的很爱你的妹妹。"老师说。

许澄光怔住了,还没回过神,就听见老师接着说:"你是一个好哥哥。"

"来,大家抬头看屏幕。"语文课上,语文老师把两篇作文并排放在了讲台旁边的投影仪上,"看我投屏的这两篇作文。"

"哇哦!"

"这不是我们光光的大作吗?"丁峻明和程勇高声起哄。

"另一篇作文是谁的啊?"程勇扶着眼镜好奇地问。

"江萌的。"一旁的符昕雅淡淡地开口。

"江萌?几班的?"程勇扭头问同桌符昕雅,"你认识吗?"

"她是我妹。"

"啥?"

"我说,和许澄光的作文一起投屏的这篇作文,是我妹写的!"

"你妹不是叫江汐吗?"

"她上初中就改名了,我姥姥给她改的。"

"都安静!抬头看屏幕!"语文老师敲了几下讲台,厉声说道,"没有对比就没有差距!

"许澄光,我最后提醒你一次!

"在语文上,尤其在作文上!要想不影响中考成绩,你最好给我上点儿心!"

许澄光讪讪低头,又忍不住偷偷抬起头,去看大屏幕上正在被语文老师讲解和夸赞的那篇作文。

作文的题目叫《相逢》。

相逢,相逢……

究竟要等到什么时候,他才能和这篇作文的主人再次相逢?

他迫不及待地想要告诉她,他已经学会手语了,而且把手语学得特别好。他可以看懂她想说的话,也可以用手语和她说话。

他们究竟什么时候才能再见面呢?

他好想见到她。

"老师!老师!"下课后,许澄光追上从教室里离开的语文老师,急切问道,"您还有江萌同学写过的其他作文吗?我想拿回去学习学习!"

"终于知道上心了?"语文老师瞥了他一眼,唇角微翘,把手里的几张作文纸递给了他。

"必须的!"他立刻鞠躬道谢,"谢谢老师!"

放学回到家,他坐在书桌前,笔尖停顿在验算纸上,正打算把自习课上没做完的数学题做完,却不由自主地写下了"江萌"两个字,又写下了"江汐"两个字,嘴角扬了扬,不知不觉绽开了笑容。

这两个名字还都挺好听的。

也都很适合她。

等下次见面的时候,他一定要叫一次她的新名字。

他想。

中考结束,他得知江萌被实验中学录取,开心得不得了。

他觉得,一定是上天听见了他的心愿,所以大发慈悲,安排了他们再次相逢。

整个暑假,他半个多月没有出门,把自己关在房间里,对照手语书把学过的手语重新练习了一遍。

他一边练习,一边控制不住地想起她,想起她的笑容,她做手语的样子,她写过的作文，她的中考成绩……

即使遭受过命运带来的不幸，她也还是没有被打败，反而成了一个这么美好又优秀的女孩子。

他的脑海中莫名地闪过手语老师对他说过的那句话——"你是一个好哥哥。"

他想，等他们再见面的时候，他一定要对她更好才行。

高一开学那天，丁峻明让他帮沈冰清带一杯奶茶。他知道江萌和沈冰清被分在同一个班，特意多买了一杯。

后来，他问沈冰清："你和江萌提起过我吗？"

"提过啊。我说你是我表哥，叫许澄光，在一班。"沈冰清说。

"那她说什么？"他殷切地追问。

"她就点点头，表示知道了啊。"

"没有了？"

"她还说，谢谢你送的奶茶。"

许澄光眸光一暗，脸上的笑容渐渐消失。

他想问问她还记不记得他，却突然想到符昕雅说他小时候在补习班里特别嘚瑟，最能显欠儿，每天抢着接老师的话，影响其他同学听课，真的非常招人烦。

他觉得自己已经不像小时候那么毛毛糙糙了，如今十六岁的自己，已经成熟稳重多了。

至于过去小时候的自己……

就让他过去吧。

他打算重新和江萌做朋友。

和她重新相处之后，他渐渐发现，他去十六班找她的次数变得越来越频繁。

他发现自己喜欢和她见面，喜欢逗她笑，喜欢和她一起去做各种各样的事情。他还发现自己总是担心她，怕她生病，怕她难过，怕她受伤，怕当她遇到危险或者受到委屈的时候，自己不能马上赶到出现在她身边。

直到有一天，丁峻明问他："你是不是喜欢江萌？"

他一愣。

"喜欢就是喜欢,不喜欢就是不喜欢。哪儿有这么磨叽?"丁峻明没了耐心。

"我不早恋。"他说。

"谁让你早恋了?"丁峻明气急吼道,"人家江萌也不早恋!

"我问的是喜欢!喜欢喜欢喜欢!

"你喜欢江萌吗?"

见他不回答,丁峻明无奈地妥协:"行,那我换个问法。知道江萌喜欢夏亮宇,你心里难不难受?"

他诚实地点头。

"那你就是喜欢江萌。"丁峻明笃定地说。


"她不喜欢夏亮宇。"

学校艺术节演出那天,他在得知江萌的暗恋对象姓氏拼音首字母是"X"时,更加确信她喜欢的人是夏亮宇,心中烦闷得不行。然而他的同桌谢泽阳却告诉他,她喜欢的人不是夏亮宇。

他问谢泽阳:"你怎么知道?"

"我猜的。"谢泽阳沉默片刻,扭头问他,"没准她喜欢的人是你呢?X、C、G?"

谢泽阳故意把字母"X"的发音咬得很重,许澄光嘴上说着不信,心中却抱有一丝侥幸。

没有人知道,他有多希望这个"X"代表的不是"夏",而是"许"。

他下意识想到了以前那些向他表白过的女生,终于恍然发现,原来想要对一个人表达出自己的心意,其实并不是一件容易的事。

"老谢。"许澄光突然喊了一声一旁正在埋头做题的谢泽阳。

"怎么了?"谢泽阳笔尖一顿,疑惑地看向他。

你有喜欢的人吗?

你能明白喜欢上一个女孩之后,那种小心翼翼、浑身别扭难受的感觉吗?

许澄光看着自己的同桌,这个向来清心寡欲、满脑子只有看书和做题的谢泽阳,深深地叹了口气。

"没事。"他把下巴搁在桌面上,耷着脑袋低声说道。

许澄光觉得,他愿意等,也愿意去规划和期待未来。

反正现在他还和江萌在一起,他们可以一起上学放学,一起去图书馆自习,一起在超市吃火锅,一起去其他城市旅行。

未来,他们同样可以继续在一起。

江萌说她也想去北京读大学,真好。

他信心满满地规划和期待着他们的未来,夜以继日地为了这个未来去拼命努力,却没有料想到,高二下学期的暑假会发生那场意外。

他妈妈以他的手伤需要系统治疗为由,逼迫他出国。他起初并不同意,直到他妈妈哽着嗓子质问他:"你不是想学医吗?你不是想……像你爸一样,当一名外科医生吗?

"如果这只手治不好,你还能干点儿什么?

"还是你觉得,你现在执意要留下,只顾着眼前,就真的不用考虑以后了?

"想要保护一个人的前提是自己足够强大。

"你觉得,现在的你真的足够强大吗?

"我说的是真正的强大,不是你以为的那种盲目自信的强大!

"我说了让你出国去治伤,就一定会给你把伤治好!你想提的一切条件,等伤好了再和我说。在伤没好之前,你心里清楚,你没资格和我谈任何条件!"

他被说服了。

出发之前,他去了趟市图书馆,想要再见她一面。

图书馆一楼的落地玻璃窗前,他看见她和夏亮宇正坐在一起上自习。她生病刚好,脸色还很苍白,整个人也没什么精神,写了一会儿作业便放下笔趴在了桌上。

图书馆空调温度低,她肩膀微微瑟缩,身旁的夏亮宇从桌上的手提袋里取出一张薄毯,盖在了她的身上。

薄毯是淡粉色的。

她最喜欢的颜色。

许澄光第一次发现,原来淡粉色可以这么刺眼。

他不愿意承认，那本写着"To 'X'"的日记是他一直以来的心结。就像他同样不愿意承认，萌萌或许真的很喜欢夏亮宇。

而夏亮宇，应该也是喜欢她的吧。不然怎么会主动帮她盖毯子？

夏亮宇本来就应该喜欢她。

她那么好，有谁会不喜欢？

缠满纱布的手掌又开始隐隐作痛，他垂下眼，发现有血迹渗了出来，殷红刺目。他忽然想，如果他的手真的治不好了，以后他该怎么办呢？

他不能再来打扰她了。

他不能这么自私，这么不负责任。

他不敢再继续往下想，扯起唇角，自嘲般苦笑了一声。

从小到大，他自诩聪明，从不相信这个世界上有任何他绝对做不到的事。只要是他想要的，他就会拼尽全力去争取，哪怕对手再强大，竞争再激烈，他都永远不可能退让半步。

从小到大，他从不妥协，从不让步。

然而这一次，他妥协了。

他主动选择了让步，心甘情愿后退一步，退到她和夏亮宇两个人身后。

然后，像一道灰暗的影子一样，偷偷摸摸地跟在他们后面走。

国外的日子总是少了些什么。

他妈妈经常出差，家里基本没有人在。周围所有人都在说英文，他看到的一切也全部都是英文。

就连闻毓在和他说话的时候，也习惯性地中英文混用，让人听着别扭难受。

他想念国内，想念他从小生活长大的Y市，想念L市的海岸，想念实验中学，想念……那个把语文学得那样好的女孩。

他想念江萌。

——"这几次月考她考得都挺好的，成绩单我忘保存了。沈冰清手机里有，我让她发你了。"

——"大课间的时候，有个十五班新转来的小子和她搭讪，还上手拽她，手劲儿不小，把她胳膊都拽红了。"

——"没事儿！你别急！我已经警告过他了！这次是我没及时赶到，以后肯定不能让那小子再碰她一下！他再敢碰，我把他手给撅折了！"

——"她前几天感冒了，听她说是期末复习熬夜累的。我这儿有药，你不用再买了！你临走前给她买的常用药还有不少，都放在我桌箱里。我跟她说是我之前在医务室拿的，都给她了，让她按时吃。这几天沈冰清每晚和她一起开视频写作业，说两人互相监督，保证在十二点之前睡觉。现在她的身体好多了。"

——"期末考完试我们带她去吃火锅了。我让她点菜，她完全不给自己点，选的全是我们几个爱吃的。幸亏你告诉过我她爱吃什么，我全给她选上了！锅底也是她喜欢的！放心吧！"

——"给她过完生日了，我刚到家。生日派对办得特别热闹，沈冰清和程勇他俩太能折腾了，又唱歌又跳舞的，把她感动得不行。你买的生日蛋糕她说好吃，你买的花她也说喜欢。嗯，我知道，程勇我俩谁都没告诉她，蛋糕和花是你买的。"

——"她一模成绩不太好，二模、三模考得都还不错，成绩稳定在年级前五。一模考完，我们几个带她去方特游乐园玩了。她说自己想坐旋转木马，让我们去玩别的，我们仨谁都没走，陪她坐了一天的旋转木马。"

——"我们一起出去玩的照片，我微信发你了。过几天十六班拍毕业照，等拍完拿到照片，我也发你一份。"

丁峻明一直汇报着她的近况。

"高考录取结果出来了，她考上了S大，学的是汉语言文学专业。我记得你以前跟我提过，她也和我说过，这是她最喜欢的大学和专业。嗯，她确实厉害，我也觉得……兄弟，不是吧？你哭了？"

"没有。"许澄光吸了下鼻子，微微哽咽，笑着回应。

"那就好，吓我一跳……"丁峻明在电话里接着道。

"老丁。"许澄光突然叫了他一声，嗓音干涩沙哑，接着一顿，没再说下去。

"谢了。还有他们俩，你帮我跟他们道声谢。"

"这么客气干什么？"丁峻明说，"其实一开始，我挺不理解你这么做的。毕竟从小到大，我们一起长大这么多年，我从来没见过你这样。

"我觉得这不像你。

"但后来……因为我自己的一些事，我忽然就能理解了。

/  247

"我知道,你和江萌的事,你妈不可能同意。但我也知道,你不会放弃,你一定会有办法。

"所以,加油兄弟。我相信你。"电话挂断前,丁峻明难得正经,语重心长地对他说。

"恭喜,你的手伤已经痊愈了。"私人医院里,医生笑着对许澄光说,"现在你可以尽情去做任何你想去做的事了。"

"还不行。"许澄光苦涩一笑。

医生不解,好奇地问:"为什么?"

"因为有一件我很想做……但即使付出了努力,也还是做不到的事。"

"那为什么不放弃呢?"医生问。

"放弃不了。"他轻扯唇角,回答道。

"那你就一定可以做到。"医生拍拍他的肩膀,看着他的眼睛,认真地说。

他没有想到,出国后自己紧绷了太久,平静到近乎麻木的情绪,会在听到她声音的那一刻彻底陷入崩溃。

那一刻,他忽然明白了医生的话是什么意思。

既然放弃不了,那么,他就一定可以做到。

他不想再做一个躲在暗处的暗恋者。

他不想再这样瞻前顾后,这样胆小懦弱。

他不想再做这样的许澄光。

无论会付出怎样的代价,无论将面临怎样的后果,他都可以承担,可以解决。

只要他可以回到她身边。

只要他可以再见到她。

他终于发现,原来当一个人真正深爱着另一个人的时候,思念只会被累积,不会被消磨。

如今,他的思念已经累积到了极点,仿佛喷薄而出的火山岩浆,带着炽热的温度在一瞬间轰然爆发。

于是他决定鼓起勇气,踏上飞机,去见他的女孩。

如果她愿意让他牵住她的手的话——

那么这一次,他会牢牢地牵住她,用尽他身体的全部力量紧紧地拥抱她。

无论他们会遭到多少人的阻止和反对。

无论他们将要前行的道路有多么迷离难测,艰难未卜。

他都永远永远——

再也不可能放手。

## 【夏亮宇番外 - 成全】

夏亮宇从很小的时候就知道，自己家境不够好，唯一的优点大概就只有文艺天赋还可以，加上长相还不错。

他热爱表演，也热爱主持和朗诵，在爸妈的鼓励和要求下，他从小学开始就积极参加市里的各类文艺比赛，几经尝试过后，终于获得了一个入围拿奖的资格。

"大家都要向夏亮宇同学学习！"班主任在班会课上毫不吝啬地夸奖他，又在放学后叫住他，拍着他的肩膀说，"好好准备面试。务必拿奖，别让老师失望。"

他微笑点头，背着书包走出学校，绕远路走进一家菜价最便宜的菜店，买好了晚上和明天自己要做的菜。

"我没什么本事，但我家亮宇可不随我。"小区门口，失业在家的爸爸踩着拖鞋叼着烟，向围坐在石桌前喝酒打牌的邻居们夸耀说。

"随你能行吗？"正在和几个阿姨一起摸麻将的妈妈白了爸爸一眼，"随了你，他长大连口饭都吃不上！"

"随你行！"爸爸一把扔下烟，立时吹胡子瞪眼，朝妈妈吼道，"随你能好到哪儿去！一样吃不上饭！"

他脚步一顿，指尖掐紧塑料袋的勒绳，仿佛要把绳子嵌进掌心里。随后轻轻松开手，像是不认识他们两个人一般，垂着头目不斜视，一言不发地快步走回家。

面试的题目是录制一段视频。

参赛者需要自己编写一个剧本，然后自导自演，将完整的表演过程录制下来。

他在表演方面相对有些经验,编写剧本的要求却难住了他。

平时,他经常会去对门邻居江奶奶家做客吃饭。江奶奶心善,知道他父母很少在家,于是常常准备一桌丰盛的饭菜,邀请他过来一起吃。

江奶奶家中有一间书房,里面存放着满满当当的书籍,古今中外,各种类型的书都有。江奶奶说,这是她丈夫生前的书房,她的外孙女从小就是在这间书房里长大的。

她的外孙女名叫江汐,是一个很漂亮也很可爱的小姑娘。

他本性沉默寡言,不喜欢与人交流,却也明白做人要懂得感恩的道理。他的一位表演老师曾经告诉过他,生活也不过只是一场表演,身处何处,就要扮演起什么样的角色。

家长和老师总是对他寄予厚望,渐渐地,扮演一个成熟懂事、开朗健谈的"优等生",几乎成为他刻在骨血里的本能。

然而他对江奶奶和江汐的礼貌和关心,却并非出于扮演的本能,更多的是一种感恩。他感激江奶奶和江汐,在他孤单艰涩的童年时光里,让他感受到了家一般的温暖。

编写剧本的事让他毫无头绪,恰逢江奶奶再次邀请他一起吃饭,他索性提前来到江奶奶家,在征得她的同意后,走进书房寻找灵感。

他刚打开房门,就看到地上掉落了一个笔记本。他蹲下身捡起它,纸页被窗外的风唰唰吹动,露出一行行工整隽秀的蓝色钢笔字迹。

是江汐的读书笔记。

他没忍住,顺势读了起来。

"亮宇哥?"

身后响起熟悉的声音,他转头,看到江汐走了进来。察觉到自己行为的不妥,他连忙把笔记本合上还给她,匆忙向她道歉。

可她却没有生气,而是笑着说:"没关系的,亮宇哥。"

她向他晃了晃手中的笔记本:"我们一起看吧。"

女孩的眼睛弯弯的,像映在水中的明月,清澈透亮,干净又温柔。

仿佛拥有着化解一切烦恼的力量。

他动了动嘴唇,最终被自己的倾诉欲打败,将入围比赛和编写剧本的事告诉了她。

"亮宇哥。"她轻轻开口,"其实我写过一些故事……

"不知道能不能带给你灵感。

"我写得可能不够好。

"不过我还是想试试看,希望能帮到你。"

她说着,起身去书桌抽屉里翻出一个本子递给他:"等你把剧本写完,可以拿给我看看。

"如果中间遇到了什么困难,也可以随时来找我。

"我们一起想办法。"

多亏了她,最终,他录制的视频获得了一等奖,他也因此被一位知名导演选中,受邀出演新电影中的童年男主角色。

办理完暂停学业的手续,出发去机场那天,他向江汐告别:"我一定会尽快回来的,小汐!"

"好。"她笑眯眯地和他挥手,"那在你回来之前,我多看看电视!"

他没有想到,由于需要长期在外地拍戏,小学毕业后,父母让他继续留在外地读初中。

中考前夕,他以需要专心复习为由,回到家中备考,并报考了家乡市里的实验中学。

他再次见到江汐,是在实验中学教学楼的走廊里。

开学第一天放学,他看到她正在开水间接开水,连忙和同行的哥们打了个招呼,快步朝她走了过去。

他的心脏莫名"咚咚"跳得飞快。

幸好,这些年待在剧组,他早就具备了临危不乱的能力。

临危不乱。

所以此时,"危"是什么?"乱"的又是什么?

他下意识地晃神思索,禁不住摇头笑了。

原来,他竟然会这么想念她。

想知道她现在的样子,也想知道,她还记不记得自己。

他走到她身后,发现她魂不守舍,差点被开水烫到手,连忙开口提醒她,抓住了她的手。

见她望向自己的神情怔怔的,他笑了,问她是不是不记得他了。

随后,他很正经地来了一段自我介绍。

他看到她不好意思地笑了。

真好。

他的心里忽然有一种说不出的惊喜,或许是因为,他发现她一直都没有变。

中考前回到家,父母告诉他,江奶奶家中出了变故。她的女婿江滨叔叔去世了,而江汐也因为那场变故,患上了应激障碍症,不能再开口说话了。

后来,江奶奶给她取了一个新的名字,叫"江萌"。

他不知道该怎么形容自己听到这个消息时的感受。

他只记得自己平静地回到了房间里,坐在书桌前,眼眶泛红,视线在昏暗的灯光下糊成了一片。

幸好,即便经历了那些难以承受的苦难,她也还是没有变。

还是会用一双温暖明亮的眼睛看待这个世界。

也还是会笑。

以后不会了,萌萌。他握紧双拳,在心里默默向她保证。

以后,我不会让你再受到任何伤害了。

从此以后,我会永远陪伴你,保护你,尽我全部所能。

"十六班的江萌,你认识?"某天,在放学路上,同行的好哥们突然问他。

"嗯。"他答道。

"你俩什么关系啊?"

"从小就认识的……妹妹。"

"真的就只是妹妹?"好哥们坏笑着追问。

"作业写完了吗?"他抬头反问,"太闲了是不是?"

"不正面回答问题,'顾左右而言他'。"好哥们盯着他,一字一顿地说,"老夏,你有问题!"

他没理会,握紧书包带加快了脚步,唇角却不由自主地弯了起来。

那天他没有告诉他的好哥们,当然不是。

他当然不希望她只是他的妹妹。

不过，在他们现在这个年纪，谈论这些似乎还为时过早。"喜欢"二字讳莫如深，无法宣之于口，只能默默藏在心底。

他藏起了自己的心意。

而她的心意呢？她对他，会有"喜欢"吗？

他似乎只能靠猜。

直到有一天，符昕雅在学校门口截住他，把江萌的日记交给他。

日记本的扉页上，写着"To X"。

他眼睫颤了颤，呼吸一滞，心跳开始不受控制地加速。

"X"……会是他吗？

他的姓氏拼音首字母刚好就是"X"。

很快，符昕雅翻开日记的下一页，上面的几行字迹映入了他的眼帘。

To X：

我已经不需要这张卡片了。不过，还是谢谢你。

——江汐

他轻轻合上日记本，没有再继续看下去。

原来，她早就已经有喜欢的人了。

原来，她喜欢的那个人，从来都不是他。

那天，他听说她在上学路上被一群混混纠缠，幸亏林老师及时出现保护了她。他心急如焚，得知她陪林老师去了医务室，匆忙赶过去，却在赶去的路上，看到她和一个男生并肩走在一起。

他认识这个男生，对方也是一班的，学习成绩很好，名字叫许澄光。

许澄光……许，X。

他不知道自己为什么本能地生出这样的联想，或许是因为，他发现她和这个男生在一起的时候，真的变得很不一样。

她被许澄光拉着，看得出她有些害羞和紧张，耳际泛起红晕。少女的目光时不时会落在少年的身上。

多么温柔的目光。

落在他的眼睛里，那样刺目明亮，近乎要将他的眼睛灼伤。

后来他找到她，因为没能保护好她，他向她道歉。

她却误解了他的意思，让他别误会，说自己并不喜欢他。

他失笑，心中却酸涩难忍。

他早就已经知道了，却还是没能幸免，被她亲自告知了这句话。

他强撑起笑意，故意打趣问她，"X"到底是谁？

她没有回答。

他把日记还给她，叮嘱她一定要保护好自己的秘密。

时间一晃来到高二。

高二下学期的暑假，他听说许澄光转学出国了。

高三开学后，有无数次，他看到她独自站在教学楼走廊大厅的光荣榜前，望着光荣榜照片墙上许澄光的照片怔愣出神。一模考完，学校的光荣榜翻新，年级主任让他负责换上一批新的照片。

新的照片里，没有许澄光的。

他特意邀请她帮忙，让她帮自己把这些旧照片都取下来。

因为他猜测，如果这些照片就这样被扔掉的话，她心里一定会舍不得。

如果她需要的话。

他当然愿意把这些照片全部留给她。

高考结束，他被中戏录取，而她顺利考上了北京的S大。

出发去北京那天，听说她没有买到高铁票，只能乘坐大巴车，于是他退掉了买好的高铁票，决定乘大巴车和她一起去。

他从江奶奶那里得知她晕车严重的情况，特意买了好几种晕车药和晕车贴，准备在上车前交给她，却没有想到，车站外会突然出现一个少年的身影。

许澄光回国了。

几乎是出于本能，他脱口而出，问她，要不要过去打个招呼？

你一定很想念许澄光吧，萌萌。

他看见少年笑着朝她走过来,站在她面前嘱咐了一大堆话,又往她书包侧面的口袋里塞进一袋晕车药。

那一瞬间,他恍然意识到,自己买给她的那些药,全部不过只是徒劳。

就像即便他在她身边陪伴了一整年的时间,也还是敌不过眼前的少年突然出现。

她向少年道谢,然后匆促转身,独自上了车。

他不放心,默默跟在她身后,发现她环抱住膝盖蜷缩在座位上,埋着头泣不成声,哭得浑身颤抖。

少女心事晦涩含羞,他怕她会难为情,于是止步转身,不动声色地停留在车门外。

相距数米,她压抑的呜咽却依旧清晰可闻。

他缓缓闭上了眼睛,心口猛烈收缩,伴随着少女的抽噎声,他的心脏开始不受控制地一阵阵抽痛。

他这才发现,原来,她竟然这样喜欢许澄光。

手臂青筋凸起,他却轻扯唇角,如同自嘲。

因为他同样才发现,知道她这样喜欢许澄光,他竟然会这样无能为力,这样心痛如绞。

大一上学期末,他听说她治愈了应激障碍症,可以开口说话了。

一定很辛苦吧,他隐隐感到心疼,却也发自内心地为她高兴。

一切都在变得更好。

所以,尽管放手去做你想做的事,去见你想见的人吧。

一定要幸福,萌萌。

他和S大心理咨询室的老师相识于一场学术讲座。某天聚餐聊天时,老师无意间和他提起咨询室公众号的栏目设置,又提起了江萌可以开口说话的事。

老师问他对公众号的内容有什么想法和建议。

他提议说,要不然,让萌萌录一段语音吧。

因为他发现许澄光给公众号的每一篇推送都点过赞,猜测许澄光一定一直在关注着这个公众号。

萌萌可以开口说话了。

他想，无论如何，应该让许澄光知道这个好消息。

元旦假期，他去海淀剧院参加新年演出，结束时路过 S 大，想进去看她一眼。

然后，他看到女孩和许澄光手牵手走在校园里，笑容格外美好灿烂。

他好久没有见过她这么灿烂的笑容了。

怎么可以这么好看？

不知不觉，他也抿唇笑了，没有过去打扰她，独自转身走出了校园。

节日氛围下，街道上张灯结彩，行人熙攘，一派喜庆景象。室友们给他打来电话，约他去吃饭唱 K。

"要不要把你的萌萌妹妹叫过来？"沸腾吵闹的 KTV 包厢里，室友高声问他。

"她男朋友过来看她了。"他淡淡道。

"什么？"室友从沙发上坐直，凑到他面前问，"她有男朋友？"

"不是，原来她真的只是你妹啊？"

"我们还以为你是因为比人家年纪大，随口一叫的！"

他握紧酒杯，仰着头一饮而尽，笑着说："当然只是妹妹。"

"我还以为你一直都喜欢人家。真的只是妹妹，你对她没有喜欢？"室友不肯罢休，盯着他问。

"当然。"他重复道，对另一个问题避而不谈。

喜欢如何？不喜欢又如何？

于他而言，这个问题早已不需要答案。

就像他和她之间，从来不需要谈及"喜欢"。

他十一岁那年，她在书房里笑着对他说没关系，帮他准备面试要用的原创剧本。那时的她，对他没有喜欢。

他十八岁那年，她和他并肩走在夜晚的林荫路上，笑盈盈地望着他，用手语叫他"亮宇哥"。那时的她，对他没有喜欢。

他二十一岁那年，她治愈了应激障碍症，来到他的学校，喜悦激动地开口大声喊他"亮宇哥"。那时的她，依旧对他没有喜欢。

自始至终，她都只是把他当作哥哥，把自己当作他的妹妹。

是妹妹，似乎就足够了。

他不敢再奢求更多。

因为他知道，那个名为许澄光的少年，已经重新回到了她的身边。

他相信，无论未来发生任何事，他们都不可能再次分开。

"哥们，别一直喝，唱一首啊！"室友把麦克风递给他，"想唱哪首，我给你点！"

他接过话筒，顿了片刻，笑笑说："《成全》。"

"好嘞！"室友跑上点歌台，按下搜索键和播放按钮，很快，熟悉的前奏旋律萦绕在他的耳畔。

"老夏，你说，如果你喜欢的人喜欢着别人，你真的会选择成全吗？"室友喝得有点儿高，勾住他的肩膀好奇地问。

"当然。"他答。

"怎么又是当然！"室友急了，"刚才我问你，江萌是不是只是你妹！你是不是喜欢人家！你都没正经回答我！就只回了个当然！一天天就知道敷衍我！把话筒给我，我自己唱！懒得理你！"

夏亮宇无奈地失笑，任由室友把手中的话筒抢走，再次端起一杯酒，仰起头，喉结滚动，微笑着一饮而尽。

没有敷衍，"当然"两个字就是他对于所有关于她的问题的答案。

当然只是妹妹。

当然只有成全。

## 【*闻毓番外* – 我应该去爱你】

"我不可能答应和许澄光结婚!"

闻毓曾经不止一次万分明确地向自己的父母表过态。

所有人都觉得,她不肯答应和许澄光结婚,无非是因为她不喜欢许澄光。直到有一天,她的姐姐闻灵问她,小毓,你喜欢许澄光吗?

起初,她并不知道答案。

当她知道答案的时候,似乎一切已经太晚。

闻毓至今都还记得自己第一次见到许澄光那天的情景。

那天许澄光的妈妈带着许澄光来自己家里做客,她躲在房间里,听见自己的妈妈和那个阿姨闲聊,说两个人以后要当亲家,现在就想给两个孩子定下娃娃亲。坐在一旁的许澄光听到了,马上大声喊了一句:"我不要结婚!"

她的妈妈哈哈大笑,他的妈妈则瞪了他一眼,也笑了。

虽然许澄光还没有见过她,也并没有指名道姓地说不要和她结婚,但还是让她的心里燃起了骄傲又愤怒的小火苗。

担任学校大队长的闻毓,一向习惯了班里的男生们对她的各种频繁搭讪和殷勤示好,这是第一次,她感受到了被拒绝的滋味。

她居然就这样被一个看上去傻了吧唧的小男孩给拒绝了。

带着奇怪的好胜心,她开始主动去接近他。

医院里,她看见他顶着一双好奇的眼睛,对周围的一切事物都充满了探索欲。他看护士配药,看导诊指路,把手腕递给义诊的中医,让他给自己把脉。

"你长大以后想当医生吗?"她问他。

他诚实地点头，问她："你呢？"

她摇头："我不知道。"

"你连自己以后想干什么都不知道？"他惊讶地问。

这句话成功惹恼了她，仿佛她的面子就这样被眼前这个讨厌的家伙挑战了。

她随口说出一句自以为很厉害的梦想："我要去敦煌修文物！"

"好厉害！"许澄光笑了，眼睛瞬间变得明亮，极为激动地夸赞她，"佩服佩服！"

她不知道他的眼睛里一瞬间冒出的光亮，是不是仅仅因为"修文物"这三个字足够吸引人。而无论是谁说出了这个梦想，他的眼睛都会焕发出同样的光亮。

但她还是被这份光亮所吸引了。

不过很快，她得知了一个不好的消息。

父母要带她移民 M 国了，许澄光的妈妈也会带着许澄光去 M 国定居。都要出国了，还修哪门子的文物。

"怎么办啊？我不想出国。"她焦急地问许澄光。

"我也不想。"许澄光说，"我妈说如果我不肯跟她出国，她就不给我零花钱。"

"我妈也是这么说的。"

"我说 OK，不给就不给吧，无所谓。"他接着说。

她惊讶极了。实际上她并不知道，如果没了零花钱，她的生活要怎么维持下去。她习惯了去买一些不便宜的东西，因为觉得这些东西质量好。

可许澄光似乎和她不一样。

就像她只喝十几块一杯的奶茶，可许澄光抱着一瓶三块钱的龙井绿茶，一样可以喝得很开心。他喜欢把阿姨给他买的潮牌往衣柜里一扔，穿那些自己觉得最舒服的衣服，最奢侈的消费大概就只是为了打篮球在市体育馆办了张年卡。

所以她最终答应了出国，而他选择留在国内，和他舅舅一起生活。

她出国后，他们一直通过电话和微信保持着联系。原因很简单，因为他需要一个潜伏在他妈妈身边的卧底,而她很自然地成了这个卧底。

不过让她答应当他的卧底是有条件的。

她在国外没交到什么朋友,无聊的时候,总想让他陪她聊聊天,听她抱怨一下自己不开心的留学生活。他每次都会很耐心地听着,哪怕是在写作业,也会在做题的间隙抬起头,认真帮她分析她正在面临的问题,给她提出客观中肯的建议。

不知道从什么时候开始,她待在宽敞空旷的花园别墅里,看着他在手机视频中守着一个小小的超市柜台,一边帮他的舅舅看店,一边兴致勃勃地研究着他手里的数学题,忽然觉得很羡慕。

她也同样羡慕,他敢和他的妈妈叫板,执意要留在国内学医,甚至不惜签下一个"考不上清北就答应出国"的军令状。

她就没有这样的勇气。

小时候在电视上和博物馆里看到那些漂亮的文物,她心生热爱与向往,想去敦煌修文物的梦想并非她信口胡诌,只是她从来都不敢去做。她认命地躲在异国他乡的大房子里,学着自己不感兴趣的经贸专业,等待着大学毕业后接手自己家里的公司。

因为经常视频,她和他身边的几个朋友也开始变得熟悉。初三那年,她听他的好哥们丁峻明说,他们学校的校花向他表白了。

那是第一次,她感受到了很微妙的紧张情绪。

然后丁峻明告诉她,他拒绝了校花,并且还和校花说,他不早恋。

"所以你知不知道,他有没有喜欢的女孩?"

"他?"丁峻明说,"这我可以保证,如果他以后一定要结婚的话,那结婚对象肯定是你。

"当然,前提是你愿意勉为其难地接受他。

"不然,他估计注定孤独终老了。懂我啥意思不?"

她笑了,心里的感觉十分奇妙,好像……很开心。

她没办法欺骗自己,她的确感受到了一种从未有过的开心。

虽然小时候他就说过不会娶她,但他似乎也不会喜欢上任何人。书呆子,神经大条,对恋爱一点儿兴趣都没有,这样的他,好像也挺好的。

如果最后,他们两家的联姻无法被拒绝的话,她想,或许她也可以考虑一下,勉为其难地同意嫁给他。

高二那年，她保送了 M 国的 G 大，迫不及待地打电话向他报喜。

他对她说恭喜，然后问她，你能不能帮我个忙？

他说，他想让她帮自己借几本心理学和医学的书，最好是治疗应激障碍方面的。

他还说，他有个朋友得了这个病，他得想办法治愈她。

他有哪个朋友，有应激障碍又和他关系这么好？她好像并不知道他有这样一个朋友。

"是一个女生。"丁峻明说，"光光对她……挺不一样的。"

她决定回国，去一趟他的学校，亲手把这几本书交给他，却没有想到，他临时去北京参加竞赛集训了。

高二的暑假，他出了意外，右手受伤严重，他的妈妈坚持让他出国治疗。她没有想到，他竟然妥协同意了。

他来到她的班级，学习成绩依然优秀，用英语和周围人交流也完全难不倒他。保送之后，她在学校里过得清闲，总是忍不住想要找他说话，但他无时无刻不在埋头学习，她知道他身上的压力不小，不忍心过多去打扰他。

只有在放学路上，她才能放心地对他说个不停，和他分享路边的风景，给他介绍街头的雕塑人像。但他总是兴致缺缺，像是心里在想着什么事情，即使配合她蹲下身捡起一片落叶去观察，或者仰头去看她正在介绍的雕塑人像，也经常走神，一看就是很久很久。

"许澄光，你不喜欢这里吗？"她问。

"嗯。"他淡淡应道。

"其实我也不喜欢。"她笑笑说。

你知道吗，许澄光？

其实我也不喜欢这里。

我之所以连看到一片树叶都这么开心，愿意兴致勃勃地讲述这些街头雕塑的历史和过去，只是因为你来了这里。

高三毕业，他说想回国一趟，他妈妈大发雷霆，说什么都不肯同意。她找到阿姨说，她想回国去看看，希望许澄光能陪她一起回去。

阿姨这才答应。

他向她道谢，接着熬了好几个大夜，不知道在研究些什么东西。

"晕车药。"他说。

"你晕车啊？"

"不是，是给我一个朋友准备的。"

"哪个朋友？"

"你不认识。"

"江萌？"

他惊讶地抬头："你怎么知道？"

"丁峻明和我提过。"她问他，"你喜欢她？"

许澄光动作一顿，没有回答。

"既然喜欢，干吗不去表白？"她强忍住心里的难过，故意激他，"如果真是这样的话，我会觉得你好尿。"

"你不懂。"许澄光喃喃道，"我没尿。

"我就是觉得，她应该找一个比我更好的人。

"或者说，我觉得，我配不上她。"

她愣住了。

他们回国后，在Y市的车站，她终于看到了这个名叫江萌的女孩。

清秀漂亮，温婉恬静，看上去像初春三月映在湖面上的一朵桃花，身上的气质有一种诗意的、流动的美。

原来许澄光喜欢这样的女孩。

原来一向骄傲恣意的许澄光，在这个女孩面前会变成另一副模样。

原来像他这样的人，也可以变得这么小心翼翼，连说话都结结巴巴，别扭得要命，一点儿都不洒脱。

一点儿都不像他。

其实她心里明白，只是不愿意承认，为什么许澄光会在面对江萌时变成这样。

她当然明白。

因为在她面对他的时候，她也会同样变得别扭，不洒脱，连开口说句话都要再三考虑斟酌。

变得完全不像她自己。

他看上去好像有说不完的话想要对江萌说,却如鲠在喉,不知道该从何说起。她望向他的眼睛,发现他的眼中盈满了想念、珍重和不舍。

仿佛在用目光乞求眼前的女孩说,可不可以不要走。

从小到大,她和许澄光认识了这么久,这是她第一次发现,原来他可以对一个女孩这么温柔。

她默默看着,丁峻明站在她旁边,突然要拉她离开。

"许澄光!你能不能管管丁峻明?他非要拉我走!"

她下意识地朝他吼了一句,好像这样就可以将她在眼眶里打转的泪水截流,结果却并没有什么用。

丁峻明松开手问她:"你到底想干吗?"

泪水滑落,她哽咽,沉默着摇头。

她什么都不想做。

因为她知道,对于想让他喜欢自己这件事,她做什么都没用。

后来他们回到 M 国,有一段时间,他们的联姻再次被双方家长提起。临近新年,两家人一起在酒店聚餐,双方家长催促他们俩尽快订婚。他和他的妈妈起了争执,她也在饭桌上开了口,说自己和许澄光只是朋友,不想考虑结婚的事。

他闷头喝酒,一杯接着一杯,喝了不少,推开包厢门去了洗手间。

见他许久没有回来,她出去找他,发现他垂着头半弓着身子,颓丧地倚靠在走廊冰凉的墙壁上,脸颊通红,双眼也红得不行。

他在哭。

她一愣,心脏被狠狠刺痛,目光落在了他手中紧握的手机上。他的手机里正反复播放着一段录音,是一个女孩的声音——

"大家晚上好呀。

"我是江萌。

"今天我想和大家分享一句我很喜欢的名言。

"'我身上有一个不可战胜的夏天',出自加缪的《夏天集》。

"我相信,人的身体里是有一种不会被战胜的、可以冲破一切的力量的。一旦相信自己拥有这种力量,再去投入行动,就会离成功越来越近。

"毕竟，当命运给我们下绊子的时候，我们得站在自己这一边。"

"许澄光。"她喊他的名字，声音止不住地颤抖，问他，"你知不知道你在哭？"

他怔怔地抬头，泪眼蒙眬，沉默地看着她，一言不发。

"回国去找她吧。"她对他说，"阿姨这边，我帮你挡着。"

"去找她。"她望着他布满血丝的眼睛，压抑住嗓音里的哽咽，咬牙重复了一遍。

许澄光离开酒店后不久，她借口醉酒头疼，也提前离开了酒店。

回家的路上，她没有忍住，拿出手机买了张回国的机票。她偷偷跟着他登上飞机，跟着他踏上北京的地铁，跟着他来到江萌的学校。

教学楼走廊里，她看见女孩揉着惺忪的睡眼从阶梯教室里走出来，被眼前浑身酒气的少年上前一把紧紧搂住。

女孩没有反应过来，怔愣了很久，随后微笑，轻轻闭上眼睛，用力地回抱住了他。

他们旁若无人地在周围密集嘈杂的人群中相拥，眼中只有彼此。

身侧有冒失的男生不小心撞掉了她手里的手机。

她下意识低头去捡，发现新换的钢化膜被摔得四分五裂。

男生连忙道歉，询问她是否需要赔偿，她像是丢了魂，充耳不闻，只是讷讷地把目光停留在手机屏幕上。

屏幕应该没有碎，可她的眼泪还是不知不觉落了下来，一颗颗渗入了碎裂的钢化膜缝隙里。

他很擅长贴手机膜，这是她今天刚求他帮自己新贴的膜。

没想到，竟然这么快就碎了。

就像今天，他们之间的关系一样。

她转身离开，找到一家手机专卖店，换上新的手机膜，然后下单返程机票，坐上了去往机场的出租车。

低头刷手机的时候，她看到他新发了一条朋友圈，定位的地点在蓝色港湾。

照片里，琉璃桥上，人群烟火中，他和他的女孩十指紧扣，深情对望。

她给他点了个赞。

路上堵车严重，出租车司机打开音响，随机播放起一首汪东城的歌，歌名是《我应该去爱你》。

全世界还有谁，比我们还绝配。
我应该去爱你，不浪费能幸福的机会。

曾经，她一度相信自己和许澄光是绝配，天生一对。

直到，她看到了江萌。

她这才终于明白，原来两个相爱的人在一起才叫般配。

一个人单方面地爱着另一个人，算不上般配。

眼泪又一次不争气地夺眶而出，打湿了手机屏幕。

她退出微信，偷偷点开微博，切进小号，默默地去浏览自己曾经记录过的和他有关的点滴日常，每看完一条，就删掉一条。

漫长的堵车过程中，一百多条动态被她彻底删完。

她抹了把眼泪，将铺满水渍的手机屏幕一点点用力擦干，仰起头露出了笑容。

终于。

她终于不用再患得患失，无时无刻不被另一个人牵动着所有的情绪。

她终于舍得放弃那些长达十几年的暗恋回忆，将它们清空，让一切归零。

然后——

心甘情愿地选择放手。

重新去做回那个骄傲又自由的自己。

# 【实验中学联动番外 – 一期一会】

电影《清清》上映后不久,魏宏导演联系到江萌,说自己想拍摄一个电影推广曲的宣传 MV,问她有没有什么好的想法和建议。

导演补充说,MV 最好是一个和毕业季有关的视频,取材于现实生活中的画面,不用特意找演员来演。

"听说你和清清是高中同学?"导演问,"要不然,就回你们高中拍点儿素材,那个……实验中学?"

实验中学的故事吗?

江萌听完,陷入了沉思。

回到家后,她把导演的想法告诉了许澄光。

"我有个建议!"许澄光正靠在沙发上写论文,闻言放下手里的电脑,"下个月徐老师办退休宴,老谢和我约好去参加。你不是说林老师也要去,你想和我们一起,顺便回学校看看吗?"

江萌点头,疑惑地问:"是啊。你的意思是说,等我们一起回学校的时候,我顺便拍素材吗?

"但是……拍什么呢?"

许澄光眉梢轻挑,伸手把她搂进怀里,笑着回答:"有个学弟联系我,说当天下午高三(1)班会举办一场毕业联欢会。"

他说:"他们是徐老师带的最后一届毕业班,想在暑假徐老师退休之前,热热闹闹地办一场,给老徐一个惊喜。"

"那我去看看!"江萌仰头看他,眼睛亮亮的,惊喜地道,"我带上 DV!"

"好。"许澄光脸上满是笑意,捏了捏她的脸,"到时候你和林老师一起过去,直接到高三(1)班的教室就行。老谢和我估计要提前去,学弟给我们俩安排了任务。"

"好!"江萌点头答应。

"OK!说到联欢会,我得给叶哥发个消息。"许澄光从茶几上捞起手机,"学弟给他安排了个唱歌节目,让我把歌名发给他。"

"叶风学长也回学校吗?"她问。

许澄光点头:"他挺早之前就问过我徐老师退休宴的时间了,说要提前准备礼物,到时候肯定准时参加。

"我们三个和学弟一起给老徐准备了惊喜!"许澄光扬眉,卖关子说,"到时候一定要去看!"

"好。"她笑眯眯地道。


"谁弄来的校服?许澄光?"

出发前,林絮望着江萌给自己递来的高中校服短袖,惊讶地问她。

江萌摇头。

"那应该是叶风了。"林絮面露无奈,含笑说道。

江萌点头。

林絮换上校服短袖,下半身搭配了一条浅色牛仔裤,注视着全身镜前的自己,下意识伸手将披肩的长发束成了一个马尾。

"感觉自己一下就变年轻了。"林絮理了下额前的刘海儿,笑着说,"好像回到了十七岁。"

"本来就年轻。"江萌说着,也把校服短袖穿在了身上。

她和林絮一起走进实验中学的校园,正值上课时间,校园里人不多,只有零星几个在体育课上自由活动的同学从她们身边经过,不由自主地向她们投来好奇的目光。

江萌拿出DV,把眼前的画面记录在了镜头中。

镜头里出现的,是一道道蓝白相间的身影,广场两侧的红砖教学楼,中间的音乐喷泉,正对校门的图书馆,以及悬挂在图书馆上方循环播放着校园资讯访谈的LED大屏幕。

晴空万里,骄阳热烈。绿树繁茂,水声潺潺。

盛夏六月,校园里永远有着最好的夏天。

她们一起走进理科楼,来到高三(1)班的教室门口。徐老师正在讲台上讲解一道函数压轴题，教室里，同学们穿着清一色的夏季校服短袖，全神贯注地坐在座位上听讲。

"这道题还有没有其他解法？"

"有人发现了其他解法吗？"

徐老师突然开口询问，目光向下扫视，教室里寂静无声。

"陈曦？"

"孙奇？"

"高鑫阳？"

徐老师点了几个学生的名字，很显然，被点到的是班里的几名尖子生。江萌抬眼，发现他们纷纷面露难色，迟疑地向徐老师摇头。

"好难啊，我连题目都要看不懂了。"江萌小声对林絮说。

"这是理科数学最后一题的第三小问吧？像这种难度的题，当时我们年级就只有——"

林絮话没说完，徐老师的声音突然再次响起。

"那……叶风？"

"上来试试？"

教室里，同学们纷纷扭头，带着好奇又激动的神色，兴奋地注视着那个穿着校服从教室最后一排笑着起身的男人。

看到叶风学长本人时，江萌不禁在心里感叹，已经十几年过去了，他的样子和光荣榜照片墙上的模样相比，竟然没有什么变化。

如果有人不知道的话，大概真的会把他当成一个高中生看待。

不得不说，他和林老师一样，身上都有着化不开的学生气，或者说是……书卷气。总之，他们两个人看上去真的很像十七八岁的少年少女，找不到任何岁月遗留在身上的痕迹。

江萌偏头，注意到林絮没有把话说下去，而是安静地凝视着叶风学长，目送他穿过狭长的过道，迎着全班同学的目光来到了讲台上。

"给。"徐老师把手中的粉笔和腰间的小蜜蜂扩音器一起递给了他。

叶风明显不太会用这个扩音器，接过去的时候不小心碰到了某个按钮，本来想对着话筒稍微试一下音，"喂"的一声却响彻整个教室，震耳无比，把他吓了一跳。

全班同学哄笑起来，江萌也笑了，看到林絮也弯起了嘴角。

徐老师无奈地摇头,显然是已经料到了这种情况的发生,帮他把扩音器重新调试好,对他说:"讲吧!"

叶风挠头一笑:"谢谢老师,我试一下。"

他转身,浏览了一遍题目,思索片刻,拿起粉笔在黑板上唰唰写下了解题步骤。

江萌看得出神,被林絮碰了下手臂。

她回神,发现林絮将目光落到了她手中的DV上。她瞬间反应过来,打开DV,将叶风学长解题的画面录了下来。

"考场上如果用到这个解法的话,可以缩减两个步骤,节省了大量计算需要耗费的时间。所以能不能想到这个解法,是这道题拉分的关键。

"想到了,没准能上一百四。想不到,可能一百三或者一百二。

"所以建议所有能冲一百四的同学,注意一下这个解法。"

教室里,同学们爆发出热烈的欢呼声。

有女生带头喊:"学长好厉害!"

"学长好帅!"一个男生接话吼道。

教室里瞬时又是一阵哄笑,徐老师走上讲台,询问大家:"都听明白了吗?"

同学们纷纷点头。

"没事儿,我下午一直在!如果有不明白的地方,随时来问我!"叶风笑着说。

他话音刚落,下课铃声响了起来。

"下课吧!"徐老师说,"语文老师请假了,下节作文课考数学。"

"啊?怎么又考数学啊……"同学们顿时哀号。

"上午体育课不是刚考完吗?老师!"一个男生站起来问。

"那怎么办?我又给你们讲不了语文。"徐老师说,"不想考数学就上自习,看语文书自学!"

"又上自习……"

"老师!"一个女生突然举手,站起来问,"能让叶风学长给我们上作文课吗?"

"对!对!"大家马上高声附和,"我们想让叶风学长给我们讲作文!"

"啊?"没等徐老师回答,扩音器里突然传来叶风崩溃的喊叫声。

全班再次哄堂大笑。

"那你给讲讲?"徐老师笑了,故意逗他问。

"别啊老师,我不行!这个我真不行!"叶风求饶道,目光一转,注意到了站在教室门口的她们。

"林絮!"他的喊声从话筒里传出来,比刚才发出的声音还要响。教室里瞬间安静,同学们跟随着叶风的目光,齐齐望向了教室门口的方向。

林絮怔住,看见叶风露出灿烂的笑容,大步朝自己走来。

"太好了!交给你了!"他说着,把手里的扩音器塞给了她。

林絮下意识地推拒,却听见叶风回过头喊:"同学们!给你们请了个专业的老师!

"赶紧掌声欢迎!给林老师问好!"

班长立刻喊了声"起立",全班同学"唰"地起身,向林絮鞠躬喊道:"林老师好!"

大家问完好,见林絮还站在门口,不敢坐下,抬眼向门口偷瞄。

林絮窘迫,连忙走上讲台:"大家快坐吧!"

同学们这才纷纷落座。

"你来给他们上吧。"徐老师笑眯眯地瞟了眼躲在门外的叶风,"他跑得还挺快。"

林絮笑了,把语文课代表叫上讲台询问进度,随后拿起粉笔,转身,在黑板上熟练地写起了板书。

江萌举起DV,再次将眼前的一幕记录下来。

"你先录着,我去礼堂一趟。"叶风晃了下手里的手机,"光光给我发消息,喊我去排练。"

他说完,嘱咐她:"你们下课直接来礼堂,别告诉徐老师大家给她准备了惊喜。"

"嗯,好。"江萌说,"学长再见。"


作文课上完,紧接着就是联欢会。

江萌和林絮来到礼堂,跟徐老师一起坐在了观众席最后一排的座位上。

舞台中央，两名主持人出场，分别是许澄光和谢泽阳。

"他俩也回来了？怎么没跟我说？"徐老师神色惊讶，问江萌。

"给您的惊喜。"江萌回答。

同学们准备的节目种类繁多，包括诗朗诵、相声、小品、舞蹈等等。大家各展才艺，每个节目都充满亮点，让人沉浸其中。观众席上，大家看得专注投入，整个礼堂里掌声雷动，欢呼声此起彼伏。

短暂的休息时间过后，许澄光重新回到舞台上，举起话筒开始报幕："接下来的节目是——歌曲：《一期一会》。演唱者：叶风、谢泽阳、许澄光。"

徐老师惊喜地笑了，俯在江萌和林絮耳边说："叶风和许澄光还挺厉害，能让谢泽阳答应跟他俩一起唱歌！"

"光光跟我说，谢泽阳唱歌很好听！只是他平时太内敛了，很少有人听过！这次回来看您，他主动提出来的，说要唱歌给您听！"江萌告诉徐老师。

"这孩子！还挺有心！"徐老师笑意盈盈，眼里泛起了泪光。

"我们将奔向各自的那片碧海蓝天，而这是远行前最后告别。"许澄光抱着吉他，在麦架前率先开口。

台下，同学们挥舞着荧光棒，跟随音乐旋律轻轻摇摆。

"谢谢你曾陪我走过那岁月，我知有太多人太多事，是一生一期，是一期一会。"谢泽阳握住麦克风接着唱道，照应了身后大屏幕上"一期一会"的主题。

"回忆披着下午三点半的阳光，像影子般被拉得模糊而漫长。它就在身后供你我倦怠时，千百次回头望。"叶风学长的嗓音响起，身后大屏幕上的画面，从主题词切换成了午后高三（1）班教室的照片。

"我熟识的少年们都终将成长，痛哭过大笑过挥挥手去远方。他们会如我祝愿的那样，成为自己的太阳。"三人齐唱。

大屏幕中出现的，是高三（1）班全体同学三年来共同经历的过往。军训、升旗仪式、汇操表演、运动会、秋游、高考动员会、百日誓师……一张张带着泪水和笑容的脸庞，鲜活生动，一次次出现在徐老师的相机镜头中，被完整地保存在班级电脑上，此时此刻，正在大屏幕上滚动播放着。

同学们默默凝视着屏幕中的画面，手中的荧光棒缓慢摇晃，每个人都红了眼眶，潸然泪下。

歌曲进行到高潮部分，许澄光突然放下吉他，拿起麦架上的话筒起身。谢泽阳身边还有两个话筒，他和许澄光一人拿起一个，两人一同走向了台下。

伴随着同学们好奇的目光，江萌看到他们朝观众席的最后一排走了过来。许澄光把手里的另一只话筒递给了她，谢泽阳则把另一只话筒递给了林絮。

她和林絮皆是一愣，却又在同学们的起哄声和徐老师期待的眼神中接下了话筒，跟随他们一起走上了舞台。

江萌握紧话筒，看着对面大屏幕上的歌词，鼓起勇气轻声开口。

"有人说这生命如长河，我们度的风波，是人世间最寻常的颠簸。它不足以让我们修成正果，却足以让我们难忘难舍。"

大屏幕上的画面再次切换，从高三（1）班的点滴日常，变成了往届学长学姐们对实验中学毕业学子的祝福视频。

叶潇学姐坐在律所的办公桌前，微笑着看向镜头："回望高中三年，有心酸，有遗憾。但那是我最值得铭记的青春。学弟学妹们，毕业快乐。"

镜头切换，香港的风投公司门口，阮雨声学长的身影出现："去做无可替代的自己，找到自由，永远快乐。学弟学妹们，毕业快乐。"

林絮学姐站在中学的教学楼走廊里，对着镜头面带笑意："To Win the World——祝你们赢在这个夏天。学弟学妹们，毕业快乐。"

叶风学长站在银行窗前，背后窗外是东方明珠和黄浦江畔："永远相信努力的意义，用自己创造的世界，来打败现在的世界。学弟学妹们，毕业快乐。"

医院病房外，陈寂学姐摘下口罩，眉目温柔："心情难过的时候，别忘了奖励自己一颗糖。学弟学妹们，毕业快乐。"

大学校园里，林惊野学长坐在学院办公室中，笑容灿烂："每一个敢于奔赴心中所爱的人，都应该骄傲又坦荡。学弟学妹们，毕业快乐。"

剧组片场，沈冰清在化妆间里抬眸，笑眼弯弯地对着镜头招手："最初的梦想，绝对会到达。愿你们梦想成真！学弟学妹们，毕业快乐。"

科技公司会议室，谢泽阳面对镜头，声音温润："愿你们年少有为，一生勇敢，一生坦荡。学弟学妹们，毕业快乐。"

医学研究所，许澄光一身白大褂，大步走近镜头："做自己人生的掌舵者，在热爱的世界里尽情闯荡，创造出属于自己的一片天地。学弟学妹们，毕业快乐。"

最后，江萌坐在家中书房，从笔记本电脑前转身："在隆冬，我终于知道，我身上有一个不可战胜的夏天。学弟学妹们，毕业快乐。"

舞台上响起他们的歌声——

多年后当你正漫步过长街，在人海中擦肩，熟悉的一张脸，会释然吗？

当初挥汗挥泪时多少不甘，都早在岁月中一一圆满。

彼时年少，有过多少泪水，多少不甘。
都早已在岁月中一一圆满。
歌曲唱完，屏幕中江萌笔记本电脑上的文档内容被无限放大，覆盖住了整个画面。

"你们的未来，终将比这个夏天的阳光更加热烈灿烂。亲爱的实验学子们，祝你们金榜题名，高考成功，前程似锦，得偿所愿！"

联欢会最后，是全班同学的大合唱表演，歌曲的名字是《凤凰花开的路口》。

舞台上出现一排排桌椅，所有同学手握话筒，有序排队登上舞台，按照自己在班级教室的座位落座。只有文艺委员站在舞台中央，在背景音乐的伴奏声中为大家领唱。

时光的河入海流，终于我们分头走。没有哪个港口，是永远的停留。

大屏幕上，一个提前录制好的视频开始播放。
视频里，高三（1）班的同学们依次分别站上教室讲台，诉说着自己在毕业前想对徐老师说的话。
第一个站上讲台的，是一个胖胖的男生。
"马上就要毕业了，我特别想对徐老师说一声，老师您辛苦了！希望您能注意身体，每天都保持好心情！我会特别特别想您的！"

徐老师泪眼婆娑，江萌轻抚着她的背，望着视频中的画面，同样泪眼蒙眬。

音乐委员领唱完第一句，便回到了自己的座位上。舞台灯光下，全班同学坐在座位上齐声合唱，目光含情脉脉，嗓音里尽是哽咽。

*脑海之中有一个凤凰花开的路口，有我最珍惜的朋友。*

"老师您知道吗？他刚才没好意思说！"视频里，一个瘦瘦的男生出现在讲台上，嬉皮笑脸地说，"他想问问您，前两天他被没收的那幅画，您能还给他不？

"他没画完！

"他说他再也不敢在课上画画了！那是他给老洛的画像，他说先画个老洛试试！如果画得好看，就给您也画一幅！他还说要给咱班每个人都画一幅！"

"我回去找找吧！"徐老师哽咽着应道。

台上唱歌的同学们没忍住，纷纷破涕为笑。

*几度花开花落，有时快乐，有时落寞。很欣慰生命某段时刻，曾一起度过。*

歌曲即将唱到高潮，歌声和伴奏声却戛然而止，整个礼堂陷入一片寂静。
"高三（1）班全体同学，起立！"舞台上，班长突然起身，喊声洪亮。
所有同学纷纷起身，严肃站立。

大屏幕变成了一块黑板的照片，黑板上是徐老师曾经用粉笔手写过无数次的"数学"两个大字。

许澄光拿着话筒，走到徐老师面前，一边把话筒递给徐老师，一边将徐老师请到了屏幕前。

"老师，请您站在黑板前，最后跟我们说一次'上课'！"
徐老师一愣，泪水夺眶而出，含泪点头答应。
"上课！同学们好！"徐老师声音颤抖，热泪盈眶，饱含深情地凝望着舞台上站得笔直整齐的同学们。

"老师好!"所有同学齐刷刷地向老师鞠躬问好,其中包括许澄光、谢泽阳和江萌,也包括林絮和叶风。

"老师已经老了,但你们还年轻。"

"人生长路漫漫,当下就是最好的时光。希望你们可以及时把握当下,珍惜时间,目标坚定,奋勇向前!"

"老师相信,踏上青春崭新的旅程,你们一定能够收获更加美丽的风景,谱写出属于自己的人生新篇章!"徐老师语重心长地说。

"谢谢老师!"

"老师,荣休快乐!"

"老师,保重身体!"

"老师,我们爱您!"

同学们热烈如潮的呼喊声中,毕业联欢会走向了尾声。

夜里,徐老师的退休宴结束,江萌和许澄光一起走在校外的林荫路上。

江萌手里拿着DV,看着自己记录在里面的画面,露出了笑容。

她所捕捉到的所有影像,都是高中校园里最简单平常的画面,却也都是属于他们每个人的最真挚动人的青春。

这是发生在实验中学的故事。

这是无数少年人在这座校园里缓缓流淌过的青春。

年少时关于这里的一切似乎都在等待着一个最终的答案。

然而一切似乎又已然有了最好的答案。

"萌萌!"许澄光突然从她手中把DV抢了过去,快跑几步转身倒着走,将镜头对准了她。

少年奔跑时带起一阵风,江萌抬起视线,与他明亮灿烂的笑脸撞了个满怀。

他举着DV,笑着问了她一个问题:"如果可以回到过去,对十七岁的自己说一句话的话,你最想说什么?"

江萌恍惚,想起了L市的游乐园,也想起了眼前的少年曾经牵着她的手奔向旋转木马,轻轻揽住她的肩膀,笑着对一起排队的小朋友们说——

他们的十七岁,很好很好。

夏日炽烈，骄阳明媚，那是他们一起共度的十七岁。

十七岁的他们，对未来有那样莽撞又强烈的信心。

芸芸众生中，大家都是平凡的普通人，十七岁的他们却鲜衣怒马，意气风发，赤手空拳和命运较量，满怀信心地认定自己站在世界的中央。

哪怕他们都曾经年少轻狂，有过退缩，有过彷徨，却也还是收获了最美好的年华，为自己的梦想和期许献出过一颗怦然跳动的真心。

她想，她会对那个十七岁的女孩说："尽情去爱吧。去做梦，去远行，去追风，去长大。

"记得再勇敢一点。"

记得再勇敢一点，别留下那么多遗憾。

以及，接受自己没有那么张扬热烈，布满了复杂细密的小伤口，却依旧滚烫发亮的青春。

我们热切期盼的未来——

终有一日会到达。

## 【作者后记 – 我们下个故事见】

故事中的女主角江萌，起初是《暗恋这件难过的小事》番外里出现过的一个人物，后来在《清清》中，她是女主角沈冰清的好朋友，一个暗恋着沈冰清的表哥许澄光的女孩。

萌萌是不幸的、胆小的，却也是幸运的、勇敢的。哪怕一直是最安静的存在，她也一样可以吸引到身边的人，拥有了像沈冰清这样的好朋友，以及一直深爱着她的人生伴侣许澄光。

这是暗恋系列里第一个拥有圆满结局的故事，同样发生在 Y 市的实验中学。和实验中学有关的记忆，如同一本厚重的书，存放在我青春时代的暗格里，每每打开翻阅，我总是想要一读再读，有太多的细枝末节回忆不完。

十六岁那年，我来到了实验中学。

由于中考失利，来到实验中学报到的时候，我的心情阴云密布。开学那天，在食堂里，我独自端着餐盘寻找座位，无意间看到当时喜欢的男生正在一个人埋头吃饭。他抬起头，露出毫无保留的笑容，成了这所学校对我绽开的第一个笑脸。

我记得自己在高一上学期学不懂理科时的无力和挫败，记得自己在第一次离家住校时面对寄宿生活的忐忑不安和无所适从，记得每一个如今我回望时如此微不足道，但在当时却足以击溃我所有情绪的烦恼。

也记得自己进入文科班后，在第一次月考中取得好成绩时的喜悦，记得自己发现喜欢的男生有了喜欢的人时的难过，记得自己和好朋友挽着胳膊在傍晚的操场上散步，聊起梦想与未来时心中的憧憬与向往。

这所学校塑造了我，磨砺了我的性格，让我在成年后离家求学工作的日子里仍然忍不住频频回望，然后问自己，你想成为什么样的人呢？

我想，在实验中学走过的那段时光，一定会告诉我答案。

后来，每当我提笔想要去书写青春故事时，那段时光总是会重新浮现在我的眼前。回想起那段时光中出现过的每一张生动鲜活的面孔，发生过的每一件诙谐有趣的琐事，我总是意犹未尽，思绪万千。这段回忆变成了一部名为"青葱岁月"的旧电影，在我的脑海中反复不断地上映，直到有一天，更多的人走进了影院，和我一起重温这段故事，一同感受和回味着故事中的离合悲欢。

很幸运，这段时光可以化为文字，落于纸上，被亲爱的读者朋友们发现和喜欢。我也因此不再孤单，得到了越来越多的鼓励和陪伴。

不知不觉，关于实验中学的第五个故事已经写完。埋藏在青春记忆中的那个夏天，就这样破土而出，以不同的形式呈现在大家面前。

去年十月，国庆期间，我第一次在签售会上和大家见面，看到了一个个远道而来的身影和一张张真挚动人的笑脸。

从脑海中的故事雏形，到敲击在电脑中的文档，再到印刷于实体书上的铅字……直到看到可爱的读者们带着书从不同的城市奔赴而来，站在我的面前，和我分享着自己对这些故事的热爱和喜欢，我逐渐在心中确信，文字的力量强大非凡。

签售会结束后，我在家中整理收到的礼物和信件，不知不觉泪流满面。感谢文字带给我这场奇遇，让我收获了太多意想不到的支持与爱意，它们汇聚成了一股温暖的风，推动着我不断努力向前。

最后我想说，谢谢读到这个故事的你。

谢谢你聆听过实验中学的故事。

谢谢你来到过实验中学的夏天。

在这段旅程里，我们一起分享了彼此心中的夏天。我相信，你们一定可以创造出属于自己的夏天，在这个夏天里实现所有的梦想和心愿。

而这段旅程中的我，也希望自己可以像江萌一样，拥有更多的勇气，勇敢坦诚地说出自己的梦想。

我想写出有温度和意义的文字与故事，通过文字来表达自己，传递出自己微小但独特的力量。

我想写少年的梦想与荣光，写自由的灵魂，坚固的信仰，写赤诚浪漫的爱，和盛大灿烂的远方。

我们下个故事见。